달섬 세계고전

11

어우야담 2

유몽인

於于野譚

어우야담 2

이월영 옮김

달섬

목차

어우야담 2

권2

권2

(175) 이성석의 『자유편』

이성석李聖錫이 『자유편自牖篇』을 지음에 문자 중의 구결[1]을 취하여 이伊 니尼 은隱 을乙 애서厓西 막불莫不 등등의 30자를 만들어 역순언해법逆順諺解法을 개발하였으니 그의 뜻은 초학자로 하여금 문자를 쉽게 깨우치게 하고자 한 것이었다.

이성석은 타고난 재주가 있어 일찍이 목우유마木牛流馬[2]를 만들었는데 작기가 강아지만 하였고 사람을 따라 걸어 다닐 수 있었다. 그러자 관가에 바칠 생각으로 큰 목우유마를 만들었지만 몸체가 무거워 운신할 수 없었으니 그 당시 사람들이 모두 이를 비웃었다.

이성석이 나에게 『자유편』의 서문을 써 달라고 요청하기에 내

1 구결(口訣): 문장의 이해를 돕기 위해 한문의 한 구절 끝에 다는 토이다.

2 목우유마(木牛流馬): 초한 제갈량이 발명했다는, 군수품을 나르는 수레로, 소나 말 모양으로 된 기계장치를 한 수레이다.

가 즉시 다음과 같이 써 주었다.

"옛날에 복희씨는 책 한 권 읽지 않고서도 8괘卦를 그릴 수 있었으니 이는 그때 용마龍馬[3]가 그림을 지고 나왔기 때문이다. 나의 외사촌 형 이성석도 책 한 권 읽지 않고 능히 『자유편』을 지었으니 혹 목마가 책을 지고 나온 것 아닌가!"

상국 이항복이 이야기를 듣고 어느 날 밤에 서문을 읽더니 자기도 모르게 혼자 앉아 웃었다.

후에 이성석을 잘 알고 있던 재상이 그를 조정에 추천하여 교관教官이 되었는데, 아이들을 가르침에 대단히 빠른 효과를 거두었으므로 처음에는 비웃던 사람들도 마침내는 모두 그를 매우 기이하게 여기게 되었다.

(176) 기초起草의 여부

찬성 박충원[4]은 글을 지음에 초안을 잡는 법이 없었다. 오랫동안 깊이 생각한 후 종이를 펼쳐 놓고 점 하나를 찍었다가 원을 그리

3 용마(龍馬): 모양이 용과 같이 생겼다는 말. 중국 복희씨 때 황하에서 괘(卦)를 등에 싣고 나왔다는 말.

4 박충원(朴忠元: 1507, 중종 2-1581, 선조 14): 문신. 자는 중초(仲初), 호는 낙촌(駱村)·정관재(靜觀齋).

기도 하고 획을 긋기도 하여 '수연雖然' 자를 쓰기도 했다가 '대저大抵' 자를 쓰기도 하고 '오호嗚呼' 자를 쓰기도 했지만, 종이에 일단 정서하면 한 글자도 고치는 법이 없었다. 혹자가 그 까닭을 물으니 대답하였다.

"무릇 글을 짓는 데 있어 어려운 것은 생각을 나타내는 것이요, 문자는 단지 붓끝에 달린 것일 뿐이오."

사간詞諫 조부께서도 글을 지으실 때 초안을 잡지 않으셨다. 크고 작은 곡절을 자세히 생각하신 후 종이에 임하면 일필휘지로 글을 지으셨다.

정랑正郎 신숙申熟은 대책[5]을 초안할 때 베개를 높이 베고 누워 관을 벗어 얼굴을 덮은 후 취한 듯 잠자는 듯하다가 갑자기 일어나 글을 썼다. 대책이 반쯤 이루어지면 또다시 그와 같이 하여 한 편을 작성하였다.

이 세 가지의 것을 내가 모두 시험해 보았으나, 크고 작은 곡절을 일일이 복고[6]하여 두어도 혹 잊어버리고 빠뜨린 것이 있어 애석하였다. 그러니 운용할 뜻이 이미 정해지면 문자는 붓끝에 달려 있다는 것은 박 찬성과 두 재상만이 가능한 것이다.

내가 여러 차례 과거 시험장에서 시험을 보았는데 보는 자들이

---

5 대책(對策): 과거시험 과목인 제술(製述)의 하나. 책문(策問). 곧 경의(經義) 또는 정치 등에 관하여 문제를 내어 의견을 물은 것에 대해 의견을 진술하는 것.

6 복고(腹藁): 붓을 들기 전에 미리 복안을 짬.

장하게 여겼다.

상국 이준경의 자제가 시험장에 들어가 대책 하고 나왔는데 상국이 물었다.

"초안 했던 원고는 가져왔느냐?"

그가 대답했다.

"시권에 임하여 쓴지라 잊어버려 기억할 수 없습니다."

상국이 웃으면서 말했다.

"너의 재주가 이루어졌다고 말할 만하구나. 나는 젊었을 적에 대책 하는 시험장에서 탈고한 것을 다른 종이에 정서하여 두세 번 읽은 후에야 비로소 시권試卷에 옮겨 써서 냈는데, 너는 시권에 임해 초안도 잡지 않고 쓰다니 재주가 이루어졌다고 할 만하다."

이는 대개 아들을 기롱한 말이다.

상국이 과거에 합격한 후 시를 지어 정사룡에게 보이며 말했다.

"저의 시가 옛사람 시에 끼일 만합니까?"

정사룡이 대답하였다.

"비록 옛사람에게 비할 정도는 아니지만 벗을 위해 별장[7]은 넉넉히 지을 수 있겠소."

상국은 이 말을 들은 이후로 다시는 시를 짓지 않았다.

7 별장(別章): 이별을 읊은 시문.

(177) 이사균의 시재를 부러워한 정사룡

호음 정사룡이 처음 과거에 급제하여 아직 시를 배우지 않았을 때 홍문관[8] 정자[9]로서 숙직하고 있는데, 전한典翰[10] 이사균李思均[11]이 밖에서 술에 취하여 들어왔다. 잠시 후 아전이 문서를 가득 안고 왔다. 백지 수십 장이 말려 있어 마치 죽순을 묶어 놓은 것 같았는데, 이 백지에 별장別章과 만장[12]을 써 주어야 하는 것이었다. 이사균은 아전으로 하여금 종이를 펼치게 하더니 전혀 구상도 하지 않고서 일필휘지로 혹 절구를 짓기도 하고 혹 단율短律을 짓기도 하고 혹 장률[13]을 짓기도 하고 혹 장편고시長篇古詩를 짓기도 하여, 잠깐 사이에 모두 써냈으니 마치 바람이 몰아치고 번개가 치는 것처럼 신속하였다.

쓰기를 마친 이사균이 호음을 흘겨보며 말했다.

---

8 홍문관(弘文館): 삼사(三司)의 하나. 궁중의 경서, 사적, 문서를 관리하고 왕을 자문하는 관청.

9 정자(正字): 조선조 때 홍문관, 승문원, 교서관 들의 정9품 벼슬.

10 전한(典翰): 홍문관에 소속된 종3품의 관직. 전한은 겸직이 되며 실직이 없으면 전한의 직이 실직이 됨.

11 이사균(李思均: 1471, 성종 3-1536, 중종 31): 문신. 자는 중경(重卿), 호는 눌헌(訥軒). 1504년 폐비 윤씨의 복위에 대한 부당성을 주장하다가 보은에 부처(付處)됨. 1519년 기묘사화 때 조광조 일파라는 모함을 받음.

12 만장(挽章): 만장(輓章). 죽은 사람을 슬퍼하여 지은 글을 비단 천이나 종이에 적어 기(旗)처럼 만든 것. 행상(行喪)할 때에 상여 뒤에 들고 따름.

13 장률(長律): 한시에서 배율(排律)이나 또는 칠언율.

"나이 젊은 정자도 시를 지을 줄 아오?"

호음이 묵묵히 살펴보니 그의 시는 좋은 것도 있고 좋지 못한 것도 있었으나 그 내용이 풍부하고 빠른 것에는 대적할 자가 없었다. 호음이 다른 사람들에게 말했다.

"시는 문장의 정수인데 어찌 경박한 마음으로 함부로 짓겠는가? 이같이 하고서도 후세에 전해져 세상 사람들을 감복시킬 수 있겠는가?"

말은 이렇게 하였으나 마음속으로는 부러워하기를 마지않았으며 그가 시에 공력을 쌓기 시작한 것도 이때부터이다.

(178) 정사룡과 노수신

황여헌[14]은 문장으로 세상에 이름이 높았으나 호협한 기개를 세상에 함부로 부리고 허용되지 않는 행동을 많이 하여 당시 사람들에게 배척을 당했으므로 그의 문장이 후세에 전해지지 않는다.

---

14 황여헌(黃汝獻: 1486, 성종 17-?): 문신. 자는 헌지(獻之), 호는 유촌(柳村). 1533(중종 28)년 사건으로 금산(金山)옥에 투옥됨. 도망했다가 다시 잡혀 장배(杖配)로 결정되었으나 전 도사(都事) 정공청(鄭公淸)의 죄를 폭로하는 투서를 사헌부에 내어 감형된 뒤 석방됨. 문장과 글씨로 소세양·정사룡과 함께 당세에 이름이 높았고, 그의 「죽지사(竹枝詞)」는 명나라에서 격찬을 받았다.

정사룡은 품행이 형편없었으므로 청의[15]에 의해 배척받았다. 그러나 글을 지으면 반드시 퇴계에게 질정을 받았고 퇴계가 만일 흠을 지적하면 자신의 견해가 옳다고 주장한 적이 없었다. 그는 또한 소재 노수신[16]과 서로 친분이 두터웠다. 소재가 진도에서 19년 동안 귀양살이할 때 정사룡이 호남 노비 다섯 명이 해마다 바치는 공물을 모두 그에게 주니 소재는 대단히 큰 은덕으로 여겼다. 소재가 조정에 돌아왔을 때, 호음이 세상에서 밀려난 지가 이미 오래되었으므로 그의 글이 소중하게 여겨지지 않았다. 그러나 소재가 그를 성대하게 칭찬하며 추천한 나머지, 그의 문집이 세상에 돌아다닐 수 있었다.

태사공太史公이, "청운靑雲의 선비[17]에게 붙지 않고서 어찌 후세에 전해질 수 있겠느냐."라고 했는데, 이 말은 진실로 격언이다.

소재 노수신은 진도에서 귀양살이한 19년 동안 겨울이면 굴실[18]을 만들어 놓고 책을 읽어 책이라면 읽지 않은 것이 없었다. 특히 『논어』와 두보 시는 지나치게 많이 읽어 2천 번이나 읽었고, 유종

15 청의(淸議): 높고 깨끗한 언론.

16 노수신(盧守愼: 1515, 중종 10-1590, 선조 23): 문신. 호는 소재(蘇齋), 자는 과회(寡悔). 중종 38(1543)년에 문과에 급제, 정언(正言)·부제학(副提學) 등을 거쳐 영의정에 이름. 이황·김인후·이항 등과 학문을 토론하고, 사칠론(四七論)에 대해서도 기대승과 의견을 교환했으며, 『대학장구(大學章句)』·『동몽수지(童蒙須知)』 등을 주석함.

17 청운의 선비[靑雲之士]: 학덕이 높은 사람. 고위 고관에 오른 사람.

18 굴실(窟室): 토굴이나 석굴에 들인 방.

원의 문장과 한유의 비문 및 『국어國語』도 지나치게 좋아하였으며, 승상이 되어서도 책 읽는 것을 그만두지 않았다. 그는 성품이 검소하고 또 술을 좋아하여 추운 겨울밤에도 시중드는 계집종을 불러 불을 켜고 술을 데우도록 하였다. 마음이 불안하면 불사佛寺에서 불붙이는 데 사용하는 만형蔓荊[19](속명으로는 명가목明可木이다.)을 구하여 기름을 적셔 벽에 꽂아 두고 침방에는 동 화로와 술독 그리고 청동 잔을 비치해 두었다. 밤이 길고 잠이 오지 않으면 일어나 만형을 가져다 스스로 화롯불을 뒤져 훅 불어 불을 켜고 청동 잔에 술을 부어 화로 위에 놓아 데워 마시며 시렁 위의 책을 뽑아 마음껏 읽었다. 매일 밤 술 한 병을 마시고 몇 권의 책 읽기를 늙도록 그만두지 않았는데, 나이 거의 80세가 되어 죽었다.

젊었을 적 홍문관에 재직할 때 올린 봉사[20] 때문에 견책을 받았으나 사림들 사이에서는 강직하다는 명성이 일어났는데, 조정에 돌아와 재상이 되어서는 건백[21]함에 특이한 일이 없었다. 수우당守愚堂 최영경崔永慶이 그를 기롱하여 말했다.

"노 재상의 침(唾)은 의당 종기를 고치는 데 사용하여야 할 것이다."

---

19 만형(蔓荊): 순비기나무. 해변의 모래땅에서 나는데, 우리나라 중부 이남 및 일본·대만·중국 등지에 분포함.

20 봉사(封事): 왕에게 밀봉하여 바치는 의견서로, 당시 정치의 득실과 백성의 병폐에 대하여 논의함.

21 건백(建白): 윗사람에게 의견을 드림.

종기를 치료하는 데는 대개 말하기 전에 고인 침을 사용하면 잘 나았기 때문이다.

(179) 노수신 독서법, 류성룡 독서법

소재 노수신이 일찍이 편안히 쉬고 있는데 박광전朴光前이라는 자가 산사에서부터 소재를 찾아왔다. 소재가 말하였다.

"산사에 있을 때 무슨 책을 읽으셨소?"

"한유[22]의 문장입니다."

"몇 번이나 읽으셨소?"

"50번 읽었습니다."

"어찌 그리 적게 읽었소?"

"마음을 고요하게 하고 완미하였으므로 읽는 것이 더뎠습니다."

"그렇다면 그 문장 하나하나를 모두 마음속에 적었소? 공연히 숫자만 센 적은 없었소?"

"책을 읽을 때 한 행에 열 번씩 생각하여 방심함을 거두어 들이려고 하였으나 헛되이 숫자만 센 것도 절반이 넘습니다."

---

22 한유(韓愈: 768-824): 중국 당(唐)대의 문인. 자는 퇴지(退之), 호는 창려(昌黎). 당송 8대가 중의 한 사람. 유학을 숭앙하고 고문(古文)의 부흥을 제창. 시에서도 뛰어난 재주를 보여 호탕, 기발한 작품이 많음.

"그렇소. 이는 사람마다 모두 가지고 있는 큰 병통이라오. 독서를 함에 방심하였다 할지라도 읽는 것이 천만 번에 이르면 읽은 바가 비록 정밀하지 못하더라도 마침내 나의 것이 되는 것이요, 비록 마음을 정치하게 하여 읽는다 하더라도 읽은 바가 단지 50번에 그친다면 결국 나의 것이 되지 못할 것이니 독서의 방법에 있어서 최고로 좋은 것은 많이 읽는 것이오."

내가 공적인 일로 상국 서애 류성룡을 뵈었더니 그가 말하였다.

"내가 그대의 문장을 보니 몹시 고상하구려. 무슨 책을 읽었소?"

서로 더불어 질문하고 대답하면서 내가 소재의 말을 이야기했더니 서애가 말하였다.

"절대로 그렇지 않소. 생각 사思 자는 밭과 마음이니 독서는 밭가는 사람이 조금씩 조금씩 땅을 일으키는 것처럼 마음으로 해야 하는 것이오."

두 상국의 말이 각각 나름대로 터득한 바가 있으나 내가 일찍이 시험해 보건대 방심을 거두고 공부하는 것이 가장 어려웠으니 소재의 말이 이치에 가깝다.

(180) 김일손의 문재

김일손[23]은 젊었을 적에 재능 있다는 명성이 자자했다. 무재[24]가 그를 맞이해 사위로 삼았는데, 김일손은 거짓으로 문장에 능하지 않은 것처럼 하느라 서재에 있으면서 읽는 책이라곤 오직 『십구사략』뿐이었다.

산사에 올라가 과거공부에 열중하면서 장인에게 안부를 묻는 짧은 서찰을 지어 보냈는데, 다른 말은 전혀 없이 다만 "문왕몰 무왕출 주공주공 소공소공 태공태공文王沒 武王出 周公周公 召公召公 太公太公"이라고 했을 뿐이다. 장인은 그 서찰을 읽고서 마땅찮아 소매 속에 감추었다. 그때 문관文官이 그 자리에 앉아 있었는데 그는 김일손의 명성을 익히 들어 알고 있는지라 그 서찰을 보고 싶어 했다. 장인이 수치스러워 숨기는데도 그가 계속 졸라대니 결국에는 서찰을 꺼내어 보여 주었다. 문관은 서찰을 한참 동안 보더니, 소스라치게 놀라며 말했다.

"이 사람은 천하의 기재奇才입니다. 문왕의 이름은 창昌이요, 무왕의 이름은 발發입니다. 신발 바닥을 창이라고 하고 족足을 발發이라고 말하니, '文王沒 武王出'은 신발이 닳아 발이 나온다는 뜻입니다. 주공周公의 이름은 단旦이요, 소공召公의 이름은 석奭이

---

23 김일손(金馹孫: 1464, 세조 10-1498, 연산군 4): 학자·문신. 자는 계운(季雲), 호는 탁영(濯纓). 성종 17(1486)년 문과에 급제, 이조정랑을 거쳐 춘추관의 사관으로 있으면서 이극돈의 비행을 직필하여 원한을 샀다. 연산군 4(1498)년 『성종실록』을 편찬할 때 김종직의 조의제문(弔義祭文)을 사초(史草)에 실은 것이 이극돈에게 발견되어, 무오사화가 일어나 처형됨.

24 무재(武宰): 무관 출신으로 판서나 참판 벼슬을 지낸 사람.

요, 태공太公의 이름은 망望이니, '周公周公 召公召公 太公太公'은 아침 저녁으로 바라고 있다는 뜻입니다."

이 풀이를 들은 장인은 크게 기뻐하여 신발을 사서 보내 주었다.

김일손이 그의 처 형제들과 함께 동당[25]시에 응시했는데, 초장初場에서 술 취해 자다가 아무것도 쓰지 못한 채 돌아왔고, 중장中場에서도 취해 자다가 그냥 돌아왔다. 종장終場 때가 되자 삼장三場의 시지試紙를 모두 붙여 수십 폭을 이어 시험장에 들어갔다. 시험관이 책문[26]의 제목을 「중흥中興」으로 삼아 송宋의 고종高宗을 역대 중흥조의 반열에 놓자 일손이 그 제목을 말더니 고관 앞에 나아가 말했다.

"송의 고종은 한 모퉁이의 안일만 도모하여 어버이를 망각하고 원한을 풀어 버린 채 개돼지 같은 자들에게 화친을 구걸하였는데, 그를 어떻게 은 고종殷高宗[27] 및 주 선왕周宣王[28]과 함께 중흥주 반열에 놓을 수 있겠습니까? 이를 시정해 주십시오."

---

25 동당(東堂): 식년과(式年科), 또는 증광시(增廣試) 때에 강경시험(講經試驗)을 보는 곳. 이 말에서 연유하여 나중에는 식년과나 증강시 자체를 동당이라고 불렀음.

26 책문(策問): 과거시험 과목의 한 가지. 정치에 대한 어떤 문제를 제시하고, 거기에 대한 대책을 답안으로 써 올리게 함.

27 은 고종(殷高宗): 무정(武丁). 은나라가 반경(盤庚)으로부터 중흥되었으나 그 아우인 소을(小乙)이 왕위에 오르자 다시 쇠퇴해짐, 무정(武丁)이 왕위를 계승하자, 현신(賢臣) 부열(傅說)을 얻어 은을 다시 부흥시킴.

28 주 선왕(周宣王): 여왕(厲王)의 아들. 여왕 때 쇠폐해진 주(周) 왕조를 다시 부흥시킨 중흥주임.

이 말을 들은 시험관이 크게 부끄러워하며 그의 말대로 글을 고쳐 썼다.

김일손은 반쯤 오른 취기를 이용해서 일필휘지로 수십 폭을 내리쓰고 돌아왔는데 해가 반도 기울지 않은 시각이었다. 그의 장인이 아들에게 물었다.

"김생은 오늘도 그저 앉아 있다 왔는가?"

아들이 대답했다.

"오늘은 거칠고 어지러운 글로 먹을 더럽히고 왔는데 무슨 말을 썼는지는 모르겠습니다."

합격자 명단을 게시하는 날이 되자 김일손은 사람을 시켜 가서 보고 오라고 하며 말했다.

"너는 가서 맨 위 1등 한 사람의 이름만 보거라. 그것이 내 이름이 아니거든 즉시 돌아와라. 다른 것은 더 볼 필요도 없다."

그 사람이 가서 방을 보니 과연 김일손이 1등이었다. 처가에서는 크게 놀라고 비로소 공경을 다해 그를 대접하였다.

김일손은 비록 문장에 능하였지만 매번 자신을 굽히고 그의 두 형을 펴도록 하여 두 형이 등과한 후에야 2등으로 급제하였다. 문장을 지을 때는 미리 마음속으로 생각해 두었다가 벼루 가득 먹을 갈아 일필휘지하여 작성하였다. 완성한 뒤로는 다시 한 글자도 고치는 법이 없이 상자 속에 던져 두었다가 몇 개월이 지난 후에 꺼내어 비로소 원고를 고쳤다. 혹자가 그 까닭을 물으니 대답했다.

"처음 글의 초를 잡을 때는 마음속에 아직 사심이 있어 스스로 그 흠과 병통을 보지 못하다가 나중에야 사심이 제거되고 공심公心이 생겨 잘된 것과 허물을 분명하게 알 수 있는 것이오."

서른셋의 나이에 죽어 문장을 성취하지 못했으니 진실로 애석한 일이다.

(181) 과거 합격의 운수

안자유[29]가 진사시에 응시함에 '죽궁竹宮'을 제목으로 부賦[30]를 지으라고 하였다. 그때 마침 폭우가 쏟아지자 안자유는 시관[31] 막사 뒤로 비를 피했는데 시관들이 서로 말하는 것이었다.

"금일에는 '부하일가인혜夫何一佳人兮'로 수구首句를 지은 사람을 장원으로 합시다."

안자유가 그 말을 몰래 듣고는 그때 이미 반쯤 지은 초고를 즉

---

29 안자유(安自裕: 1517, 중종 12-1588, 선조 21): 문신. 자는 계홍(季弘). 1556년 별시문과에 병과로 급제.

30 부(賦): 과거에 쓰는 여러 가지 글체의 한 가지로, 여섯 글자로 한 글귀를 만들어 짓는 글.

31 시관(試官): 조선조 때 과거의 명관(命官), 고관(考官), 독권관(讀券官) 이하 시험에 관계되는 관원의 총칭.

시 찢어 버리고 고쳐서 '부하일가인혜'로 수구를 지었더니 과연 장원으로 급제하였다.

후에 황락黃洛과 조정趙挺 두 동탑[32]이 진사 시험장에 들어갔는데 '박협상루선迫脅上樓船'으로 제목을 삼고 시를 지으라고 하였다. 조정이 황락에게 은밀하게 말했다.

"나는 '인생식자우환시人生識字憂患始'로 수구首句를 하려네."

황락이 손바닥을 치고 웃으며 말하였다.

"요즘의 젊은 선비들은 이백李白의 문장을 즐겨 읽네. 오늘 제목도 요즘 숭상하는 것에 꼭 맞춘 것인데, 자네는 어찌해 진부한 말로 수구를 지으려 하는가."

이 말을 들은 조정은 붓에 먹물을 묻혀 '인생식자우환시'를 쓰려고 하다가 그만두었다.

그때 고관考官[33]들이 서로 말하였다.

"오늘 시에서는 '인생식자우환시'로 수구를 지은 사람을 장원으로 합시다."

온 시험장을 통틀어도 이 구를 쓴 사람이 없었으며 조정 또한 그 시험에서 떨어지고 말았다.

---

32 동탑(同榻): 동접(同接). 같은 곳에서 함께 공부함. 또는 그러한 사람이나 관계.

33 고관(考官): 강경과(講經科)와 무과(武科)의 주임시관(主任試官). 임시 벼슬임.

(182) 시관의 등급 매기기

만력 임인년(1602)에 선조께서 반궁[34]에서 선비들을 시험하여 뽑았는데 그때 내가 주제넘게도 시관試官의 말미에 참여하였다. 윤정尹綎의 논論이 말에 흠이 많자 우두머리 시관인 영의정 이덕형과 대제학 이호민 그리고 여러 고관考官들이 의논하여 차상次上[35] 등급을 매기기로 하였다. 참시관[36]이 시권試卷을 읽은 뒤 붓을 들고 쓰는데 벼루에 먹물이 남아 있지 않아 글자가 불분명하였다. 그래서 다른 벼루를 가져와 보니 그것 또한 먹물이 말라 있었다. 아전에게 물을 가져오도록 명령하였는데 어디에서 지체하는지 한참이 지났는데도 오지 않았다. 또 참시관에게 명하여 다시 읽도록 하니 좌우에서는 별다른 이견 없이 전처럼 등급을 매겼다. 이윽고 물을 가지고 와 아전이 먹을 갈아 올리니, 영상이 좌상인 김명원金命元에게 물었다.

"좌상의 생각은 어떻소?"

그가 대답하였다.

---

34 반궁(泮宮): 성균관의 별칭.

35 차상(次上): 시문(詩文)을 평가하는 등급의 한 가지. 넷째 등(等) 중의 첫째 급(級). 전체적 등급의 표준은 네 등(等)에 각각 세 급(級)으로 나뉘는데, 상지상 · 상지중 · 상지하, 이상(二上) · 이중 · 이하, 삼상(三上) · 삼중 · 삼하, 차상 · 차중 · 차하의 열두 등급임.

36 참시관(參試官): 과거(科擧) 시관(試官)의 하나.

"제 보기로는 합격을 시켜도 괜찮을 것 같은데요."

영상이 말했다.

"좌상의 뜻이 이 같으니, 삼하三下[37]로 쓰는 것이 좋겠소."

많은 사람들의 뜻이 이 생각에 만족해하지 않았는데 참시관이 재빨리 먹을 흠뻑 묻혀 삼하三下라고 썼다.

그 자리에 있던 사람들이 크게 웃으며 말했다.

"하늘이 한 것이니 어찌하겠는가."

아아! 윤정이 쓴 종이 한 장의 글과 참시관이 쓴 삼 획의 글자까지도 하늘에서 듣고 단정하니 하늘 또한 일이 많기도 하여라.

(183) 꿈에 보인 한 글자의 착오

내가 회시의 고관考官으로 참가하여 과거에 급제한 사람의 봉미[38]를 뜯었다. 뜯고 보니 외사촌 동생 홍조洪造의 아들 여명汝明이 거기에 있었다. 몹시 기뻐 수시관首試官 월사 이정구와 연이어 서명하여 기쁜 소식을 알려주었는데 바삐 서두르는 가운데 그만 잘못

37 삼하(三下): 시문을 평가하는 12등급 중의 아홉째 급. 곧 시문을 평(評)하는 등급 중에서 셋째 등(等)의 셋째 급(級).

38 봉미(封彌): 과거의 답안지 오른편 끝에 응시자의 성명, 생년월일, 주소, 사조(四祖) 등을 쓰고 봉하여 붙이는 일.

하여 '홍조고중가하洪造高中嘉賀'[39]라고 써 보냈다. 여명은 소식을 받고 몹시 의아해 하였다.

그때 홍조는 원주原州에 있었는데, 진사 되는 꿈을 꾸었다. 아! 한 글자의 착오가 1백 리 밖에서 그릇된 꿈으로 나타났으니 이상하지 아니한가! 그때가 만력 43(1615)년 3월이었다.

(184) 승부를 좋아한 이영

한림 이영李嶸은 일찍 문장을 이루었다. 13세에 진사시에 합격하였는데 초시初試[40]에서는 1등 하여 21명의 진사 중 2등이었다. 상중喪中에 『소학小學』을 4백 회 읽어 문장이 더욱 성장하였는데도 2등으로 합격하여 이호민에게 지자 그것이 늘 마음에 불만이었다.

그해에 별시가 있어 이호민과 더불어 녹명[41]하였다. 다음 날 시험 장소를 나눌 때 이영은 2소二所로 이호민은 1소一所[42]로 배당되었다. 이영은 이호민의 장원을 빼앗고자 했으므로 문에 이르자

---

39 홍조고중가하(洪造高中可賀): '홍조가 높은 점수로 합격하였으니 축하하오.'

40 초시(初試): 모든 과거의 맨 처음 시험. 보통 서울 지방에서 식년(式年)의 전해 가을에 보임. 합격해야 복시(覆試)에 응할 수 있음.

41 녹명(錄名): 과거에 응시하려는 사람의 성명을 기록하는 것.

42 소과의 경우 대개 1소는 예조, 2소는 성균관 비천당이었으며, 문과의 강경시(講經詩) 경우는 대개 1소는 서학(西學) 또는 동학(東學)이었고, 2소는 성균관으로 하였다.

성균관에 녹명하여 이호민과 같은 시험장에서 만났다. 날이 저물어 밤이 되자 군졸이 시권試卷을 빼앗아 갔다. 이영은 표表는 이미 썼지만 논論은 미처 마치지를 못한 상태였으므로 횃불 아래로 달려가 초안을 베껴 제출하였는데 글의 뜻이 더욱 아름다웠다. 그다음 날 쓴 책문策文은 더욱 더 좋았다.

시험을 마친 결과 이영은 표表는 2상二上, 논論은 상지하上之下, 책策은 상지중上之中이었고, 이호민은 오직 책策만이 상지상上之上으로 제일이었고 이영이 2등이었다. 이영의 점수를 계산해 보니 3문三文이 모두 18분分[43]이었고 이호민은 9분이었으니, 성적이 우수함으로 말미암아 장원을 하였다. 그러자 당시 사람들이 이영이 재주는 짧지만 이기는 것을 좋아함을 장하게 여겼다.

이영은 그해에 또 전시에서 2등으로 급제하여 한림이 되었는데 그때 노식盧植이 도승지가 되어 주찬을 갖추어 이영을 맞이하였다. 이영이 취중에 술잔을 들고 노식에게 말했다.

"사아士雅! 지금 류성룡을 베지 않는다면 나라 일을 할 수 없습니다."

류성룡은 그 당시 제일의 명재상으로 지목해 말할 만큼 드러난 허물이 없었고 노식과는 사이가 좋았으므로 이영의 말을 싫어하며 말했다.

---

43 분(分): 과거시험이나 학교 시험의 성적을 평가하는 점수의 단위.

"젊은 사람이 어찌해 지나친 말을 하오. 오늘밤은 술이나 마시구려."

이영이 숙시熟視하더니 술잔을 내던지며 말했다.

"처음에는 사아를 쓸 만한 사람이라고 여겼는데 이제야 용렬한 사람인 줄 알겠구려."

이로 인해 술자리가 깨졌다.

그해 이영은 전염병이 들어 죽었다. 죽은 지 열흘이 지나자 집안 사람의 꿈에 그가 나타나 말했다.

"내가 다시 살아났다."

이 같은 꿈을 여러 차례 꾸었으며 온 집안 사람들의 꿈이 한결 같았으므로 이영의 관을 열어 보았는데, 여름날에 비대했던 몸이 모두 문드러져 악취가 사방에 가득하였다.

이영이 죽을 무렵 의녀[44]를 사랑했는데 이름이 명장포命長浦였다. 김행金行이 우스갯소리를 잘했는데 이영이 죽었다는 말을 듣고 탄식하여 말했다.

"명命이로다. 이 사람이여!"

44 의녀(醫女): 조선조 때 각 도(道)에서 뽑아 간이(簡易)한 의술을 가르쳐 내의원(內醫院)·혜민서(惠民署)에서 심부름하게 하는 여자. 후에 차츰 기생과 같이 대우되어 의기(醫妓)라고도 불리움.

(185) 김홍도의 호기와 강극성의 복고

나라에서는 매 병년丙年마다 중시[45] 과거를 설치하여 이미 과거에 급제한 사람들로 하여금 시험에 다시 응시하도록 하였는데, 이는 문관들에게 학업에 더욱 힘쓰도록 권면하기 위해서였다.

김홍도[46]는 정문[47]에 능하였고 무척 호기로웠다. 중시 시험장에 들어가 글은 짓지 않고 글을 짓고 있는 사람들로 하여금 글을 짓지 못하도록 방해하였다. 글을 짓고 있는 사람이 있으면 탁주를 적삼 소매에 적셔 가지고 그것으로 뺨을 쳤다. 어떤 사람이 홍도에게 글을 지으라고 권하면 홍도는 자기 무릎을 손으로 가리키며 말하였다.

"이 무릎을 남에게 굽히지 않은 지가 오래되었네."

이는 생원 시험과 문과 시험에 합격할 때 모두 장원하였기 때문에 다른 사람의 절을 받은 것을 말한 것이었다.

차식[48]이 막 글의 초안을 잡으면서 애써 고심하고 있는 것을 보

---

45 중시(重試): 문과 당하관(堂下官)을 위하여 둔 과거. 10년에 한 번씩 실시하였으며, 이 시험에 합격한 사람에게는 성적에 따라 품계를 올려 주되 정3품 당상관까지를 한계로 하였고, 참하관(叅下官)은 모두 6품으로 올려 주었다.

46 김홍도(金弘度: 1524, 중종 19-1557, 명종 12): 문신. 자는 중원(重遠), 호는 남봉(南峰). 1548년 별시문과에 장원. 전한(典翰)으로 있을 때 소윤 윤원형(尹元衡)에 의해 갑산(甲山)에 유배되어 죽음.

47 정문(呈文): 하급 관청에서 상급 관청에 보내던 공문서. 주로 동일한 계통의 관청 사이에 행하는데, 한 면(面)에 다섯 줄로 쓰는 것이 특징임.

48 차식(車軾: 1517, 중종 12-1575, 선조 8): 학자. 자는 경숙(敬叔), 호는 이재(頤

고 홍도는 젖은 적삼 자락으로 그의 뺨을 치며 말했다.

"식도 글을 지을 줄 아는가?"

차식은 부끄러워하며 글짓기를 중지하였다.

그때 강극성[49]은 글을 잘 짓는다는 명성이 몹시 자자하여 시험장에서는 온통 그가 장원하리라고 기대하였는데 김홍도가 그에게 큰 술잔으로 술을 권하여 취하게끔 만들었다. 아침부터 포시[50]까지 강극성은 술에 몹시 취해 있었다. 그런 가운데에서도 몰래 복고[51]하여 해가 저물 무렵 시험지에 일필휘지로 수천 어에 이르는 대책對策을 썼다.

고관이 마루 위에서 살펴보니 강극성이 종일 술만 마시고 있었으므로 김홍도처럼 글을 짓지 않았으리라 잘못 생각하고 있었다. 과거 합격자를 내걸자 양응정[52]이 1등 하고 강극성이 2등 했으므로 고관은 크게 놀라 자기가 잘못 인식했던 것을 한탄하고 그때

齋). 1543년 진사로 식년문과에 갑과로 급제, 여러 청환직을 거침. 경사(經史)에 밝았고, 평생 독서를 게을리 하지 않았으며 후진 양성에 힘씀.

49 강극성(姜克誠: 1526, 중종 21-1576, 선조 9): 문신. 자는 백실(伯實), 호는 취죽(醉竹). 1533년 별시문과에 병과로, 1556년 문과중시(文科重試)에 을과로 급제함. 검상(檢詳)·사인(舍人) 등을 역임한 후 사직. 선조 때 다시 등용됨.

50 포시(晡時): 오후 3시부터 5시까지.

51 복고(腹藁): 붓을 들기 전에 미리 복안을 짬.

52 양응정(梁應鼎: 1519, 중종 14-?): 문신. 자는 공섭(公燮), 호는 송천(松川). 1552년 식년문과에 을과로 급제, 검열이 되고 공조좌랑으로 1556년 문과중시에 장원, 이듬해 공조정랑에 재직 중 김홍도(金弘度)와 함께 파직되었다가 1560년 복직됨. 시문에 뛰어났고 효행으로 정문이 세워졌다.

의론 또한 모두 애석해 하였다.

그러나 지금 보니 양응정의 책문은 용과 호랑이를 잡는 듯하고 강극성의 책문은 비단에 문채를 수놓는 것 같으니 극성이 응정보다 아래임이 마땅하다. 다만 취중에 복고한 작품이 오히려 이와 같았으니 그의 재주가 뛰어남을 가히 상상할 수는 있을 것이다.

(186) 꾀를 내어 사통한 박엽

의주義州 부윤府尹 박엽朴燁이 젊었을 적 난리를 만나 나그네로 동서를 전전하다가 한곳에 이르렀는데 그곳 주인집 아녀자의 아름다운 자태를 보고 반하여 서로 눈길을 주고받았다. 조금 있으니 주인집 장부가 들어오는데 나이 젊고 아름다운 용모를 지닌 사내였다. 그를 본 박엽은 자신의 계책이 잘 이루어지지 않으리라고 짐작했다.

밤이 지나고 새벽녘에 이르자 박엽은 외양간에 들어가 소를 묶어 놓은 끈을 푼 뒤 외양간의 문을 열고 송곳으로 소의 엉덩이를 찔렀다. 이에 놀란 소가 외양간 문을 나가 도망치니 박엽은 문을 두드리며 소리쳤다. 주인이 물었다.

"이것이 무슨 소리요?"

박엽이 말했다.

"소가 외양간 문을 밀치고 달아났소."

주인은 정신없이 옷을 걸치고 소를 뒤쫓아 갔다. 소는 이미 송곳에 찔려 놀랐으므로 주인이 쫓아오는 것을 보고 더욱 더 멀리 달아나 버렸다. 박엽은 이처럼 꾀를 팔아 주인집 아녀자와 더불어 곡진한 정을 나누었다.

날이 이미 밝자 주인은 안개 이슬을 흠뻑 맞아 옷이 다 젖은 채 소를 끌고 돌아왔다.

(187) 이희보의 문재와 의론

이희보[53]는 만 권의 책을 읽었는데 어렸을 때부터 늙을 때까지 손에서 책을 떼지 않았다. 그가 어렸을 때 그의 아버지가 친구를 모아 산 위에 공장[54]하고는 말을 보내 희보를 불러들였다. 이희보는 바야흐로 책을 읽고 있는 중이었으므로 그 자리에 갈 마음이 없었으나 어쩔 수 없어 억지로 가서는 만좌 중에 있으면서도 소매 속에서 책을 꺼내어 집중하고 책을 읽었다. 그때 자리 옆에서

53 이희보(李希輔: 1473, 성종 4-1548, 명종 3): 문신. 자는 백익(伯益), 호는 안분당(安分堂). 1506년 직제학(直提學)이 되었으나 연산군 때 나인(內人) 장녹수(張綠水)에게 아부했다는 사헌부의 탄핵을 받아 이듬해 파직. 중종이 여러 번 대사성(大司成)에 임명하려 했으나 사헌부의 반대로 임명되지 못했다.

54 공장(供帳): 연회를 열기 위하여 물건을 준비하고 막(幕)을 침.

는 풀어놓은 매가 까치를 잡고 있었는데도 희보는 눈길 한번 주지 않았으니 그가 독서에 얼마나 빠져 있었는지 가히 상상할 수 있다.

그가 원접사 이행의 종사관이 되어 명나라 사신을 벽제碧蹄에서 전송할 때 명나라 사신이 한 구를 지었다.

간干[55]에서 말을 전하는 어진 재상들이여

정사룡과 소세양 등이 모두 그 뜻을 깨닫지 못했으나 이희보는 그 구절을 한번 보고 냉소하며 말하였다.

"공들이 독서를 많이 하지 않았기 때문에 이것을 알지 못하는 것이오. 『시경詩經』에 '간干에서 술 마시며 전별한다'[56]고 했으니 공들이 이곳에 나와 전별하는 것을 의미하는 것이오."

두 사람이 부끄러워하는 기색이 있었다.

연산군에게는 총애하는 첩이 있었는데 그녀가 죽은 후 조정의 문사들에게 제문을 짓도록 하니 이희보가 시를 지었다.

궁문 굳게 닫히고 황혼에 달 뜨니
열두 번의 종소리 한밤중에 들리네.

---

55 간(干): 위(衛)나라로 갈 때 경유하는 지방.

56 『시경』「국풍」 편에 나옴. 원래 구절은 "출숙우간 음전우언(出宿于干 飮餞于言)".

옥골玉骨 묻은 곳 어느 청산青山인가!

가을바람에 잎 떨어지는 소리 견딜 수 없네.

연산군이 이를 보고 눈물을 흘렸다.

이 시로 인하여 그 당시 의론이 그를 천박하게 여겼기 때문에 벼슬길에 막힘이 많았다.

그가 연로하였을 때 취중에 눈물을 줄줄 흘리니 자제들이 놀라 의아하게 여기며 그 연유를 물었다. 희보가 말하였다.

"내가 일찍이 만 권의 책을 읽었는데 내가 지은 책들을 사람들은 쉽게 이해하지 못했다. 사람들이 널리 독서하지 않고 나의 문장을 경시할 뿐이다. 온 세상 사람들이 이처럼 눈이 어둡고 어리석으니 내 시가 진간재陳簡齋[57]의 시보다 훨씬 뛰어나다는 사실을 누가 알겠느냐?"

죽은 뒤 후손이 끊겼고 『안분재집安分齋集』 12책이 출간되지 않은 채 외손에게 전해졌는데 지금 난리를 겪으면서 보전하지 못하고 잃어버리지나 않았는지 모르겠다.

57 진간재(陳簡齋): 진여의(陳與義)를 가리킴. 송나라 섭현인(葉縣人)으로 자는 거비(去非)이고, 호는 간재. 그 당시 현신(賢臣)으로 칭송되었고 시를 잘한다는 명성이 있었다.

(188) 과거 응시법과 정유길의 서압

과거 응시법에, 사조四祖 가운데 서얼이 있거나, 자신이 공사公私의 천인이거나, 사관四館[58]에서 정거停擧[59]를 당했거나, 이름이 죄적罪籍에 올라 있거나, 거짓으로 성명을 변조했거나 하면 과거 보는 것을 허락하지 않았고, 6품 이상의 선생에게 화압花押[60]을 받게 하여 그것으로 보증을 삼았다. 중세中世에 이르러서는 이 법이 점점 해이해져 선생 되는 자들은 선비들이 과거에 응시하는 것만을 중하게 여겨 아는 자이건 모르는 자이건을 가리지 않고 모두 서압하여 주었다. 선비들 또한 거짓으로 날조하여 녹명[61]하였고 사관에서는 이 과거 응시생이 제출하는 문안文案을 철저히 살피지도 않았다.

전에 임당 정유길[62]이 새로 6품에 승격하였는데 그의 서명署名이 위조하기에 가장 쉬웠으므로 선비들 가운데 그의 서명을 거짓

---

58 사관(四館): 조선조 때 성균관(成均館)·예문관(藝文館)·승문원(承文院)·교서관(校書館)을 통틀어 일컬음.

59 정거(停擧): 유생이 잘못을 저질렀을 때 과거를 금지시킴.

60 화압(花押): 수결(手決)과 함자(銜字). 즉 서명을 의미함.

61 녹명(錄名): 과거에 응시하려는 사람의 성명을 기록하는 것.

62 정유길(鄭惟吉: 1515, 중종 10-1588, 선조 21): 문신. 자는 길원(吉元), 호는 임당(林塘)·상덕재(尙德齋). 관직은 요직을 두루 거쳐 우의정·좌의정까지 지냈으며, 윤원형의 두터운 신임을 받았다. 문장·시에 모두 능했고, 글씨는 송설체(松雪體)로 이름이 있었다.

으로 모방하는 자들이 무척 많았다. 사관원이 회의하여 서명의 진위를 가려서 과거에 임하는 것을 정지시켜 폐습을 징계하고자 하였다. 그래서 그의 서명이 있는 문안들을 임당의 처소에 보내어 그 진위를 가려 달라고 하니 임당이 편지를 써 답하였다.

"모두 제가 쓴 것입니다. 어떤 것은 앉아서 쓰고, 어떤 것은 누워서 쓰고, 어떤 것은 취한 김에 쓰고, 어떤 것은 졸면서 썼습니다. 비록 똑같지는 않지만 모두 제가 쓴 것입니다."

사관四館이 편지를 열어 보고 마루가 떠들썩하도록 웃었다. 이로부터 다시는 진위를 가리지 않았으니 이 말을 들은 사람들은 후일 그가 재상이 될 것이라는 사실을 알았다.

(189) 불선의 응보

서얼 강문우姜文佑가 개명하여 과거에 응시하면서 직강直講 차식車軾과 전적典籍 안해安海의 서명을 위조하여 찍었다. 안해가 언관[63]에게 고하고자 하니 차식이 만류하며 말하였다.

"문우는 지난해 과거에서 삭과[64]당했으니 올해 또 삭과시키는

63 언관(言官): 간관(諫官). 국왕의 처사에 대한 간쟁과 논박을 관장하는 사간원의 대사간(大司諫) 이하 사간(司諫)·헌납(獻納)·정언(正言)을 통틀어 이르는 말.

64 삭과(削科): 과거 급제를 말소하는 것. 과방(科榜)에서 삭제함.

것은 좋지 못합니다. 차라리 내가 죄를 받을지언정 차마 발설하지는 못하겠습니다."

안해가 끝내 발설하여 삭과시키고 과거시험을 볼 수 있는 자격을 정지시켰다. 후에 안해가 눈병에 걸려 실명하게 되니 사람들은 그가 착하지 못한 일을 쌓아 그렇게 된 것이라고 일컬으면서, 차식은 덕 있는 사람으로 안해는 박한 인물로 여겼다.

(190) 재앙은 하늘이 되돌려 주는 법

서얼 정번鄭番이 알성시에 장원으로 급제하였는데 창방[65]할 때, 대간이 의론하여 삭과하였다. 정번이 도포와 홀笏을 내던지고 나가면서 말했다.

"사람이 착하지 못한 짓을 행하면 재앙이 반드시 그 자신과 후손에게 미치는 법이오. 나의 과거 급제를 빼앗은 언관의 자손에게 재앙이 이를 것이오."

그 대간에게는 외아들이 있었는데 이듬해에 죽자 사람들이 모두 말했다.

"천도天道는 돌려주기를 좋아하니 심히 두려워할 만하도다."

65 창방(唱榜): 과거에 급제한 사람에게 증서를 주는 일. 대과(문무과)는 홍패(紅牌)를, 소과[생원(生員)·진사과(進士科)]는 백패(白牌)를 주었음. 방방(放榜).

지금 권신權臣에게 아첨하는 자여. 권신이 일단 패하면 정번의 경우처럼 될 뿐만이 아니다. 자손에게도 많은 재앙이 미칠 것이니 더욱 두려워할 만하도다.

(191) 무과의 문란상

정덕正德 경진년(1520)에 무사 1천 명을 취하여 급제시키니 호사자들이 말했다.

"무사가 소를 타고 달리며 활을 쏘았는데 맞추지 못하자 소를 멈추고 화살을 내어 다시 쏘았다. 시관이 '저 응시자는 어째서 소를 멈추었는가?'라고 전령하니 '소가 오줌을 누고 있습니다'라고 대답하였지."

그때 조정에서 합격생 가운데 가장 꼴찌로 합격한 사람을 불러 물었다.

"요즘 세상에서 무재武才를 가진 사람 중에 너보다 아래인 사람도 있느냐?"

"다음 과거에서 장원할 자가 바로 저보다 아래일 것입니다."

당시 사람들이 모두 이를 명대답이라고 여겼다.

만력 계사년(1593)에 영유永柔 행재소에서 무사 2백 명을 취했는데, 그때 나라에서 금하는 법이 엄하지 않았으므로 공사公私 노비들 가운데 시험에 응시하여 절과[66]한 자들도 있었다.

판서 오성鰲城 이항복이 객과 집에 마주 앉아 있다가 노복을 부르니 대꾸가 없었다. 오성이 말하였다.

"이 나쁜 놈이 틀림없이 시험장에 갔을 것이다."

마루에 앉아 있던 사람들이 이 말을 듣고 크게 웃었다.

그해 겨울 지금 임금님께서 동궁으로서 황제의 명을 받아 전주全州에 나아가 무사 5백 명을 취했는데, 그때 온 나라에 기근이 들어 굶어죽은 시체가 길을 가득 메웠으므로, 남도南道에서 과거 시험에 응시했던 사람들 가운데는 쌀 다섯 되로 급제를 산 자들이 비일비재하였다.

(192) 과목의 고루함

선비를 취하는 과목科目에 육경의六經義[67]와 사서의四書疑[68]가 있었다. 육경의는 절목節目들이 서로 긴밀한지라 재주 있는 사람을 얻을 만했지만 이전 전례를 기록해 놓은 것들이 많았으므로 많은

---

66 절과(竊科): 적과(賊科). 과장(科場)에서 이미 합격으로 결정된 과거 답안지의 명의를 도둑질하여 이름을 지우고 제 이름으로 하는 것.

67 의(義): 경서의 뜻을 해석시키는, 과거 볼 때의 문제 종류의 한 가지.

68 의(疑): 경서 가운데 의심이 날 만한 곳의 글 뜻을 설명시키는, 과거 볼 때의 문제 종류의 한 가지.

선비들이 그것들을 베껴 훔쳐 놓았다. 그런 까닭에 한 과에 한 명도 취하지 못하고 모두 버려야 했으니 한갓 허목虛目일 뿐이었다. 사서의는 과문科文 가운데 가장 부패하였다. 과거에 응하는 자들은 해독문 작성하는 것을 수치스럽게 여겨 시험장에 들어가서는 서로 모방하여 지었는데 보는 사람이나 보여 주는 사람이나 서로 허물하지 않았다.

접때 정유길鄭惟吉, 이홍남李洪男, 노수신盧守愼이 함께 회시 공부를 하면서 시詩·부賦·의疑를 모두 1백 수씩 짓는 것으로 한도를 삼자고 약속하였다. 정유길과 이홍남은 모두 집안 일로 말미암아 약속을 지키지 못했고, 노수신만이 혼자서 의·시·부를 50수씩 지으니, 당시 사람들이 모두 그를 참을성 있는 사람이라고 칭찬하였다.

그 후 유근柳根이 동문東文 읽기를 좋아하여 외울 수 있는 의疑가 3백 개가 넘었다. 얼마 있지 않아 전시殿試에 응하였는데, 평생 동안 전시에서 책문策文을 지어 본 적이 없으면서도 3백 의疑 외우는 것만으로 마침내 장원 급제하였다.

아아! 과문이 비록 비루하다 할지라도 경작을 하면 수확을 하고 공력을 들이지 않으면 수확할 수 없는 것과 같도다. 그러나 머리를 조아리고 의疑를 외우는 데 선비의 기운이 모두 소진하리니, 마땅하도다! 일품관에 나이가 74세이면서도 날마다 권세 있는 집안에 달려감이여.

(193) 제목과 무관한 시권

유영충柳永忠이 매번 과문科文을 지음에 제목에서 벗어난 것이 많았다. 최철견崔鐵堅과 같은 동네 사람으로 새벽에 과거 시험장에 들어갔다.

최철견이 횃불 아래에서 그를 불렀다.

"유영충! 유영충!"

영충이 대답하자 최철견이 말하였다.

"자네는 오늘 문장을 몇 구나 지을 건가?"

유영충이 말하였다.

"제목이 아직 나오지 않았으니 어떻게 문장을 짓니?"

최철견이 말하였다.

"네가 평생 제목을 보고 지은 적 있었니?"

시험장 안에 있던 사람들이 모두 크게 웃었다.

태사공이 말한다.

"제목이 나오지 않았는데도 글을 지은 사람이 어찌 영충 한 사람뿐이겠는가!"

(194) 정현과 박충간의 과거 시험장 해프닝

정현[69]과 박충간[70]은 같이 과거공부 한 친구였다. 시험장에 들어서자 박충간이 제목을 바꾸자는 논의를 일으켰다. 시관이 허락하지 않자 그가 말했다.

"정현이 저와 같은 곳에서 공부할 때 지었던 것입니다."

시관이 정현을 불러서 물어보니 정현이 말했다.

"제가 과연 짓기는 했는데 잊어버렸습니다. 박충관이 기억할 수 있을 것이니 그에게 물어보십시오."

시관이 말했다.

"자네가 지었다면서 어째서 자네는 잊어버리고 박충관이 기억한다는 것인가?"

정현이 말했다.

"저는 짓고 나서 버렸지만 충간은 매번 그것을 쓰고 외웠습니다. 그렇기 때문에 저는 잊어버렸지만 충간은 기억하고 있습니다."

시관과 과거 보는 선비들이 모두 큰 소리로 웃으니 온 과장이

---

69 정현(鄭礥: 1526, 중종 21-?): 문인. 자는 경서(景舒), 호는 만죽헌(萬竹軒)·세한당(歲寒堂)·소요산인(逍遙山人)·내욕거사(耐辱居士). 글씨에 능하여 많은 비갈(碑碣)과 충훈부(忠勳府)의 편액(扁額) 등을 썼고, 시문에 능해 해주 목사로 있을 때 부용당(芙蓉堂) 현판의 글을 떼어내고 자신이 지은 시를 걸었다.

70 박충간(朴忠侃: ?-1601, 선조 34): 문신. 자는 숙정(叔精). 음보(蔭補)로 여러 청환직(淸宦職)을 역임.

떠들썩하였다.

(195) 한미한 선비라고 무시할 수 없는 법

독서당[71]의 늙은 아전이 서당의 관리에게 말하였다.

"유생은 비록 가난하고 미천할지라도 하대해서는 안 됩니다. 옛날에 내가 서당에 있을 때 영외[72]의 한 유생이 거친 베옷을 입고 어린 종을 데리고 왔는데 생김새는 형편없고 거동은 촌스럽고 누추했습니다. 서당에 들어와 이리저리 돌아다니며 구경하자 서당의 아전들이 그를 희롱하며, '생원께서는 이제 경성에 오셨으니 우리 서당에 올 수 있도록 힘써 보시오'라고 말했습니다. 그러자 유생은, '시골의 한미한 선비가 급제하는 것도 쉽지 않을 것인데 하물며 감히 서당에 들기를 바라기나 하겠소?'라고 대답했습지요. 그런데 그해 새로 서당에 들어갈 인물로 뽑혀 휴가를 받아 온 사람은 바로 요전 날 거친 베옷을 입고 왔던 그 한미한 선비였

71 독서당(讀書堂): 세종 8(1426)년에 처음 설치하여 중종 때까지 있었던 독서하는 집. 젊은 문관 중에서 재주가 뛰어난 사람을 골라 뽑아 휴가를 주어 학문을 닦게 하는 곳. 처소는 서울의 남쪽 옥수동(玉水洞), 한남동(漢南洞), 보광동(普光洞) 등지의 강변 경치 좋고 한적한 곳이었음. 처음에는 동호(東湖)에 있었으므로 동호독서당(東湖讀書堂)이라고도 하며, 이 말을 줄여 호당(湖堂)이라고도 함.

72 영외(嶺外): 산너머 저쪽. 서울의 바깥.

습니다."

그의 이름을 알아보았더니 바로 노수신이었으니 그해에 장원하여 독서당 선발에 들었던 것이다. 이런 까닭에 아전은 항상 동료들에게 한미한 선비를 모욕하지 말라고 말했던 것이다.

(196) 과장에서의 염치심

신응구[73]가 말했다.

"선비가 과거에 응할 때 비록 부득이한 경우라 할지라도 시권을 늦은 저녁에 제출하다가 군사에게 욕을 당하면 선비의 기상을 상하게 된다. 나는 시험장에 들어갔다가 날이 저물어 군사가 침해하면 그때마다 시권을 접어 전대 속에 넣고 나왔다."

나의 스승 김운金雲은 힘써 공부했으며 선행을 좋아하셨다. 일찍이 회시의 강경講經에 응하는데 경서에 나오는 말에 막혀 한참을 강석에 앉아 있으니 시관이 휘장 안에서 말했다.

"일어나지 않고 끈질기게 앉아 있는 것은 자못 구차하오."

이 말을 들은 김운은 자신의 풀이를 한마디도 하지 않고 즉시 나와 버렸다. 대관이 애석해 하며 말했다.

---

73 신응구(申應榘: 1553, 명종 8-1623, 인조 1): 문신. 자는 자방(子方), 호는 만퇴헌(晩退軒). 이이 성혼의 문인.

"연로한 선비가 평생 동안 구차한 일은 하지 않다가 구차하다는 말을 한번 듣게 되자 문득 일어나 나가 버리니 그 뜻이 진실로 높도다."

슬프도다! 마음이 득실에 얽매여 금을 쥐면 수치심을 잊어버리는 자가 많음이여. 저 두 사람은 진실로 세속 사람들을 경각시킬 만하도다.

(197) 이백 시의 기상

이백李白은 비록 호탕하고 얽매이지는 않았으나 감동하여 분발한 바가 있으면 반드시 서소西笑[74]의 뜻이 있었다. 그 시[75]는 다음과 같다.

회계會稽[76]의 어리석은 아내 매신買臣[77]을 경멸하니
나 또한 집 떠나 서쪽 진秦에 들어가도다.

---

74 서소(西笑): 원래는 중원 사람이 서쪽의 장안(長安)을 향해 웃음 짓는다는 뜻인데, 여기에서는 사모하는 마음을 의미한다.

75 시의 제목은 「남릉서별시(南陵敍別詩)」이다.

76 회계(會稽): 중국 절강성 소흥 남동쪽에 있는 명산.

77 매신(買臣): 한(漢)나라의 주매신(朱買臣). 처음에 가난하여 집이 어려울 때 그의 아내는 참지 못하여 그를 버리고 달아났는데, 그가 뒤에 회계(會稽)의 태수가 되어 그 고을을 지날 때 그 아내는 스스로 부끄러이 여겨 목매어 죽었다 함.

하늘을 우러러 크게 웃으며 문을 나가니
우리들이 어찌 봉호인蓬蒿人[78]이겠는가!

그 하편下篇 시는 다음과 같다.

몸을 솟구치니 하늘 가까움을 깨닫고
발 들고 돌아보니 만봉萬峯이 낮도다.

이 시는 모두 같은 때에 지은 것이다. 이 시의 기상을 보건대 어찌 오랫동안 빈천할 사람이겠는가? 오래지 않아 과연 한림학사가 되었다.

(198) 승정원의 벌연고사

승정원[79]의 고사[80]에, 모든 승지承旨들은 도승지都承旨를 공경하여 감히 농담을 하지 못했으며 만일 공경하지 않는 자에게는 그 벌

78 봉호인(蓬蒿人): 봉호는 쑥으로, 봉호인은 우습고 어리석은 사람을 비유하여 이르는 말이다.

79 승정원(承政院): 조선조 때 임금의 명령을 전달하고 하부의 보고 청원 따위를 임금에게 중계하는 일을 맡아 보던 정3품 관아.

80 고사(故事): 옛부터 전해 내려오는 규칙과 정례.

로 잔치를 베풀도록(罰宴) 하였다.

홍섬이 일찍이 이름난 기생 유희兪姬와 사통했는데 그때 유생인 송강宋康 또한 그 기녀와 매우 가깝게 지내며 정을 통하고 있었다. 홍섬이 도승지였을 때 이준경李浚慶은 동부승지同副承旨로 있었다. 그때 송강이 죽으니 홍섬이 탄식하며 말했다.

"나와 같은 해 같은 달 같은 날 같은 시각에 태어났는데 먼저 죽었구나. 궁달窮達이 동일하지 않은데 어찌하여 타고난 명命은 같은가!"

이준경이 말했다.

"도승지 공께서도 유희를 사랑하셨으니 그와는 비단 명命만 같았을 뿐 아니라 처신 또한 같았던 것입니다."

이 말을 들은 모든 승지들이 서로 돌아보며 놀라 얼굴빛이 변했고 많은 아전들은 놀라서 눈을 휘둥그렇게 치뜨고 이리저리 바라보며, 전고에 없었던 큰 변고로 생각하였다.

이로 말미암아 벌연罰宴을 이준경의 집에서 행하였는데 무릇 일곱 차례를 한 후에야 그쳤다. 이준경이 말했다.

"내가 비록 벌연으로 인해 가산을 탕진한다 하더라도 이 화두가 너무 좋아 말하지 않을 수 없었다."

중고中古에 기강이 자못 무너진지라 승정원 안의 오랜 풍습도 날로 쇠퇴하여 없어져 지금에 이르러서는 다시 옛날의 고사가 없게 되었으니 세상이 변한 것을 가히 알 수 있겠다.

(199) 병조 낭관의 배행서리 고사

낭관[81]들은 각각 서리를 데리고 다니며 배행[82]하도록 하였는데 병조 낭관을 배행하는 서리에게 가장 이익이 많았다. 그러므로 병조 낭관의 배행서리 자리를 구하는 자들은 입술이 타고 얼굴에 땀이 흐르며 발가락이 부러지도록 앞을 다투었다. 전조[83]에서 병조의 낭관을 주의[84]할 때에는 나이 어리고 용모가 아름다워 배행서리에 합당한 자들이 아랫도리를 걷고 수풀처럼 빽빽이 늘어서서 임금님의 낙점[85]을 기다리고 있다가 낙점이 내려지면 빨리 달려 먼저 이르는 자가 배리로 뽑혔다. 낭관들 또한 먼저 도착하는 자를 배행서리로 허락하였는데, 만일 아전들이 일시에 한꺼번에 이르면 관을 벗어 문 안에 먼저 던지는 자를 선택하였으니, 이것이 아전들 사이의 고사였다.

옛날에 전조에서 의망[86]할 때 심우정이 첫 번째로 천거되었고

---

81 낭관(郎官): 육조(六曹)의 정5품관인 정랑(正郎)과 정6품관인 좌랑(佐郎)의 자리에 있는 사람을 이르는 말.

82 배행(陪行): 모시고 다님.

83 전조(銓曹): 조선조 때 문관의 전형을 맡아 보던 이조(吏曹)와 무관의 전형을 맡아 보던 병조(兵曹)를 두루 이르는 말.

84 주의(注擬): 관원을 임명할 때 먼저 문관은 이조, 무관은 병조에서 후보자 세 사람을 정하여 임금에게 올리던 것.

85 낙점(落點): 전조에서 후보자 3인을 갖추어 올리면 임금이 그 가운데 마땅한 사람의 이름 위에 점을 찍어서 뽑는 일.

86 의망(擬望): 삼망(三望)의 후보자에 천거하는 것.

민몽룡이 두 번째로 천거되었다. 심씨의 집은 남문南門 밖에 있었고 민씨의 집은 태학太學 옆에 있었는데 심씨에게 낙점되자 교활한 아전이 큰 소리로 "민씨로 낙점되었다."라고 속였다.

모든 아전들이 이 말을 듣고 모두 태학을 향해 달렸으나 한 아전만은 남문을 향해 곧장 달렸다. 남문 누각 위에 또 한 교활한 아전이 있었는데, 그는 먼저 멀리 망을 보고 있다가 붉은 옷을 입은 자가 송현松峴에서부터 허둥지둥 달려오는 것을 보고는 드디어 누각을 내려와 신을 벗고 맨발로 달려가 심씨 집에 들어가서는 이름을 들이고 쉬었다. 한참 후에야 아전들이 관을 벗어 들고 앞다투어 들어왔다.

아! 아전들이 관직 구하는 것만 이렇겠는가? 사대부들 또한 이와 같도다. 옛날에 관직을 구하는 자들이 일제히 전조銓曹의 판서를 알현하여 관인官人들이 마루에 가득 차 있었지만, 모두 망설이느라 감히 먼저 말을 꺼내지 못하고 있었다. 그런데 한 음관蔭官이 꼴찌로 와서 다른 손님보다 먼저 말을 꺼냈다. 그가 말을 마치자마자 즉각 하직인사를 하고 가니 판서가 크게 기뻐하며 말하였다.

"마땅히 이와 같아야 하니라."

다음 날 먼저 그 사람에게 관직을 제수하였다.

아! 좌중에서 먼저 발언한 자는 진실로 남문 누각의 아전이도다.

(200) 홍문관 체직의 어려움

홍문관에서는 돌아가면서 번갈아 당직하였으니 당나라 시대 영주瀛洲 18학사의 고사에서 나온 것이다. 숙직하는 인원들에 대해 수찬修撰 이상은 상번[87]이라 칭하고 수찬 이하에 대해서는 하번下番이라고 칭하였다.

동료에게 당직을 바꿔 줄 것을 청할 때는 반드시 서리를 보내 서울에 거주하고 있는 동료에게 말을 전하였으니, 혹은 남곽南郭으로 혹은 동성東城이나 청파동青坡洞·장의동莊義洞으로 멀리 왕복해야 했다. 그 임무를 맡은 서리는, 빗속을 뚫고 눈을 무릅쓰며, 진흙탕에 빠져 신이 벗겨진 채 맨발로, 땀을 비 오듯 흘려 옷을 적시면서, 동분서주하느라 마치 소처럼 숨을 헐떡거렸다. 갑에게 청하여 오지 않는다고 하면 을에게 청하고, 장삼張三에게 청하여 오지 않는다고 하면 이사李四[88]에게 청하였다. 도착한 곳에서 병을 핑계하고 허락하지 않을 때마다 서리들은 반드시 '내 자식 놈이다'라고 가만히 욕을 했고, 날이 저물어 대궐 문이 곧 닫힐 것 같으면 길을 따라가면서 '내 자식 놈이다'라고 드러내 놓고 욕했다.

---

87 상번(上番): 당직자 중의 윗자리에 있는 사람.

88 장삼이사(張三李四): 장씨의 3남과 이씨의 4남이라는 뜻으로 성명이나 신분이 분명하지 못한 평범한 사람들을 이름.

정자正字 중에 나이 젊은 신진관이 있으면 서리들은 그가 흥이 나서 마음 내켜 할 것이라고 생각하고 반드시 찾아가서 강청하곤 했는데, 그런데도 허락하지 않으면 서리는 크게 노하여 '이놈은 진실로 천생 내 자식 놈이다'라고 욕을 하며 돌아왔다.

옛날에 강신姜紳이 40여 일 동안 숙직으로 묶여 있었는데도 바꿔 주는 사람이 없으므로 궁궐 안을 벗어날 수 없었다. 때는 물색도 이미 변하여 그 고통을 견딜 수 없었다. 형인 서緖에게 체직 해 줄 것을 강하게 요청했지만 강서는 항상 취해 있으면서 와 주지를 않았는데, 그가 하루는 술이 불그스레 취한 채 들르니, 강신이 한편으로는 기쁘고 다른 한편으로는 원망스러워 말했다.

"형님께서는 어찌하여 집 안에서 늘 취해 계시면서 나를 이토록 피곤하게 하십니까?"

이 말을 들은 강서가 거짓으로 화를 내며 말했다.

"네가 불쌍해서 왔더니 감히 나를 원망하는 것이냐?"

그러더니 옷소매를 떨치며 나가 달아나 버렸다. 그래서 강신은 또다시 허다한 날들을 갇혀 숙직한 후에야 나올 수 있었다.

이성임李聖任은 폭염 속에서 한 달여 동안 숙직했으므로 이대해李大海에게 날이 저물면 와 달라고 청하였다. 관의 아전이 이대해를 기다리고 있다가 대궐 문이 장차 닫히려고 할 시각에 이 교리께서 오신다는 말을 전했다. 이성임은 크게 기뻐하며 의관을 갖추고 밖에 나와 궐문 안에 서 있다가 이대해를 보고는 꾸짖었다.

"어째서 나를 이토록 괴롭히는 것이오."

그때 이대해의 발은 대궐 문에까지 이르렀다가 이 말을 듣자 다시 말을 타고 되돌아가 버렸다. 이성임은 감히 궐문을 나가지 못하고 다시 돌아가 숙직해야만 했다.

옛날에는 궁궐을 숙직하는 것이 매우 엄하여 숙직하고 나가는 자는 거만하였고 숙직하러 들어오는 자는 구차하였다. 요즈음에는 들고 나는 것이 모두 기강을 잃어 비록 관직을 파면시키겠다는 조정의 논평이 뒤를 이어도 태연하여 기강에 얽매여 동요하는 법이 없으니, 이로써 세상이 변했다는 사실을 알 수 있겠다.

(201) 관용어의 유래

사람들이 말하는 것은 모두 성정에서 말미암는다. 예전부터 아프거나 슬플 때에 부모를 부른 것은 천성에서 나온 것이다. 중국인들은 "야야爺爺!"라고 소리치는데 야야는 아버지이다. 우리나라 사람들은 "아마阿媽!"라고 소리치는데 아마는 어머니이다. 어머니를 먼저 하고 아버지를 뒤로 하는 습속은 중국의 정도를 잃어버린 것이니 몹시 부끄러운 일이다.

지금 무격들이 반드시 "아왕만수我王萬壽!"라고 호칭하는 것은 중국의 요동遼東 동녕위東寧衛에서 나온 것이다. 고려조 때 심양왕[89]이 중국에 들어가 우리나라에 죄를 지어 돌아올 수 없게 되자 원나라가 그를 심瀋 지방의 왕으로 책봉하였다. 그 당시 왕을 호종하던 사람들이 수백 명이었는데, 이들도 모두 심瀋 지방에 살며 귀국하지 못하였으니 지금 심양의 동녕위가 바로 그곳이다. 그곳 풍속에서는 아들을 낳으면 먼저 동국어를 가르친다. 귀신에게 제사 드리기에 앞서 "아왕만수!"라고 축수하는데 이것은 근본을 잊지 않았기 때문이다. 지금 서반序班[90]에 모두 동녕위 사람들을 쓰는 것은 그들이 동국어를 잘 알기 때문이다.

또 요즘 사람들이 집을 지을 때 절구공이를 들어 한 소리를 내어 힘을 모으는 것은 옛사람들이 절구로 곡식을 찧을 때 부르던 노래와 같은데, 모두 "아왕성다고我王城多苦!"[91]라고 소리한다. 이것은 옛날 우리나라에서 성을 쌓는 역사로 말미암아 백성들이 많이 괴로웠기 때문에 노래하게 된 것이다. 혹자는 또 "진시황秦始皇이 장성長城을 쌓을 때부터 비롯되었다."라고도 하는데, 어느 것이 옳은지는 모르겠다.

---

89 심양왕(瀋陽王): 고려 말엽 원나라에서 고려의 세력을 견제하기 위하여 심양(瀋陽)에 두었던 왕. 심양에 고려의 유민(流民)이 많이 살고 두 나라 교통상의 요지였으므로, 고려 25대 충렬왕(忠烈王) 때 충선왕(忠宣王)을 심양왕에 봉했는데 그 후 고려 조정과 외교권을 둘러싼 분쟁을 여러 차례 일으킴.

90 서반(序班): 관직명. 명나라 때 설치되었는데, 홍려시(鴻臚寺)와 회동(會同) 4역관(譯官)에 모두 설치되었다. 백관(百官)의 반차(班次)의 위서(位序)를 정하는 일을 관장하였다.

91 아왕성다고(我王城多苦): '우리 왕성(王城)에 괴로움이 많다'는 뜻.

또 변성邊城의 샛길에 각각 위치하고 있는 창고들을 순찰할 때 모두 "오모밀다 저자가라吾謀密多猪子加羅!"라고 소리치는데, 이는 적을 방어하는 계책이 주밀하니 돼지 같은 적도들은 빨리 물러가라는 의미이다. 방언에서는 거去를 가라加羅라고 일컫는다.

성균관 재실[92]에서 숙직하는 동자가 유생儒生과 복강생[93]을 불러 밤에 숙직하면서 음복[94]하거나 밥을 권하며 마루에 앉아 때때로 "직일등성 고창장갈直日等聲高唱長喝!"이라고 소리쳤는데, 사람들은 그 말뜻을 알지 못했으나, 어쨌든 그 소리는 옛날부터 지금까지 조금도 변하지 않았다.

노수신이 19년 동안 진도에 귀양갔다가 돌아와 태학재太學齋[95]의 숙직이 하는 소리를 듣더니 말하였다.

"19년 밖에 있는 동안 변하지 않은 인사人事가 없던데, 오직 태학재의 숙직자 소리만은 변하지 않았구먼!"

(202) 전쟁 징후를 보인 사람들

문관 이현배李玄培가 진주 목사였을 때, 한 어부가 몸 전체가 마치

---

92 재실(齋室): 문묘에서 유생들이 공부하는 집.

93 복강생(覆講生): 다시 강경과(講經科)를 보는 유생.

94 음복(飮福): 제사를 지내고 난 뒤에 제관(祭官)이 제물을 나누어 먹는 것.

95 태학재(太學齋): 성균관 재실을 지칭함.

빙설같이 흰 물고기를 진상하였다. 이현배의 아내가 그것을 구워 먹더니 그 달로 임신하여 아들을 낳았는데 두 발이 모두 하얗고 피부는 마치 옥 같았으며 눈동자는 옅은 노랑인데다 또 희었다. 10여 세가 되자 아이는 스승에게 나아가 글을 배웠는데 자못 총명하고 글을 잘 지었다. 그 아이가 다른 아이들과 더불어 내 집의 뜰에 와서 여러 번 놀았는데 대낮에도 물체 보는 것이 매우 밝지 못하였고 감히 눈을 들어 보려 하지 않았으며 항상 머리를 숙여 땅을 바라보고 다녔다. 그런데 같은 또래의 친구 아이가 밤에 그 집에 들어가서 보니 어두운 가운데 앉아 종정도[96]의 작은 글자를 쓰고 있었는데 터럭만큼의 착오도 없었다고 한다. 식자들은 그 아이를 두고 근심하였으니 그 아이에게 전란의 징후가 있다는 사실을 알았기 때문이다. 그 아이는 13세에 죽었고 이듬해에 왜병이 우리나라를 크게 어지럽혔다.

내가 또 만력 기유년(1609)에 북경에 조회하러 가려고 요좌遼佐에 있는 우가牛家의 농가에 들어갔는데 주인에게 한 며느리가 있었다. 나이는 19세로 안색과 수족과 머리털이 모두 백설처럼 희어 마치 이현배의 아들 같았다. 그 주인이 말했다.

96 종정도(從政圖): 조선조 때 서당의 생도들이 하던 놀이의 하나. 넓고 큰 종이에 벼슬 이름을 품계(品階)와 종별에 따라서 벌여 써 놓고 다섯 모진 승경도 알을 굴려서 나온 끗수에 따라 관등이 오르내림. 최고는 영의정이고 최하는 파직(罷職)임. 종경도(從卿圖)·승경도(陞卿圖).

"이 아이가 밤중에는 물체를 보고 터럭 실 같은 것도 분별할 수 있지만 낮에는 겨우 뜰과 층계 정도만 살필 수 있어 더듬어 가다가 많이 넘어지곤 합니다."

그 후 10년이 지나 노아합적의 변란이 있었다. 대개 백색白色은 서방西方의 쇠 색으로 그것이 전란의 징후가 된 것이다. 기이하도다!

(203) 바다 거인

지봉 이수광[97]이 안변 부사였을 때 그 지방에 바다를 표류하다가 귀환한 한 백성이 있었다. 그가 말하였다.

"일찍이 세 사람이 함께 작은 배를 타고 바다로 고기잡이를 나갔는데 장풍[98]을 만나 곧장 서쪽으로 7일 밤낮을 한 순간도 쉬지 못하고 주행하다가 문득 한 곳에 이르게 되었습니다. 언덕에 배를 대고 잠이 들었는데 파도가 세차게 솟아오르는 소리가 점점 가까이 들리기에 눈을 들어 보니 거인이 보였습니다. 허리 아래

---

97 이수광(李睟光: 1563, 명종 18-1628, 인조 6): 문신, 학자. 자는 윤경(潤卿), 호는 지봉(芝峯). 임진왜란을 전후해 수차 사신으로 명나라에 왕래, 당시 명나라에 와 있던 마테오 리치의 『천주실의(天主實義)』 등을 얻어와 1614년 『지봉유설(芝峯類說)』을 간행, 우리나라 최초로 천주교와 서양 문물을 소개함으로써 실학 발전의 선구자가 되었다. 한편 시문에도 능하여 명나라에 와 있던 안남(安南) 등의 사신이 그의 글을 본국에 소개했다.

98 장풍(戕風): 사람을 상하게 하는 바람.

는 물속으로 들어가 있고 허리 위는 물 밖으로 드러나 있는데 길이가 30길은 되었으며 머리와 얼굴 및 사지 등이 비할 데 없이 몹시도 웅장하고 컸습니다. 우리 세 어부들이 배를 당겨 피하려고 하자 그 거인도 뱃전을 당겨 전복시키려고 했으므로 황급히 도끼를 들어 그의 팔을 잘랐습니다. 그러자 거인은 배를 놓고 산으로 올라갔습니다. 우리 세 사람은 그 틈을 이용해 배를 끌고 도망치면서 뒤돌아보니 거인이 산 위에 서 있었습니다. 하늘에 닿을 듯이 우뚝 서 있는 것이 마치 산 같았는데 어떤 사람인지 알 수 없었습니다. 우리 세 사람은 다시 서풍을 만나 우리 남해안의 강진 땅에 도착하여 귀환하였습니다."

일찍이 들으니 『동국통감東國通鑑』에 한 여자가 죽어 바다를 떠다녔는데 그녀의 음경이 일곱 자였다고 기록되어 있고, 바다 밖에는 거인국이 있다고 하는데, 그들은 방풍씨[99]와 장적[100]인 교여[101]의 후예일 것이다.

---

99 방풍씨(防風氏): 옛날 전설상의 부락 촌장 이름.

100 장적(長狄): 방풍씨(防風氏)의 후예. 춘추시대 때 적(狄)족의 한 지파. 전설에 따르면 몸이 비교적 컸기 때문에 그렇게 일컬었다 함. 춘추시대 때 노(魯)나라와 위(衛)나라가 여러 나라들을 침략하는 과정에서 멸망하였다고 함.

101 교여(僑如): 장적(長狄)인의 이름. 나라들을 침략하는 과정에서 장적인 교여를 잡아 죽였는데, 그의 키는 30자나 되었다고 함. 장적에 대해서는 앞의 주 참조.

(204) 동방의 부자

생원 진사가 처음 시험에 합격하면 3일 내에 2백 명 가운데 부요한 자를 선택하여 '제마수회'[102]를 열도록 하였는데, 신사헌愼思獻의 집이 자못 넉넉했으므로 과거 급제자들이 신사헌을 추대하여 그에게 잔치 여는 것을 맡겼다. 2백 명이 창화당敞華堂에 모두 모였는데 붉은 당전唐氈으로 2백 좌를 넓게 진설하니 모든 것이 다 빛나고 아름다웠지만 2백 명은 서서 자리에 앉지 않으며 말했다.

"지금은 국상을 당한 때이니 3년 안에 붉은색 모직 자리에 앉는 것은 예가 아니오. 명령을 내려 철거하시오."

신사헌은 시중드는 계집종을 시켜 순식간에 붉은 모직 자리를 모두 철거하고, 곧이어 그것을 흰색 모직 자리로 바꿔 2백 개를 설치하고 난 후에 좌석을 배정하니, 마루에 가득했던 사람들이 모두 낯빛이 변하였다.

윤백원尹百源과 구엄具儼도 신사헌과 비슷한 부자였는데 윤백원 등이 거느린 나이 어린 종의 수는 수천 명이었다. 옛날 탁왕손卓王孫의 어린 사내 종이 1천여 명이었고 정정程鄭과 석숭石崇은 8백

102 제마수회(齊馬首會): 생원 진사과(生員進士科)에 새로운 합격자가 탄생하면, 그 중 재력이 넉넉한 사람을 골라 그로 하여금 함께 급제한 사람들[榜人]에게 음식을 대접하도록 한 모임. 모임이 끝나면 거리로 나가 장원을 중심으로 말머리를 나란히 한 채 행진하였음.

여 명을 거느렸으니, 윤백원 등이 거느린 종의 수가 저들이 거느린 수보다 두 배 세 배 더 많았던 것이다.

양기梁冀 집안의 재산은 30여 만만萬萬이고 동현董賢 집안의 재산은 43만만萬萬이었으니, 우리나라의 윤백원·구엄·신사헌·정사룡·청원군淸元君·박원종朴元宗 등의 무리가 비록 작은 나라에서야 으뜸이라 할지라도 저들에 비한다면 춥고 배고픈 아이의 상태를 겨우 면했다 할 것이니, 이 또한 한번의 웃음거리도 되지 못한다.

(205) 전령 비둘기

옛날에는 배로 중국과 통했다. 사신은 큰 바다를 건너 봉래[103]에 도달하는데 파도가 출몰하여 생사를 기약하기가 어려웠다. 임금의 명을 받은 조정의 신하들은 집안 사람들과 사별하는 듯이 집안일을 처리하고 갔으며 대부분 집에서 기르던 비둘기를 배 안에 싣고 가서 집에 서신을 보내기도 했다. 편지를 비둘기 발에 매어 날려 보내면 비록 천 리 길 먼 거리라 할지라도 하루도 못 되어 집에 도착하므로 집안 사람들은 편지를 받고 그가 무사한 사실을

103 봉래(蓬萊): 봉래산(蓬萊山). 중국에서 상상하던 삼신산(三神山)의 하나. 동쪽 바다 가운데에 있어서 신선이 살고, 불로초와 불사약이 있다는 영산(靈山).

알았으며 얼마 지나지 않아 돌아갔으니 날짜를 헤아려 보면 하나도 틀림이 없었다. 대개 비둘기가 주인을 사모하여 둥지로 돌아오는 것은 제비가 주인집에 소식을 전하는 것과 같다.

(206) 왜진에서의 탈출

평창 군수 권두문權斗文은 임진왜란 때 왜병에게 사로잡혀 팔다리에 쇠사슬이 채워진 채 호적고戶籍庫에 갇혔다. 조금 있으니 한 왜병이 상자 하나를 가지고 들어와 열더니 권두문에게 보여 주는데 그것은 사람의 머리였다.

"이는 원주 목사 김제갑金悌甲의 머리다. 곧 장군의 진영에 바쳐질 것인데 내일이면 너도 이처럼 될 것이다."

이것을 본 권두문은 더욱 두려워 밤새껏 쇠사슬을 벗겨 내려고 애썼다. 팔다리에 온통 피가 흐르고서야 쇠사슬이 끊어졌다. 호적책을 대들보와 같은 높이가 될 때까지 쌓아올린 뒤 그것을 타고 천장 위로 올라 온통 먼지투성이가 된 채 나오니 담장 밖에서는 왜졸들이 호적을 베고 잠들어 있었다. 권두문은 아랫도리를 걷고 그들을 밟고 지나갔지만 왜적들은 워낙 깊은 잠에 들어 깨지 않았으므로 무사히 그곳을 빠져나올 수 있었다.

그때 수사水使 이지李芷는 나이가 어려 현달하지 못하였을 때였다. 여섯 살 난 아우를 데리고 수풀 속에 숨어 있다가 왜적에게 잡혀 진중에 바쳐졌다. 왜적들은 쇠사슬을 그의 목에 채우고 집안 깊숙한 곳에 가두더니 기둥에 못을 박아 그를 묶어 놓고 지켰다. 때는 여름으로 왜적들이 어지럽게 누워 잤으므로 집과 뜰이 발 디딜 틈도 없이 꽉 차 있었다. 이지는 밤새껏 그 못을 흔들어 빼냈으나 그를 지키는 왜병이 횃불을 들고 와 살폈으므로 못을 도로 전처럼 박아 놓고 왜놈이 깊이 잠들기를 기다려 목에 채운 사슬을 추슬러 가슴에 품었다. 차마 동생을 버리고 도망갈 수 없어 등에 업고는 울지 말라고 단단히 경계한 뒤 맨발로 잠자고 있는 왜적들을 넘어 땅을 골라 밟고 나왔다. 뜰에 4, 5척쯤 되는 낮은 담장이 있었는데 담장 밖은 몇 길이나 되었다. 동생을 업고 뛰어넘으려고 했지만 그 뛰는 소리가 진동할까 두려워 먼저 동생을 내려놓으며 "울지 마라! 울면 죽는다."고 말한 뒤 땅에 던지니 동생은 아아거리며 울어 댔다. 뒤를 이어 이지 자신도 담을 넘어 동생을 업고 달아났는데 왜졸들이 깊은 잠에 들었으므로 깨어나지 않았다. 후에 이지는 과거에 급제하였고 이름을 립苙으로 바꿨는데 전라 좌수사가 되어 죽었다.

(207) 천단의 화

한준겸韓俊謙이 소싯적에 양화도楊花渡를 건너는데 건너려는 사람들이 다투어 배에 올라타는 바람에 나약한 사람들은 배에 오를 수 없었다. 어떤 무사가 말채찍을 휘두르며 배에 오르고 내리는 것을 제멋대로 하고 있는데 한 나이 어린 천한 사내가 이를 무릅쓰고 배에 오르려 하자 무사가 말채찍을 휘두르다 잘못하여 그의 왼쪽 눈을 치니 눈알이 튀어나와 배에 떨어지고 말았다. 천한 사내는 그에게 대항하지도 않았고 또 그를 힐책하는 말 한마디 하지 않고서 눈알을 강물에 씻어 눈자위에 도로 집어넣었고 무사는 부끄러워하며 사과하기를 마지않았다.

배를 건너편 언덕에 가 대자 천한 사내가 먼저 내려 언덕에 서 있었고 무사가 그 뒤를 따라 내려 말을 타려 하였는데, 천한 사내는 드디어 무사를 휘어잡아 땅에 내다 꽂더니 그의 가슴에 올라타서 왼쪽 눈알을 빼 버렸다. 무사가 대항하려 했지만 역부족이었다. 천한 사내는 눈을 빼 버린 뒤 가 버렸다.

한준겸이 이 광경을 목도하고 말했다.

"아! 제멋대로 하기를 좋아하는 화가 어찌 눈알 빠지는 데만 그치겠는가! 사람들은 경계할지어다."

(208) 사나운 일본 풍속

왜인들은 성질이 급하여 살해하는 것을 숭상하였다. 만약 눈이라도 흘기면 그때마다 칼에 손이 갔다.

풍성豊城 현감이었던 자가 있었는데 종실이었다. 8, 9세에 왜놈에게 잡혀 일본에 들어갔다가 20세가 넘어 돌아왔다. 언어와 행동거지 모두 본국의 옛것을 잊어버린 상태였으며, 그가 익힌 것은 용병用兵과 치고 찌르는 것으로 왜인과 한가지였다.

여름날 풍성 현감이 낮잠을 자고 있자 친척이 장난으로 종이 침을 만들어 그의 코를 찔렀다. 풍성 현감은 벌떡 일어나 눈을 감은 채 자신의 허리춤을 어루만졌으나 칼이 없었다. 그는 눈을 뜨더니 크게 웃으면서 말했다.

"왜인 풍속에서는 앉으나 누우나 칼을 풀어 놓지 않고 있다가 조금이라도 뜻을 거스름이 있으면 칼을 뽑아 찌르오. 그렇기 때문에 비록 부부 사이라 할지라도 한 방에서 잠잘 수 없으니 뜻하지 않은 일이 생길까 염려하기 때문이오. 오늘 내 칼이 허리에 있었더라면 아마도 그대를 죽였을 것이오."

사람들이 이 말을 듣고 모두 혀를 내둘렀다.

그 후 풍성 현감은 반란을 일으키다 죽었으니, 교화시키기 어려운 일본의 풍속을 가히 짐작할 수 있겠다.

(209) 왜장 청정의 위인

왜장倭將 청정淸正은 관할하는 구역 안에 있는 사람들을 엄하게 다스렸다. 관할하에 있던 한 사람이 청정으로부터 꾸지람 당하자 원한을 품고서 청정의 진영에 당도하더니 마침내 검을 빼어 청정을 공격하였다. 이에 청정도 검을 빼들고 방어하다 손가락 하나를 다쳤으나 칼날이 몸체에는 닿지 않았다. 휘하에 있던 사람들이 그 사람을 잡아 목을 베려고 하자 청정이 급히 달려와 다급하게 소리치며 그치게 하였다.

"내가 바야흐로 병사의 위엄과 위세를 갖추고 진영에 있었고 이 사내는 일개 보잘것없는 사람일 뿐이었는데도 필부가 대장군을 대적하고자 했으니 사람됨이 지휘하여 부릴 만할 것이다. 그를 용서해 주어 장차 크게 쓰도록 하자."

마침내는 그에게 관직을 주어 편장偏將으로 삼았다.

청정은 성격이 활달하고 사내답고 용감하여 뒤집어 엎을 만한 호걸의 기량이 있었다. 풍신수길豊臣秀吉이 이 사람을 택하여 한 방면을 맡겼으니 진실로 사람을 잘 알아봤다고 이를 만하다.

(210) 만향晩香

아계 이산해[104]가 평해平海에 귀양 가 있을 때 세자를 책봉했다는 소식을 듣고 다음과 같은 시를 지었다.

어질고 효성스럽고 영명함이 빼어나시니,
어린 나이의 덕우德宇[105] 양춘陽春[106]을 알현하도다.
칭송하는 노래 진실로 우리 임금 아드님에게 보내니,
역수[107] 응당 큰 성인에게 돌아가도다.
조정에서 외람되게도 영광스러운 명을 받아,
부질없이 임하여 일찍이 관직을 훔쳐 참여했었네.
노신은 원하옵건대 죽음 잠깐 늦추어,
강구[108]에 격양[109]할 날 몸소 보고 싶어라.

---

104 이산해(李山海: 1538, 중종 33-1609, 광해군 1): 선조 때의 대신. 자는 여수(汝受), 호는 아계(鵝溪). 벼슬은 영의정에 이름. 북인(北人)의 영수로 정권을 장악, 정철을 몰아내었고 자신도 한때 쫓겨났으나 선조가 승하하자 원상(院相)이 되어 국정을 돌봄. 서화에 능하여 대자(大字)와 산수묵도(山水墨圖)에 뛰어났고, 특히 문장에 능하여 선조조 문장 8가 중의 한 사람으로 일컬어짐.

105 덕우(德宇): 너그러운 품성(品性). 인격. 인품.

106 양춘(陽春): 따뜻한 봄. 은택·은혜 등의 비유.

107 역수(曆數): 자연히 정해진 운명. 임금이 천명(天命)을 받고 제위(帝位)에 오르는 일.

108 강구(康衢): 번화한 거리.

109 격양(擊壤): 중국 요(堯)임금 때 어떤 노인이 땅을 두드리며 노래를 부른 데서 유래하여, 태평성세에 대한 전고로 쓰인다.

후에 그 시를 헐뜯는 사람이 있어 끝 두 구를 악언이라고 하여 임금에게 아뢰니, 아계가 즉시 그 구절을 다음과 같이 고쳤다.

원하노니 이 몸 봄바람 속의 제비 되어,

용루에 날아가 새벽문안 드렸으면.

또 내가 승지가 되었을 때 박승종[110] 또한 승지가 되어 나에게 말했다.

"내가 선인의 집을 소유하고 있는데 난리를 겪은 뒤에도 여전히 건재하기에 뜰에 국화를 심었소. 스스로 생각해 보니 사람이 처신함에 만년의 절개를 보존하는 것이 가장 어려울 것 같소. 한치규韓稚圭의 「황화만절黃花晩節」의 구를 취하여 나 있는 곳을 「만향당晩香堂」이라고 이름하였으니, 원하건대 그대가 나를 위하여 기문을 써 주시오."

내가 생각해 보니, 요즈음의 소인배들이 거짓으로 날조하여 동궁을 위태롭게 모해하는지라 동궁의 세력이 날로 고립되고 있으

110 박승종(朴承宗: 1562, 명종 17-1623, 인조 1): 문신. 자는 효백(孝伯), 호는 퇴우당(退憂堂). 선조 19(1586)년 문과에 급제, 지제교(知製敎)·부제학(副提學) 등을 거쳐 좌의정·영의정에 이름. 1612년 이이첨(李爾瞻) 일당이 인목대비(仁穆大妃)를 죽이려는 것을 제지하고 광해 5(1613)년 폐모론(廢母論)이 제기되자 이를 극력 반대함. 1623년 인조반정(仁祖反正)이 일어나자 아들 자흥(自興)의 딸이 광해군의 세자빈(世子嬪)으로서 그 일족이 오랫동안 요직에 앉아 권세를 누린 사실을 자책하여 아들과 함께 목매어 자결했다.

니 지금 사대부가 만년의 절개를 보존할 수 있는 것은 반드시 동궁을 부호扶護하는 데 있을 것 같았다. 그래서 기문 안에 은연중이 뜻을 언급하여 다음과 같이 말하였다.

"사람들은 맡기 좋은 냄새를 향기롭다고 말한다. 그런데 만약 이른 싹 때부터 명예의 향기로움이 퍼지면 그 향기가 멀리 가지 못한다. 옛날에 이윤伊尹은 70세에 탕湯에게 나아가 태갑太甲을 도와 대신이 되었으니 이는 만향晩香을 발한 것이요, 태공太公은 80세에 문왕을 돕고 90세에 무왕을 도와 왕업을 이루었으니 이 또한 만향을 발한 것이다. 동원공東園公·기리계綺里季·하황공夏黃公·녹리선생甪里先生 등 사호[111]는 수염과 눈썹이 하얗게 변한 나이에 나와 한나라 왕실을 편안하게 했으니 이들 또한 만향자晩香者 아니겠는가."

박승종은 석봉石峰 한호韓濩로 하여금 벽 위에 이 글을 쓰도록 했다.

그 후 선조께서 승하하시고 서양갑[112]이 난을 일으켰는데 박승

---

111 사호(四皓): 한 고조(漢高祖) 때 상산(商山)에 숨은 네 노인. 수염과 눈썹이 모두 희다고 하여 호(皓)라고 하였음. 상산사호(商山四皓).

112 서양갑(徐羊甲: ?-1613, 광해군 5): 목사(牧使) 서익(徐益)의 서자. 어려서부터 재주가 있었으나 서얼로서 벼슬에 기용되지 못함을 불평하던 중 같은 처지의 박응서(朴應犀)·심우영(沈友英) 등과 소양강 부근을 근거로 강변칠우(江邊七友)를 자처하며 시주(詩酒)를 즐기던 중, 조령(鳥嶺)에서 은 상인을 살해하고 금품을 강탈했다. 체포되자 목숨을 살려준다는 이이첨 등 대북(大北)의 사주를 받고 인목대비(仁穆大妃)의 아버지 김제남(金悌男) 등과 모의하여 영창대군(永昌大君)의 옹립을 계획했다고 허위진술, 이로써 계축옥사(癸丑獄事)가 일어나 영창대군 및 김제남 등 많은 사람이 참변을 당했으며 자신도 처형당했다.

종이 이때 병조판서가 되어 서양갑의 무리 박명현朴命賢·민열도閔悅道 등을 목 베었다. 내가 그때야 비로소 편지를 보내어 축하했다.

"지난날 제가 합하를 위하여 만향당 기문을 쓸 때 이윤·태공·사호 등을 인용하여 말했던 것은 진실로 오늘을 위해 한 것이었으니 합하께서는 저의 말씀을 능히 실천하신 것입니다. 무릇 인심이 덕 있는 자에게 돌아가는 것은 모든 골짜기에서 흐르는 물이 바다에 흘러들어 조종朝宗으로 돌아가는 것과 같습니다. 반역의 무리들이 틈을 타 날조하는 일이 어찌 이루어질 수 있겠습니까."

(211) 곡성이 닮은 부자

이이첨의 부친이 사랑하던 여자가 아들을 낳았는데 마음속으로 자신할 수 없어 스스로 자기 아들이라고 판별하지 못하였다. 그가 죽어 장사 지낼 때 이이첨은 집 안의 뜰에서 벽용[113]하고 있었다. 이이첨이 짚자리에 엎드려 곡을 하는데 한참 후 문밖에서 곡하는 소리가 갑자기 들려왔다. 그 소리가 돌아가신 아버지가 곡하던 소리와 흡사하므로 이이첨은 몹시 혼란스러웠다. 마음속으

113 벽용(擗踊): 부모의 상사(喪事)를 만난 상제가 매우 슬피 울며 가슴을 두드리고 몸부림을 침.

로 이상하게 여겨 곡을 그치고 귀 기울여 듣고 있으니 호상護喪하던 친척이 밖에서 들어와 말하였다.

"평소에 아버님께서 측실에 아들을 두었다고 말하신 적이 없으셨는데 지금 아무개가 초상을 듣고 문에 와서 곡을 하고 있으니 어떻게 처리할까요?"

이이첨이 통곡하며 대답하였다.

"아무 말 하지 말고 그 사람을 속히 불러와 나와 함께 집 안의 뜰에서 나란히 엎드리게 하여 주십시오. 이제야 비로소 돌아가신 아버님의 유체遺體가 틀림없음을 알겠습니다. 그의 곡성이 아버님의 곡성과 닮았습니다."

(212) 음부 진복

진복珍福은 재상의 측실 몸에서 난 딸인데 그녀의 행실이 추했으므로 누구의 딸인지는 밝히고 싶지 않다. 어미가 자식을 사랑하여 안고 있는 것을 본 재상은 그 모녀를 가엾게 여겨 무당과 판수에게 점을 치니 그 가운데 어떤 자가 말하였다.

"부모가 그 아이를 사랑해 길러서는 안 됩니다. 다른 사람에게 주어 별도의 집에서 딸 삼아 기르도록 하십시오."

그때 장안 직조리織組里에 늙은 할미가 살고 있었는데 그 집안이 이룩한 재산이 무척 많았지만 자식이 없었다. 그녀는 절일節日이 되면 항상 처음 나온 산물을 갖추어 측실을 대접하였고, 자못 정성스럽게 왕래하였다. 측실은 그녀에게 무당 판수가 했던 말을 다 말해 주고 자기의 딸을 할미의 집으로 피하여 살게 하고 싶다는 의향을 밝혔다. 그러자 할미는 흔연하게 그렇게 하자고 허락하는 데다가 더욱이 그 딸을 양자로 삼아 집안 재산을 모두 전해주고 싶다고 말하므로 측실은 마음속으로 무척 기뻐하였다. 그래서 군은 약속을 하고 딸을 할미에게 넘겨주었다.

16세가 되자 진복의 모습이 더욱 아름다웠으므로 할미는 마치 자기가 낳은 딸처럼 사랑하였다. 할미의 집안에는 친척들이 많았다. 그들은 모두 할미에게 자녀가 없고 또 재산이 많았기 때문에 자신들의 자녀로 후사를 삼아 주기를 희망했다. 그런데 할미가 친척을 후사로 택하지 않고 권세를 좇아 다른 성씨의 딸을 후사로 삼은 것에 분노하였다. 그래서 백방으로 관계를 깨뜨릴 계책을 생각해 보니 달콤한 말로는 이미 할미의 허락을 받을 수 없으므로 진복을 교란시켜서 할미가 미워하게끔 할 계책을 세웠다. 하루는 친척 중에서 언변이 좋은 자가 진복에게 조용히 말했다.

"접때 나이 젊은 문관이 있었는데 지금은 승정원 주서注書가 되었네. 낭자의 집 문 앞을 지나다가 낭자가 문에 기대 서 있는 것을 보고 머뭇거리고 떠나지를 못하며, '이 집에 있는 이는 뉘 집 딸인가? 진정 절대미인이로다! 천금을 들여서라도 그녀를 첩으로 삼고 싶으니 만약 허락한다면 급히 날을 정해 말과 노복을 보내어 맞이하겠다'라고 말했네. 그런데 대고모님은 본래 재물을 탐하므로 신랑의 좋고 나쁨은 가리지 않고 낭자를 장사꾼의 아들과 혼인시키려고 하네. 낭자는 본디 재상집의 딸인데 어찌 장사하는 사람을 배필로 삼겠는가? 낭자도 이제 다 자랐으니 의당 빨리 계책을 세우도록 하게."

이 말을 들은 낭자는 몹시 부끄러워 대답할 수 없었지만 말솜씨 좋은 사람이 여러 날 왕복하며 유혹하니 자기도 모르게 마음이 동하지 않을 수 없었다. 또 마음속으로는 자신의 모친이 문관의 측실이 되어 부귀 누리는 것을 부러워하고 있었기 때문에 마침내 언변 좋은 자의 말을 믿었다.

조금 있으니, 주서注書가 보내는 노복과 말이 이미 와 밖에서 기다리고 있었다. 진복은 새로 화장을 한 뒤 아름다운 옷으로 갈아입고 저녁을 틈타 밖에 나가 말에 가볍게 올라탔다. 고불고불한 거리를 몇 굽이 지나서 사통팔달의 거리로 나가 어느 한 곳에 이르니 높은 문이 활짝 열려 있었다. 널판장 앞에서 말을 내리니 언변 좋은 자가 그녀를 이끌고 큰 뜰안으로 들어갔는데 그곳에는 좋은 집과 큰 연못이 있었다. 푸른 연꽃이 붉은 난간을 빙 둘러 피어 있었으나 텅 비어 인적이라곤 없었으며 집 안에는 병풍이 빙 둘러져 있었다. 언변 좋은 자가 그녀를 이끌어 병풍 안에 앉혔다. 조금 있으니 긴 수염을 덥수룩하게 기르고 베옷에 맨발 차림

한 사람이 들어와 진복을 껴안고서 마음껏 못된 짓을 한 뒤 이내 그녀를 버려둔 채 달아나 버렸다. 단 한 사람의 시중꾼도 없었으며 언변 좋은 자를 불러도 그 또한 간 곳이 없었다.

진복은 규방의 처자로 귀하게 성장하여 뜰을 나서 본 적이 없었으니, 장안의 천 갈래 만 갈래 지나온 저잣거리 길을 어찌 알 수 있으리오. 누구에게 물어보려 해도 사람이 없었으며, 돌아가려 해도 길을 알 수 없어 길가에서 방황하며 울 뿐이었다.

하늘이 밝아 오자 이웃집 사람에게 물었다.

"이 집이 누구의 집입니까?"

"사헌부司憲府[114]요."

사헌부에 수염 긴 사람이 있느냐고 묻자, 그는 바로 사헌부의 먹자(墨尺)[115] 아전이라는 것이었다. 마침내 집을 찾아 돌아왔으나 때는 이미 한낮이었다. 할미 집에서는 크게 놀라 말하였다.

"내가 우리 상국 나으리 댁에 할 말이 없게 되었다."

그 후 재상 집에서 그 일을 듣고는 진복을 딸로 여기지 않고 쫓아 버려 할미 집에서 하는 대로 맡겼다. 진복은 이미 자신의 몸을 더럽혔으니 부모에게 받아들여지지 않을 것을 스스로 깨닫고 마

---

114 사헌부(司憲府): 조선조 때 삼사(三司)의 하나로, 당시의 정치에 관하여 논평하고 모든 관리의 비행을 조사하여 그 책임을 규탄하며 풍기·풍속을 바로잡고 백성이 억울하게 누명을 쓰는 일이 없나를 살피어 그것을 풀어 주는 등의 일을 맡아 보던 관청.

115 먹자(墨尺): 사헌부(司憲府)에 딸린 사령(使令)의 하나. 역적의 집 대문에 먹칠을 하여 세상에 역적 된 것을 알리는 일을 맡아 하던 사람.

침내 몸을 내팽개쳐 음부淫婦가 되었으며, 끝내 짝도 얻지 못하고 결국 천하고 가난하게 살다 죽었다.

진복에게는 여자 동생이 있었는데 무장武將에게 시집을 갔다. 재상 집에서는 혼인에 손님을 접대하는 모임이 있을 때마다 매번 그녀를 참석하도록 허락하였지만 진복은 배척하여 그 자리에 함께 끼지 못하도록 하였으므로 감히 마루에 올라가 부녀자들과 가까이할 수 없었다.

아아! 진복은 한때의 음부이다. 마음가짐을 일단 무너뜨렸으니 종신토록 수치스럽고 욕된 삶을 보냄이 또한 마땅하다. 다만 사람의 시기심과 사특한 마음이 다른 사람을 이같이 헤아릴 수 없는 곳에 빠뜨릴 수 있으니 이를 두려워하지 않을 수 있겠는가.

(213) 유괴당했던 김위의 아들

선비 김위金偉는 송도 사람이다. 아들이 하나 있었는데 총명하고 영특하였으므로 몹시 사랑하였다. 그런데 어느 날 그 아이는 간 곳이 없었으니, 애초 어떤 남자가 이 아이를 유인해 간 것이었다. 몇 개의 언덕과 비탈을 오르내리고 깊은 산을 넘어 바위굴 속에다 넣어 두고 지켰다. 배가 고파 먹을 것을 구하면 매번 우윳빛 단술 같은 미음을 한 그릇 주었고, 추워서 옷을 달라고 하면 가느

다란 풀을 이어 덮어 주었으나 밤에 같이 자지는 않았다.

하루는 송도 사람이 재령載寧의 장수산長壽山에서 철鐵을 채취하다가 굴속에 사람이 있는 것을 보고 놀라 살펴본즉 이웃집 선비의 아들이었다. 그때는 아이를 잃어버린 지 이미 6년이 지나 있었다. 아이 부모는 그 아이가 호랑이에게 물려 죽은 것으로 생각하고 슬퍼하고 울부짖다가 신주를 만들어 제사를 지냈다.

그 사람이 송도에 달려와 아이 이야기를 해 주자 김위는 크게 놀라 집안 식구들을 거느리고 가서 그 아이를 맞이해 왔다. 아이는 살이 쪄 수척하지는 않았지만 정신은 모자란 듯하였다. 집에서 잘 조섭하며 길렀으나 세월이 흘러도 회복되지 않다가 2년 후에 죽었다.

(214) 삼년상의 불상사

삼년상에 처해 있을 때는 거친 음식에 물만 마신다는 것이 『예기禮記』에 실려 있다. 우리나라의 상례는 한결같이 『예기』의 글을 따랐으니, 예부터 삼년상 동안 죽만 먹어 몸은 상했어도 죽지 않고 잘 치렀던 사람들에 대한 이야기가 『삼강행실도三綱行實圖』 효자전에 많이 기록되어 있다. 대개 효자의 슬퍼하는 정은 진실하고 참된 마음에서 나와 뜨거운 불꽃이 오장을 불사르는 것은, 마치 큰 병 든 사람이 여러 달 식음을 전폐하여도 죽지 않고 열기에 의지해 생명을 계속 유지하는 것과 같다.

그러나 우리나라의 땅은 바다와 육지가 교차하는 곳이어서 민간의 풍속에서는 귀천을 막론하고 모두 어육으로 배를 채운다. 서울은 팔방의 물산이 모두 모여드는 곳이어서 맛있는 음식들이 더욱 많다. 백성들이 보양하는 먹거리 수준은 중국 사람들도 따르지 못할 정도이다.

평상시에는 사치스럽고 화려하게 스스로를 봉양하다가 하루아침에 부모상을 당하면 예를 좇아 한 움큼의 쌀로 입에 풀칠하므로 3년을 채우지 못하고 갑작스럽게 죽는 사람들이 많았으니, 『삼강행실』에 그 사례들이 낱낱이 적혀 있다. 우리나라 사람 가운데 죽만 마시고 상을 마치는 사람은 대개 산야에 사는 가난한 선비이지 서울 사람들은 드물다.

상국 홍섬洪暹은 노모의 연세가 90이 넘은지라 매 식사 때마다 맛있는 음식을 거의 먹지 않으며 말했다.

"어버이가 돌아가실 연세면 아들 되는 자는 담박하게 먹는 상식喪食 습관을 들여놓아야 한다."

그러나 그는 모친께서 돌아가시자 삼년상을 마친 뒤 얼마 지나지 않아 죽었다.

유극신柳克新은 몽학夢鶴의 아들이다. 그가 부친상을 당했을 때 죽을 3년간 마시면서 말했다.

"나의 기력은 장건하기가 다른 사람의 두 배이며 게다가 주색으로 몸을 상하지도 않았다. 나처럼 건강한 사람이 예에 따라 삼년상을 마치지 않는다면 천하에 예를 갖추어 상을 치를 수 있는 자가 없을 것이다."

그는 삼년상을 마치자 병들어 말라 죽었다.

이이첨은 3년 동안을 소금과 장이 들어간 음식을 먹지 않고 묽은 죽만 마셨다. 삼년상이 끝난 후 비로소 소금과 장이 들어간 음식을 먹고는 매일 물을 10여 주발씩 마셨으므로 온몸이 부어 거의 죽을 지경에 이르렀다가 소생하였다.

나의 돌아가신 부친께서는 소상 전에는 채소와 과일을 들지 않으시다가 소상이 지난 후에야 건강 훼손으로 말미암아 비로소 채소를 드셨다.

나의 사위 최현崔衙은 기질이 약한 사람이다. 모친상에 처해 묽은 죽 몇 홉만으로 배를 채웠는데 불과 몇 개월 만에 병으로 건강을 해쳐 구제할 수 없었다.

이로 보건대 누군들 효자가 아니겠는가. 단지 기운과 체력의 강약으로 인해 죽고 사는 것이 나뉘는 것이다. 재상 정광필鄭光弼이 말했다.

"우리 집안에서는 불효하는 재주 있는 아들을 원한다."

당시의 많은 사람들은 정광필의 말이 비루하여 성현에게 죄를 얻었다고 여겼는데, 그의 말은 자식의 입장에서는 차마 들을 것이 못 되지만 부모 되는 자 입장에서는 하지 않을 수 없는 것이다. 나는 최 사위가 죽는 것을 내 눈으로 직접 보았기 때문에 자제들을 위해 이 기록을 남겨 둔다.

(215) 김시습 기행의 의미

김시습은 성품이 민첩하고 날카로워 다른 사람을 용납하는 도량이 없으나 당시 세상을 벗어나기도 어려웠으므로 자취를 치류[116]에 의탁하여 세상사를 경시하였다. 중 무리들은 그를 무척 존경하여 귀의하는 자들이 저자를 이루었는데 김시습은 이를 몹시 싫어하였다.

일찍이 춘천의 탄초암呑草菴에 있을 때 한 중이 김시습을 사모하여 1백 리 밖에서 찾아왔다. 김시습도 그를 몹시 정성스럽게 대우하며 밥을 지어 대접했는데 그 중은 창밖 계단 위에 앉게 하고 자신은 창 위에 두 다리를 뻗고 앉더니 발로 흙을 차서 밥 속에 넣었다.

중이 말하였다.

"사부님, 무슨 장난이십니까?"

흙을 덜어내고 먹는데 두 번, 세 번, 네 번을 거듭하며 그치지

116 치류(緇流): 승도(僧徒).

않으니 중이 노하여 먹지 않고 가 버렸다.

또 시습이 달 밝은 밤에 삼각산 승가사의 북쪽 바위 위에 앉아 절의 중을 부르니 중이 "이는 오세五歲[117]의 음성이다."라고 말한 뒤 신을 거꾸로 신고 달려 나가 보니 과연 김시습이었다. 서로 안부 인사를 나누었는데 잠시 후 김시습이 소매 속에서 한 마리 마른 생선을 꺼내어 중에게 권하자 중이 이를 거절하였다. 시습이 먹으라고 강요하자 중은 노하여 가 버렸다.

또 서울 원각사에서 무차대회[118]를 열자 팔도의 중들이 풍문을 듣고 이르렀는데 그 수가 억億으로 추정되었고 김시습도 가서 참여하였다. 가사를 입고 도량에 들어갔다가 잠시 후 변소에 빠져 손으로 삶은 닭다리를 집어 먹으니 중들이 크게 놀라 쫓아냈다.

그가 일을 행함에 비틀리고 어긋난 것이 이와 같았으니, 그의 뜻은 세상 사람들이 자신과 친해지는 것을 싫어하여 해를 멀리하려는 것이었으며, 불교의 좌도左道[119] 숭상을 모멸한다는 뜻을 분명하게 밝힌 것이었다.

김시습이 비록 세상을 버리고 홀로 거처했다 해도 인간사에 거의 뜻이 없었을까? 그가 지은 『매월당집梅月堂集』은 모두 그가

117 오세(五歲): 김시습의 호 중 하나임.

118 무차대회(無遮大會): 성범(聖凡)·도속(道俗)·귀천(貴賤)·상하(上下)의 구별 없이 일체 평등으로 재시(財施)와 법시(法施)를 하는 대법회.

119 좌도(左道): 유교(儒教)의 종지(宗旨)에 어긋나는 다른 종교를 이르던 말.

손수 쓴 것이다. 상국 기자헌奇自獻에게 있는 『매월당집』은 필적이 몹시 고아하여 소재 노수신이 흠모하고 공경하였다. 이로 보건대 김시습 또한 자기가 죽은 후의 명성에 뜻이 없는 자는 아니었다.

(216) 한 고조의 고견

한 고조高祖는 성인의 자질을 타고난데다 여공呂公[120]에게서 상법相法을 대략 전수받았고 거기에 술수를 보태었으니 인간사를 헤아림에 백에 하나도 그릇됨이 없었다.

오광吳廣과 진승陳勝이 동남東南에서 먼저 일어나리라는 것을 능히 알았고, 오吳나라 왕 비濞가 50년 후에 난리를 일으키리라는 것을 알았으며, 또 끝내는 그 난리가 성사되지 못하리라는 것도 알 수 있었기 때문에 그의 등을 어루만져 보냈다. 여씨呂氏[121]가 조정에 임하는 날 난리를 일으키리라는 것을 알았기 때문에 태자

---

120 여공(呂公): 한 고조(漢高祖)의 황후인 여후(呂后)의 부친 여문(呂文)을 일컫는다. 한(漢)나라 단보인(單父人)으로 자는 숙평(叔平)이다. 고조가 미천(微賤)하였을 때 그의 관상을 보고 기이하게 여기고 자신의 딸을 아내로 삼아 주었다. 한 고조가 한나라 왕이 되자 임사(臨泗)의 제후로 봉해 주었다.

121 여씨(呂氏): 여후(呂后)를 가리킴. 한(漢)나라 고조(高祖)의 황후(皇后). 고조를 도와서 천하(天下)를 평정하였음.

太子를 폐하고자 했으나 여씨가 제려諸呂[122]를 왕으로 삼을 것을 알고는 여러 신하와 더불어 백마白馬의 목을 베어, "유劉씨가 아니면서 왕 노릇 하는 자는 천하가 함께 치겠노라."라고 맹세하였다. 그러나 모든 여呂씨 가운데 인재가 없어 끝내는 성사되지 않으리라는 것을 알 수 있었기 때문에 태자를 바꾸지는 않았다. 왕릉王陵이 곧음 때문에 내쳐지고 주발周勃이 유씨劉氏를 안정시킬 것이며, 진평陳平 또한 홀로 감당하지 못하리라는 것을 알았기 때문에 유상有相으로 하여금 통제하게 하여 뒷일을 성사시키게 하였다. 제려諸呂가 난리를 일으킬 것이며 여수呂須[123]의 지아비 번쾌樊噲[124]가 우려할 만한 인물임을 알았기 때문에 진평을 시켜 번쾌를 목 베게 하고 주발을 번쾌 대신 세웠다. 또 사후의 계책으로 여씨를 남겨 두었는데 그것은 모두 여씨가 실행하도록 할 계책이었다. 여씨는 그것이 자신을 수단으로 하는 고조의 계책임을 알지 못하고 한결같이 유교遺教를 따르다가 마침내는 일가一家에 우환을 끼치게 되었으나 그 사실을 깨닫지 못하였다. 여씨가 유상有相·왕릉王陵·진평陳平·주발周勃의 뒤를 누가 대신할 수 있느냐

122 제려(諸呂): 한 고조의 황후 여씨(呂氏) 가족 중 관직을 가진 자들을 일컫는다. 여후(呂后)의 위엄으로 여러 여씨[諸呂]를 세워 세 명의 왕을 만든 후 권세를 오로지하고 전제(專制)를 행하였다.

123 여수(呂須): 한나라 번쾌(樊噲)의 처, 여후(呂后)의 매(妹). 일찍이 권세를 마음대로 부려 대신(大臣)들이 모두 그를 두려워했는데 여후(呂后)가 죽자 살해당했다.

124 번쾌(樊噲): 한(漢)나라 고조(高祖)의 무장(武將). 홍문(鴻門)의 회합에서 고조를 구출하여 뒤에 무양후(舞陽侯)로 봉(封)함을 받았음.

고 물으니, 황제는 "알 바 아니오."라고 말하였으니, 이는 여씨의 수명이 진평과 주발이 재상이 된 이후까지 미치지 못할 것이며, 유씨를 평안히 하며 여씨를 멸망시킨 후에는 다시 말할 만한 계책이 없다는 것을 알았기 때문이었다.

비록 성인의 지혜라도 술수를 곁들이지 않는다면 뒤에 올 세월에 대해 기필하기 어려우며, 비록 술수가 기묘하다 할지라도 인간사를 헤아릴 수 없다면 천하 장상將相의 득실을 분간하기 어려우니, 이는 이른바 헤아리기 어려운 신이함 아니겠는가. 그 일례를 보건대, 사호四皓를 두루 보호한 이후에 척 부인[125]을 불러 초무楚舞를 추게 하고 자신이 초가楚歌를 부르며 슬퍼했던 것은 제려諸呂가 반드시 그 모자를 죽일 것을 알고 비가로 영결했던 것이니, 항우[126]가 우희[127]를 이별했던 것과 같다. 대계大計를 보면 자질구레한 우환을 가볍게 여겼던 것이니, 성제聖帝의 큰 행동거지 아니라면 어찌 이처럼 위대하겠는가.

---

125 척 부인(戚夫人): 한 고조(漢高祖)의 총희(寵姬). 여 태후(呂太后)의 샘을 받아 고조가 몰(沒)한 후 이목수족(耳目手足)을 잘리고 뒷간에 버려져 인체(人彘)라 불리었다 함.

126 항우(項羽): 이름은 항적(項籍), 우(羽)는 자(字). 진 말(秦末)의 하상(下相) 사람. 진 말에 진승(陳勝)과 오광(吳廣)이 거병(擧兵)하자 숙부 양(梁)과 오중(吳中)에서 병(兵)을 일으켜 진군(秦軍)을 격파하고 스스로 서초(西楚)의 패왕(霸王)이라 일컬었음. 한 고조(漢高祖)와 천하를 다투다가 해하(垓下)에서 패사(敗死)하였음.

127 우희(虞姬): 우미인(虞美人). 초나라 항우의 총희(寵姬).

(217) 충신의 명성과 실상

문천상[128]은 충성을 세워 절의를 지키기에는 넉넉했지만 지략을 두루 갖추지는 못했다. 그 용병用兵을 보면 어리석고 규모가 없어서 가는 곳마다 패배 당했던 것이다. 가령 송나라 조정이 천하의 2/3를 가지고 있었다 해도 그 둘 또한 회복할 수 있는 재주가 아니었거늘 하물며 천만 뜻밖으로 애산[129]의 위급함을 구해야 했을 경우는 더 말할 것 있겠는가? 송나라가 망한 후에 연경의 감옥에 갇혀 60일이 지나도록 오랫동안 죽지 않았던 것은 무엇 때문인가? 옛사람이 말하기를, "강개하여 살신殺身하는 것은 쉬워도 조용히 죽음에 처하기는 어렵다."라고 하였는데, 내가 보기에는 문천상의 죽음은 조용히 처신했다기보다 도리어 구차하게 살려고 한 것에 가까우니 충신이 나라의 올바른 도리를 위하여 죽은 것이 결코 아니니다.

우리나라의 명신 가운데 정몽주보다 더 숭상받는 자가 없었으니 왕씨王氏를 위해 나라에서 죽는 것이 그가 평소 품었던 생각이었

128 문천상(文天祥): 남송(南宋) 말기의 충신. 자는 송서(宋瑞), 호는 문산(文山). 원(元)나라 병사가 쳐들어 왔을 때 포로가 되었으나 굴하지 않고, 정기(正氣)의 노래를 지어서 자신의 충절(忠節)을 보이고 죽었음.

129 애산(崖山): 산 이름. 광동성(廣東省) 신회현(新會縣) 남대해(南大海) 안에 있는데, 송나라 말에 장세걸(張世傑)이 황제를 모시고 이곳을 지키고 있다가 결국 원나라의 공격을 받아 황제가 물에 빠져 죽음으로써 송나라가 망하였다.

다. 가령 신우辛禑를 정말로 신돈의 아들이라고 여겼다면 정몽주의 충성심으로 어찌 차마 하루라도 머리를 숙이고 신하가 되었는가! 애초에 공민왕의 아들이라고 생각하고 섬겼다면, 신우를 신돈의 아들이라고 칭하여 죽일 때 어찌하여 우를 위해 목숨을 바치지 않았는가? 부자간의 일은 다른 사람들이 알 수 없는 것이니 저 우가 신씨인지 왕씨인지는 정몽주 또한 자세히 알지 못한 것인가? 혹자는 우가 신씨라는 것 또한 한때의 헐뜯는 말에서 나온 것이라 하니 역사가들이 그 잘못된 것을 답습한 것인가? 정몽주가 머뭇거리며 구차하게 산 것은 또한 문천상의 조용함에서 나온 것인가?

맹자께서 말씀하셨다.

"책을 모두 믿는 것은 책이 없느니만 못하다."

(218) 유몽인의 문재에 대한 품평들

참의參議 권벽은 일생 동안 시 짓기에 심혈을 기울여 시에 대한 안목이 매우 밝았으니, 남의 시문을 보면 단 한번에 서울 사람의 것인지 시골 사람의 것인지 구별해 낼 수 있어 백에 하나도 실수하는 법이 없었다. 어떤 사람이 서익[130]의 시를 보이자 권벽이 한

130 서익(徐益: 1542, 중종 37-1587, 선조 20): 조선조 선조 때의 명신(名臣). 자는 군수(君受), 호는 만죽(萬竹). 선조 2(1569)년에 문과에 급제, 의주 목사(牧使)가

번 보더니 말했다.

"이 시는 반은 시골 사람 것이요, 반은 서울 사람 것이다."

서익은 본래 서울 사람인데 처를 여산礪山에서 취한 지가 이미 여러 해 되었던 것이었으니, 그의 조감藻鑑[131]이 대부분 이와 같았다.

지금 세상에 『습재집習齋集』 10여 권이 있는데 자손들이 가난하여 다만 일 권만 간행했을 뿐이다. 창주 차운로[132]가 말했다.

"근래 동방의 시집 중에서 『습재집』이 제일 원숙하여 흠 잡을 것이 없다."

『습재집』을 구하여 보니 과연 차운로의 말대로였다.

내가 스무 살 때 산사에 올라가 책을 읽고 있었는데 서울에서 온 선비로 아직 벼슬길에 나가지 않은 자들이 그곳에 많이 있었다(지금은 모두 문인이 되었다). 우리들은 서로 주고받으며 여러 편의 시를 지었는데, 4행시도 있었고, 4운韻 8행 시도 있었다. 그때 권벽의 아들 협韐도 창화唱和하는 대열에 참여하고 있었다. 그가 집에 돌아가 그때 창화하며 지은 시들을 권벽에게 보이니 권벽이 한번 보더니 문득 나의 시를 집어내며 말하였다고 한다.

되었으나 탄핵을 받은 이이(李珥)를 변호하는 상소를 올렸다가 파직되었음. 시조를 잘했으며 2수가 전함.

131 조감(藻鑑): 조경(藻鏡), 즉 품평(品評)하고 감별(鑑別)한다는 뜻임.

132 차운로(車雲輅: 1559, 명종 14-?): 문장가. 자는 만리(萬理), 호는 창주(滄洲). 형 차천로(車天輅)와 함께 문장에 뛰어났고, 시와 글씨에도 능하였다.

"이 시가 지금은 비록 미숙하지만 뒷날에는 반드시 대가의 문장을 이룰 것이다. 내가 나의 시집을 가려 뽑을 수는 없으니 뒷날 내 시집을 간행할 때 반드시 이 사람으로 하여금 선별하도록 시켜라."

월정月汀 윤근尹根이 권벽을 만나자 질문하였다.

"근세의 문장 고하에 관해 사람들이 말하기를, 신진 문사 중에 유柳 아무개가 문장에 매우 능숙하다고 합니다. 그의 문장과 동고東皐 최립崔岦의 문장 중 누구의 것이 우수합니까?"

권벽이 말하였다.

"최립의 문장은 고인의 작품을 모방하여 비록 공교롭기는 해도 자신의 조화造化가 아니지요. 저 유몽인의 문장은 앞사람의 모범을 모방하지 아니하고 모두 흉중에서 나온 변화이니 이는 가장 하기 어려운 것이지요. 최립도 그에게 미칠 수 없소."

또 오산 차천로[133]가 나의 문장과 최립의 문장을 논함에 매번 권벽의 견해와 대략 같았다고 하는 사실도 일찍이 들었다.

나의 망우亡友 성진선成晉善이 매번 말했다.

"내가 보기로는, 자네의 문장은 맹자 · 장자 · 사마천 · 반고 · 한

---

133 차천로(車天輅: 1556, 명종 11-1615, 광해 7): 조선조 선조 때의 문장가. 자는 복원(復元), 호는 오산(五山) · 난우(蘭嵎) · 귤실(橘室) · 청묘거사(淸妙居士). 선조 10(1577)년 문과에 급제, 여러 벼슬을 거쳐 봉상시첨정(奉常寺僉正)에 이르렀음. 문장이 썩 뛰어나 동방문사(東方文士)라 하여 명나라에까지 알려졌음.

유의 글을 널리 채집해서 스스로 조화를 이루어내 옛사람들의 작품을 모방하지 않았고, 최립은 다만 반고班固의 『한서漢書』· 한유의 비碑 · 유종원의 기記만을 채집하여 그 체제와 골격을 모방했으므로 협착한 듯하니 자네의 문장만 훨씬 못하네."

성진선이 허균에게 물었다.

"유몽인의 문장과 최립의 문장 중 누구의 것이 더 우수합니까?"

허균이 말없이 한참을 생각하더니 말하였다.

"최의 문장은 노숙하고 영묘하오. 유의 문장이 그에 미치지 못할 것 같소."

나는 일찍이 구양수의 문장을 비루하게 여기고 이색李穡의 문장이 과거공부 하는 거자擧子[134]와 비슷함을 비천하게 여겨 이규보의 문장을 체體로 삼았다. 나의 시는 위약하여 그의 시에 미치지는 못했지만 그의 시체와 나의 시체가 서로 같은 부류임에 자못 기뻐하였다.

현옹玄翁 신흠申欽은 일생 동안 문장을 전공하였는데 귀양 당한 이후로 문장을 보는 감식안이 더욱 밝아졌다. 권협은 권벽의 아들로 그 또한 문장을 감별하는 안목을 소유하고 있었다. 그런데 이들은 모두 나의 시문에 대해 동방에서 비견할 자 없고 오직 이규보의 시만이 서로 엇비슷하다고 여겼다.

134 거자(擧子): 거인(擧人). 향시(鄕試)에 급제하고 다시 회시(會試)를 보는 사람. 전(轉)하여 과거(科擧)를 볼 자격이 있는 사람.

차운로는 차천로의 아우로 문장에 조예가 깊었는데 내 시 전질全秩을 여러 날 동안 깊이 완미하더니 말하였다.

"지금 세상에는 이 문장을 알아보는 자가 없으나 오직 아는 자만은 알 것이오. 세상에 당신과 비견할 자 드무오."

내가 그에게 주필[135]로 나의 시를 가려 뽑아주어 출판하는 데 편리하게 해 달라고 부탁하자 그가 사양하며 말했다.

"혹 경박한 뜻으로 붓을 휘두른 작품이 서너 구 있지만 남들이 미칠 수 있는 것이 아니오. 애석하오. 선별할 수 없소."

또 권협으로 하여금 선별해 주도록 부탁하니 사양하며 말했다.

"그대가 선별하고자 하는 것은 출판상 어려운 문제를 근심하기 때문일 것이오. 만약 지금 종이 값을 아낄 것이라면 지금 이후로 다시는 시를 짓지 않는 것이 좋겠지만 이왕에 나온 전질에는 한 수도 버릴 만한 것이 없소."

다시 성여학[136]에게 선별해 달라고 부탁하니, 한 질의 책에 비점[137]과 관주[138]를 더했을 뿐 선별해 주지는 않고서 말했다.

"시 가운데 혹 다듬을 곳이 있긴 하지만 공이 스스로 선별하시

---

135 주필(朱筆): 붉은 먹을 묻힌 붓.

136 성여학(成汝學): 성혼(成渾)의 문인. 시를 잘 지었으며 이수광과는 절친한 시우(詩友)였다. 50여 세가 되어 사마시에 합격하였고, 벼슬은 별좌에 그쳤다.

137 비점(批點): 시·문장 등의 요소(要所)·묘행(妙行)에 치는 점.

138 관주(貫珠): 문장이나 글자가 잘되었을 때 칭찬하는 뜻으로 글자 옆에 치는 고리 같은 둥근 표.

오. 다른 사람이 어찌 감히 손을 댈 수 있겠소? 나는 동방 사람의 문집을 많이 보았지만 당신만 한 대가는 없었소. 그렇지만 그 사실을 지금 세상에 누가 알겠소? 문장과 시문이 비록 공교하여도 사람들은 귀하게 여기지 않소. 그러니 소설총화小說叢話를 지어 세상을 가르침에 도움이 될 뿐만 아니라 많은 사람들이 또한 즐겨 보게 하는 것이 나을 거요."

나는 그의 말을 옳다고 여기고, 문견한 바를 가지고 10권쯤 되는 한 통通의 야담을 지었다.

아아! 관안[139] 증서[140]가 비교되는 것을 수치스러워하고, 한신韓信과 번쾌樊噲가 반열에 서는 것을 수치스러워함이여! 공명孔明은 관악[141]을 스스로 마음속에 기약하였고, 두보杜甫는 몰래 자신을 직설稷契에 견주었다. 영척[142]의 크고 넓은 백수[143]는 관자[144] 아니면 사모하지 아니하였으며, 장인匠人이 도끼 휘둘러 바람 일으키는 것과 백아伯牙의 고산유수高山流水도 반드시 지기知己를 기다린

139 관안(管晏): 관중(管仲)과 안영(晏嬰). 모두 제(齊)나라의 명상(名相).

140 증사(曾史)인 듯함. 증(曾)은 증삼(曾參)으로 인(仁)을 행한 사람. 사(史)는 사추(史鰌)로 의(義)를 행한 사람.

141 관악(管樂): 관중(管仲)과 악의(樂毅). 모두 춘추전국시대의 명신(名臣)임.

142 영척(寧戚): 영척이 쇠뿔을 두드리며 노래하는 것을 듣고 제(齊)나라의 환공(桓公)이 그를 등용함.

143 백수(白水): 흐르는 물을 두고 맹세하는 데에서 연유하여, 백수(白水)는 '진실로 변하지 않을 말'을 의미한다.

144 관자(管子): 관중(管仲)의 경칭.

후에야 알았노니,[145] 후세의 양자운楊子雲을 어찌 기대하겠는가. 아! 그만두겠노라.

태학사 유근이 나의 시집을 보고 말하였다.

"나에게 선별하도록 시켰다 하더라도 내 어찌 선별할 수 있었겠는가? 마땅히 전질을 출판하여야 할 것이다."

슬프도다! 우리 집은 가난하니 어찌 전질을 다 간행하겠는가. 50~60권 되는 책은 장차 벽 바르는 종이가 되고 말 것인가.

(219) 임제의 위인

임제는 의협심 있는 선비이다. 소싯적에 친구와 함께 한 마을을 지나가는데 마을 안에 있는 재상 집에서 큰 잔치를 열어 손님들을 대접하고 있었다. 주인과는 평소 알지 못하였는데도 임제는 그의 친구에게 말했다.

"내가 일찍부터 이 집 주인과 오랜 친분이 있으니 자네도 나를 따라 이 잔치에 참석하겠는가?"

---

145 백아(伯牙)가 거문고를 잘 타고 그의 벗 종자기(鍾子期)는 그 타는 소리를 듣고 백아의 심중을 잘 알았는데, 종자기가 죽자 백아는 자기가 타는 거문고 소리를 이해하는 사람이 없으니 거문고를 타 무슨 소용이 있으랴 하여 거문고의 줄을 끊고 다시는 손을 대지 않았다 함. 이러한 고사에서 지음(知音), 백아절현(伯牙絶絃) 같은 성어가 이루어짐.

친구가 말하였다.

"그러세."

"자네는 잠시 문밖에서 기다리게. 내 마땅히 먼저 들어가서 자네를 맞이하겠네."

친구는 그 말대로 문밖에 서 있었고 임제는 곧 그 집 주인과 손님들께 서서 읍揖을 한 뒤 말석에 앉아 한마디도 하지 않고 묵묵히 있었다. 술이 세 차례 돌자 손님들 중 어떤 사람이 다른 손님들 귀에 대고 물었다.

"저 사람은 당신의 벗입니까?"

객들이 모두 말하였다.

"아니오."

말이 끝나자 주인도 객들도 모두 서로 돌아보며 냉소하니, 임제가 그때서야 비로소 말을 꺼내었다.

"모두들 저를 보고 웃으십니까? 저는 별로 웃기는 편이 아닙지요. 저보다 더 웃기는 사람이 오래전부터 문밖에 서서 내 입을 바라보며 술과 음식을 기다리고 있습니다."

주인과 객들이 모두 크게 웃으며 임제와 말을 나누어 보고서 말이 다 끝나기도 전에 그가 호기 있는 선비임을 알게 되었다. 그래서 즉시 문밖에 있는 손님을 불러 밤이 새도록 함께 술을 마시다 파하였지만 문밖에 있던 손님은 임제가 주인과 친분이 있는 것으로만 알았지 그가 당돌하게도 잔치 자리에서 자신을 팔았다는 사실은 끝내 알지 못하였다.

(220) 시삼절時三絶

김계휘金繼輝 · 강극성姜克誠 · 정현鄭礥 · 홍천민洪天民은 모두 병술년 생으로 네 사람은 계를 만들었다. 강극성의 집은 남문 밖 봉지蓬池 가에 있었는데 달밤에 그곳에서 모였다. 모두 집안이 가난하였기 때문에 술이 시고 적었다. 김계휘가 말했다.

"나는 하루에 살찐 새끼를 한 마리씩 낳을 수 있는 소를 가지고 싶다."

정현이 말했다.

"나는 빚지 않아도 저절로 술이 생겨나는 술독을 가졌으면 좋겠다."

강극성이 말했다.

"나는 먹지도 않고 입지도 않는 아름다운 첩을 얻고 싶다."

그 당시의 사람들이 모두 이를 삼절三絶이라고 여겼다.

김계휘가 다음과 같은 시를 지었다.

풍류는 강백실[146]이요

---

146 백실(伯實): 강극성의 자이다.

온자한 마음씨는 홍달가[147]라.
경서[148] 또한 시에 능하니
오직 나만 재주 없는 자로다.

(221) 장수 겨룸

이호민·한준겸·이항복이 소싯적에 함께 중학[149]에 놀러갔다가 태복시[150]에 마른 짚이 산더미처럼 쌓여 있어 거의 1만여 묶음이나 되는 것을 멀리서 바라보고 한준겸이 말하였다.

"나는 이 짚을 가져다 한 마리 길들여지지 않은 말을 먹여서 그것이 다 떨어질 때를 기다릴 것이니 수명이 얼마나 되겠는가?"

이호민이 말하였다.

"나는 이 짚을 가늘게 잘라 베개 속에 넣고 그것이 다 없어질 때를 기다릴 것이니 수명이 얼마나 되겠는가?"

이항복이 말하였다.

"나는 내 발이 저릴 때마다 저 짚을 손톱 만큼씩 잘라 침을 묻

147 달가(達可): 홍천민의 자(字)이다.
148 경서(景舒): 정현의 자이다.
149 중학(中學): 서울 중부에 있던 사학(四學)의 하나.
150 태복시(太僕寺): 조선시대 궁중의 수레, 말, 목장을 맡아 보던 관아.

혀 코끝에 붙여서 그것이 다 떨어질 때를 기다릴 것이니 그 수명이 얼마나 되겠는가?"

이에 한준겸 등은 박장대소하며 말하였다.

"우리들의 수명이 모두 수백 년은 넘을 것이지만 자상子常[151]의 수명처럼 억겁을 지나도 끝이 없는 것 같지는 못할 것이네."

세속의 사람들이 발이 저리면 풀을 잘라 침을 묻혀 코끝에 붙였으니, 그렇게 하면 발 저림이 곧 나았기 때문에 이항복이 그렇게 말한 것이었다.

(222) 정자당의 기인 풍모

접때 우리나라에서 사림의 화가 계속 이어지자 많은 선비들이 터무니없이 큰 소리를 쳐 스스로를 욕되게 하였다.

정자당[152]이라는 자가 있었는데 선비였다. 그는 성품이 호방하였고 문재는 그와 짝할 자가 드물 정도로 뛰어났다. 그 당시 재상의 집에는 유명한 배가 있었는데 가을철이 되어 바야흐로 익어

---

151 자상(子常): 항복의 자(字).

152 정자당(鄭自堂): 시인. 자는 승고(升高), 호는 청송(青松). 본관은 동래(東萊). 직산(稷山) 출신. 1488(선종 19)년 생원(生員)으로서 별시문과(別試文科)에 병과(丙科)로 급제, 교리(校理)에 이르렀다. 연산군 때는 광인(狂人)으로 행세하여 사화(士禍)를 면했으며, 시에 뛰어나고 해학을 즐겼다.

있었다. 자당은 벗들과 더불어 밤중에 그 집 뜰 밖에서 놀다가 서로 말하였다.

"누가 저 배를 훔칠 수 있을까."

정자당이 말했다.

"나라면 할 수 있다."

모두 말했다.

"상국은 성격이 포악해서 사내종 계집종들이 죄를 지으면 매를 때려도 될 것을 죽이곤 한다네. 만약 탄로 나서 저 상국의 노여움을 사게 되면 틀림없이 쉽게 끝나지 않을 터이니 어찌하려는가?"

정자당이 말했다.

"내가 어찌 그를 두려워하겠는가?"

마침내 알몸에 베로 된 주머니를 차고 담을 넘어 나무를 부여잡고 배를 따 바야흐로 주머니에 가득 차게 되었다.

때는 달빛이 마치 한낮같이 밝았는데 상국의 집에는 마침 존귀한 손님이 찾아왔으므로 자리를 배나무 아래에 펴도록 한 뒤 달을 완상하면서 시비에게 술상을 올리라고 명하였다. 술이 몇 잔 돌았을 때 시중드는 계집종이 손님 앞에 나아가 술잔을 올리다가 자신도 알지 못하는 사이에 웃어 버리고 말았다. 이에 크게 노한 상국은 사내종을 시켜 그녀를 끌어내도록 한 뒤 심문하였다.

"귀한 손님 앞에서 어찌 감히 소리를 내 웃는단 말인고!"

시비가 무릎을 꿇고 대답하였다.

"예를 갖추지 못하였으니 그 죄는 죽어 마땅하옵니다만 우연히 나무 위를 보니 사람이 나체로 있으므로 미천한 계집이 가벼운 성품에 말은 못하고 그만 몰래 웃고 말았던 것이옵니다."

상국이 위를 올려다보고 크게 놀라 나무에서 내려오라고 호령하였다. 정자당은 나무에서 내려와 읍하면서 마치 곁에 아무도 없는 것처럼 행동했다. 그의 성과 이름을 묻자, 정자당이라고 대답하였다. 당시 그가 문재 있다는 명성이 높아 널리 퍼졌기 때문에 귀천을 막론하고 그의 명성을 듣지 않은 사람이 없었다. 상국이 그를 꾸짖으며 말했다.

"너는 밤중에 남의 담장을 넘어 배를 훔쳤다. 그 무례한 행동이 이같이 심하니, 선비인 너는 마땅히 글을 써서 그것으로 대신 스스로를 속죄하도록 해라."

짐짓 신귀례[153]로 알현하라 명하고, 손을 등에 지고 서서 머리를 구부려 땅과의 거리가 일촌一寸이 되도록 한 뒤 '신량입교허新凉入郊墟'[154]로 제목을 삼아 팔각률八角律의 부賦를 짓도록 명령했다. 자당은 한순간도 쉬지 않고 계속 입으로 불러 잠깐 사이에 한 편의 시를 만들어 냈다. 그러자 손님과 주인이 크게 기뻐하고 칭찬하며 자리에서 내려와 자당을 좌석으로 데리고 올라가 밤새도록 술을 마시고 즐기다가 파하였다. 그 시는 다음과 같다.

---

153 신귀례(新鬼禮): 근자에 죽은 사람의 혼령이 드리는 예.

154 신량입교허(新凉入郊墟): 한유의 시구. '새 추위가 교외에 들도다.'

소자첨이 창가에서 책을 읽음에

솔바람에 산 비는 밤중에 주룩주룩 내렸네.

백낙천이 강 머리에서 객을 보냄에

단풍잎과 갈대꽃 가을에 쓸쓸하였네.

그 나머지는 잊어버려 기억할 수 없으나 이 시는 그 당시 사람들의 입에 회자되었고 지금도 우리나라 사람들 책자에 전한다.

그 후 정자당은 과거에 급제하여 홍문관 정자正字가 되었다. 그가 저자를 지나는데 어떤 한 여자가 창 안에 앉아 녹두 유병油餠을 부쳐 창밖에 있는 소반 위에 늘어놓았다. 자당은 그것이 먹고 싶어 말에서 내렸다. 발(簾)에서 대 하나를 뽑아낸 뒤 몰래 문 곁에 서서 녹두 유병을 낚아 먹었다. 주인집 여자가 녹두 유병을 다 부치고 나와서 보니 소반이 텅 비어 있으므로 크게 놀라 소리지르며 곁에 있는 사람을 꾸짖으니 곁에 있는 사람들이 모두 말했다.

"대를 가지고 문밖에 서 있는 손님이 의심스럽소."

주인 여자는 마침내 정자당의 옷소매를 잡아끌어 허물하는 말을 함부로 하며 꾸짖자 자당이 웃으며 말했다.

"나는 본래 떡만을 좋아할 뿐 술 마시는 것은 좋아하지 않는다오. 그러니 주인 아줌마! 내 옷을 잡아당기지 마오."

정자당이 유배를 당해 강 위에서 유숙할 때 왕을 꿈에 뵙고 감격해 시를 지었다.

마음속의 가인佳人 꿈속에서 만나니
초췌한 옛 얼굴에 서로 놀라네.
꿈을 깨니 몸은 높은 누 위에 있는데
빈 강엔 바람이 치고 달은 산봉우리에 숨네.

(223) 기지로 훈공을 얻어낸 선비[155]

연산조에 한 판서의 아들이 있었는데, 글 하는 선비였으나 도리에 어긋나고 망령되게 처신하였다. 밤에 사청射廳[156] 앞에 있는 기생집에서 잠을 자는데 한밤중에 불량배들이 문을 열어젖히고 칼을 빼들고 들어왔다. 선비는 다급한 나머지 알몸으로 도망하여 훈련원訓鍊院 누대 판자 아래 숨으니, 불량배들이 그를 뒤쫓아왔으나 찾아내지는 못하였다.

조금 있으니 재상 10여 명이 수십 명의 군졸을 거느리고 누대

155 본 이야기는 권1의 (78) 「기지로 훈공을 얻어낸 선비」에 나오는 이야기와 내용이 동일하다. 본 번역이 대본으로 삼은 장서각본 『어우야담』이 필사본이므로 그 체제를 그대로 유지해 주는 의미에서 재차 싣는다.

156 사청(射廳): 조선조 때 무과의 시험장으로 쓰던 대청. 서울에서는 훈련원 대청을 일컫는다.

위에 모여 비밀리에 반정反正할 계획을 모의하며 말했다.

"대사를 일으키고자 하는데 판서 아무개를 죽이지 않으면 일이 성사되지 않을 것이오."

이 말을 들은 무리들은 옳다고 대답하였다. 판서 아무개는 곧 선비의 부친이었다. 그는 숨을 죽이고 엎드려 듣고 있다가 놀라고 두려워 어떻게 해야 할지 몰랐으나, 즉시 누대 아래에서 몸을 빼어 나와 뜰에 꿇어앉아 말했다.

"소자의 부친인 아무개는 여러 상공들께서 장차 거사를 일으키리라는 말을 들으시고 서둘러 이곳에 오시고자 했는데 마침 갑작스럽게 곽란을 앓게 되었습니다. 아버님은 그래도 몸을 일으켜 오시고자 했으나 도로 넘어지기를 세 차례 하신지라 소자에게 먼저 의거에 참여하라고 명령하셨습니다. 일이 급하여 의건衣巾을 착용할 겨를도 없었으므로 알몸으로 오게 되었습니다."

이 말을 들은 여러 재상들이 크게 기뻐하며 그를 허락하였다.

일이 평정되고 공로를 논하여 봉작封爵할 때 선비 부자에게는 영광스러운 대훈大勳을 봉해 주었다. (어떤 자가 말하기를 선비가 아니고 서얼 구현휘具玄暉라고 한다.)

(224) 김칭의 기생 다루는 술수

가정 융경 연간(1522-1572)에 한양에 협사 김칭金偁이라는 자가 있었는데 그는 한미한 집안의 사람이었다. 그런데도 장안의 화류장을 마음대로 휘젓고 다녔고, 그를 한번이라도 만난 기생들은 모두 그를 지극히 사랑하는 사람이라고 말하였다. 장안의 명기들이 서로 말하였다.

"우리들이 각자 자신의 마음속에 두고 있는 사람이 있는데도 한번도 서로 상면한 적이 없었으니 이는 풍류 간의 큰 흠이 아닐 수 없다. 남산에 있는 상산대上山臺에 성대한 잔치를 베풀어 놓고 각자 한 사람씩 맞이하여 술을 마시면서 실컷 즐기도록 하자."

모든 기생들이 이구동성으로 좋다고 응낙하였다.

그날이 되자 상산대 위에 장막을 베풀어 놓고 기다림에 10여 명의 사람들이 도착하였는데 그들은 모두 화려한 옷을 입었고 용모가 수려한 나이 젊고 이름난 장안의 협사들이었다. 그 나머지 50여 명의 기생들은 모두 주인이 없이 소나무 숲을 살펴보고만 있었다.

날이 이미 늦었는데도 연회에서는 아직 통성명조차 하지 않은 상태였다. 포시晡時[157]가 지나자 어떤 한 사람이 도착하였는데 그

157 포시(晡時): 신시(申時). 곧 오후 3시에서 4시까지의 사이.

는 이마가 드러난 베로 만든 관을 쓰고 등이 나온 갈옷을 입고 있었으며, 뒤꿈치가 드러난 짚신을 신고 천천히 오리걸음으로 걸어오고 있었다. 50여 명의 기생들이 각각 금 술잔을 들고 나아가 서로 번갈아 가며 그에게 술을 따랐다. 이에 화려한 옷을 입고 아름답게 꾸민 협사들은 서로 바라보고 저절로 기가 죽어 모두 소변보러 간다는 핑계를 대고 도망쳐 버렸다.

이로부터 장안의 협사들 중에 상산대의 잔치, 양잠두兩蠶頭의 잔치, 탕춘대蕩春臺의 잔치, 북청문北淸門의 잔치, 삼청동三淸洞의 잔치 및 삼강三江의 배 위에서 여는 잔치 등에 명기를 불러오려고 하는 사람들이 있으면 일단 김칭의 수결[158]을 받으면 그것을 보고 온 성에 있는 기생들이 모두 세찬 파도가 이는 듯 달려오므로 비록 사인[159]이 관장하는 장악원[160]과 예조의 위엄과 세력이라 해도 감히 그 사이에 끼어들 수 없었다. 김칭이 장차 죽으려고 할 때 많은 협사들이 그 술수를 전수해 달라고 청하자, 김칭은 좌우를 물리치고 비밀스럽게 말했다.

"노비처럼 구시오."

이 말을 마치더니 그는 죽었다.

---

158 수결(手決): 도장 대신으로 자필로 자기의 성명이나 직함의 아래에 쓰는 일정한 자형(字形).

159 사인(舍人): 조선조 때 의정부의 정4품 벼슬.

160 장악원(掌樂院): 음악 교육과 교열(校閱)에 관한 사무를 맡은 관사(官司).

아아! 어찌 협사만 그러한 술수를 쓰겠는가? 명사名士들 또한 그 같은 술수를 행하도다.

(225) 과욕이 부른 재앙

호남에 한 호기 있는 선비 모씨가 있었다. 지혜와 도량이 넓었고 생계를 도모하는 것 또한 헤아릴 수 없이 많았다. 호남에 있는 논은 일 년에 수백 가마니를 파종하여 가을에 거의 수만 가마니를 수확했으므로 호남에서 제일가는 부자였다. 그러나 스스로는, 다음과 같이 한탄하였다.

"백 가마니를 파종하는 땅이 호남 가운데 산재해 있어 그 땅들 사이에 산과 내와 구릉이 많이 있으므로 문호門戶가 널리 퍼져 가득 차 있는 장관을 얻을 수 없구나. 내 평생이 영락零落할 뿐이니 부끄럽도다!"

그리고는 산재해 있는 땅을 모두 팔아 백만百萬의 포단布段을 마련하였다. 황해도의 황주黃州와 봉산鳳山 사이에 갈대밭이 많이 있는데 수백 리에 이르기까지 한없이 펼쳐져 있어 높고 넓은 제방을 만들어 그 갈대밭을 논으로 만들면 그 이익이 수천이나 될 것이라는 소문을 들었다. 이에 호남의 옛 업을 버리고 황해도로 들어가 바닷가에 화려한 누각을 짓고 천 마리의 살찐 소를 끌어다 그 땅을 개간하였다. 돌을 손수레로 실어 나르고 흙을 높이 쌓아 올려 높은 둑을 만드니 둘레가 수백 리였다.

바야흐로 한여름이 되자 푸른 구름이 들을 가득 메웠고 푸른 억새풀이 허공에 흔들려 끝이 보이지 않고 거칠 것이 없었다. 그런데 장마가 여러 달 지자 추수[161]가 산을 돌아 언덕을 넘어 밀려왔다. 물에 떠내려 온 바위가 큰 둑을 한번에 터트리니 붉은 물줄기가 개간한 땅 위를 물결치며 흘러 온 평야의 벼가 모두 어지러운 겹겹의 물줄기 속으로 들어가 넓고 큰 바다와 더불어 같은 물줄기를 이루고 말았다.

주인은 각건[162]을 쓰고 깃털 부채를 든 채 화려한 난간에 기대 눈을 부릅뜨고 크게 웃으며 말하였다.

"내가 집안의 재산을 탕진하여 없애 버린 것은 분명하지만 넘쳐흘러 넘실대는 물결이 이루는 장관은 천하에 둘도 없도다!"

아! 사람은 큰 것을 좋아하여 이익을 구함에 족함을 알고 그칠 줄 몰라서 끝내는 호남의 거대한 재화를 모두 날라다 일개 척박한 장소로 만들고 말았다. 속담에 이르기를, "사슴을 보고 쫓다가 잡은 토끼 잃는다."라고 하였으니, 이를 두고 이른 것이다.

---

161 추수(秋水): 가을철에 맑게 흐르는 물.

162 각건(角巾): 처사나 은자가 쓰는 두건.

(226) 유순의 제라립, 박충간의 평정건

나라가 평화로울 때 향리들은 모두 제라립[163]을 썼는데, 이는 백제와 신라 때 쓴 방립方笠을 말한다.

유순兪洵에게는 사랑하는 계집종이 있었는데 그녀는 향리의 아내였다. 유순이 일찍이 향리의 방에 몰래 들어가자 유순의 처가 몽둥이를 들고 뒤따라 들어왔다. 다급해진 유순은 벽 위에 걸려 있는 제라립을 보고 즉시 그것을 쓰고 나와 땅에 엎드리니 유순의 처는 그를 향리로만 알고 창황히 달아났다.

박충간朴忠侃에게는 사랑하는 기생이 있었는데 그 기생은 녹사[164]와 사통하는 사이였다. 녹사는 으레 평정건平頂巾[165]을 쓰고 다녔고 그것을 벽 위에 걸어 놓곤 했다. 박충간이 밤중에 기생집에 들어와 그곳에서 잠을 자고 이른 아침에 일어나 대궐로 가는데 날이 아직 밝지 않은 때여서 잘못하여 평정건을 쓰고 갔다. 대궐에 이르자 노비가 그를 올려다보며 의아해하였다. 박충간은 대경실색하고 말에서 내려 민가로 들어갔다.

당시에 호사자가 다음과 같은 시를 지었다.

---

163 제라립(濟羅笠): 방(方)갓. 원래 서울의 아전들이 쓰던 모자로 검은색이었으나, 조선 중엽 이후 흰색으로 바뀌면서 상을 당한 사람들이 쓰는 것으로 되었다.

164 녹사(錄事): 조선조 때 의정부(議政府)·중추부(中樞府)에 딸린 아전(衙前).

165 평정건(平頂巾): 각 관아(官衙)의 서리(書吏)들이 머리에 쓰는 건.

유가兪家의 처는 제라립을 두려워하고
충간의 노비는 평정관을 의심하는도다.

당시 사람들이 이를 두고 절창絶唱이라고 일컬었다.

(227) 애꾸눈 이람

이충의李忠義에게 아들이 있었는데 큰 아들은 인상仁祥이고 둘째 아들은 효상孝祥이었다. 그들이 조금 자라자 아이 적 이름을 고쳐 인상은 람覽이라고 하였고 효상은 멱覓이라고 하였는데 람이라고 이름한 것은 그 아이가 한쪽 눈이 멀었기 때문이었다. 그러자 효상이 자기 부모에게 하소연하였다.

"형은 한쪽 눈이 멀었는데도 오히려 '본다(覽)'라고 하고 나는 양쪽 눈이 모두 멀쩡한데도 오히려 '찾는다(覓)'라고 하였으니 몹시 원통합니다. 이름을 고쳐 주십시오."

부모가 웃으면서 이름을 고쳐 각覺이라고 하였으니, 이는 그 아이의 양쪽 눈이 밝음을 의미한 것이었다.

이람은 사람됨이 기운이 넘치고 협기俠氣를 좋아했는데 한쪽 눈이 함몰된 애꾸눈이었다. 원욱元彧이라는 사람도 한쪽 눈이 멀었는데 눈알이 툭 튀어나왔고 청백색이었다. 이람이 원욱을 보고 자신의 얼굴 반쪽을 부채로 가린 채 말하였다.

"그대 눈을 보니 눈알이 툭 튀어나온 것이 구슬 같은데 색깔 또한 청백青白색이구려. 눈이 먼 것도 볼썽사납다고 이를 만한데 어찌해 죽은 눈알을 그대로 달고 다녀 사람들이 보기에 더욱 추악하게 하시오?"

원욱이 처음에는 근심스러운 기색이 얼굴 가득했다가 끝내는 노한 낯빛을 드러내며 눈을 똑바로 뜨고 째려보면서 어찌할 줄 몰랐다. 한참 후 이람이 부채를 치우며 말하였다.

"가령 부득이해서 눈이 멀 수밖에 없다면 나처럼 오목하게 들어가서 흔적이라도 없어야지!"

이에 원욱도 기뻐하며 웃었고 드디어 서로 청안青眼의 벗[166]이 되었다. 후에 원욱은 과거에 급제하여 절충장군이 되었고 정옥[167]으로 생애를 마쳤다. 이람 또한 과거에 급제하여 지금 3품관이 되었다. 이각은 지금 형조참판이 되었고 완창군完昌君으로 책봉되었다.

166 청안지교(青眼之交): 뜻과 마음이 맞는 벗.

167 정옥(頂玉): 이마에 옥을 드린다는 뜻으로 옥으로 만든 망건 관자를 쓸 수 있는 지위를 의미하는 듯함. 대체로 정3품 당상관 이상만 옥관자를 붙일 수 있었음.

(228) 김행의 입담

김행[168]은 입담이 좋고 우스갯말을 잘하였다. 술자리에서 오이는 늙고 수박은 설익었으며 홍시는 작고 술은 물맛이 많은 것을 보고 탄식하며 말했다.

"금년은 풍년이 들겠구먼. 상수리 크기는 홍시만 하고 냉수에도 술맛이 있으니 말이야. 오이야 오이야, 네 나이를 수박에게 보태 주렴."

김행이 벗과 더불어 일을 논할 때 벗의 마음이 울적해 있는 것을 속 답답하게 여겨 이마를 찡그리며 말했다.

"답답도 하네, 자네. 6월 삼복더위의 한낮에 붉은색 직령[169]을 입고 적다마[170]를 타고 종로거리를 달린다 해도 그 답답한 모습이 자네보다 더하지는 않을 걸세."

이구수李龜壽는 목소리가 가늘고 용모가 파리했다. 그런 그를 보고 김행이 말했다.

"가여워라, 구수여. 굴원[171]의 형상에 송옥[172]의 목소리를 하고

---

168 김행(金行: 1532, 중종 27-1588, 선조 21): 문신. 자는 주도(周道), 호는 장포(長浦). 1588년 광주 목사(光州牧使) 때 순변사(巡邊使) 신립(申砬)과 사예(射藝)를 겨루어 이김으로써 전라도 병마절도사의 물망에 올랐으나 병사했다. 글씨에도 뛰어났다.

169 직령(直領): 무관 웃옷의 한 가지. 깃이 곧게 되었음.

170 적다마(赤多馬): 절따말. 붉은 빛깔의 말.

171 굴원(屈原): 중국 전국시대 초(楚)나라의 우국지사이며 시인. 초사(楚辭)라고 하는 운문 형식의 글을 처음으로 시작했음. 이름은 평(平), 자는 원(原). 회왕(懷

있으니, 비록 부모가 모두 살아 계시고 형제가 무고한 공자 왕손이라 해도 자네를 보면 눈물을 흘릴 걸세."

김행이 성혼成渾과 대면해 있는데 변론이 계속 순환하니 성혼이 말했다.

"자네는 무익한 변론으로 세상에 병폐를 끼치더니 이제 늙어서까지도 부드럽고 완곡하게 말하는가."

김행이 말했다.

"뭐 나쁠 것 있나. 덕행은 자네이지만, 언어는 날세."

(229) 공처

자고로 교화시키기 어려운 자는 부인네들이다. 배짱 좋은 남자들 몇 사람이나 부인을 두려워하지 않을까? 옛날에 어떤 장군이 10만 병사를 거느리고 광막한 들에 진을 쳤다. 동쪽과 서쪽을 나누어 큰 깃발을 세워 놓았는데 한 깃발은 청색이고 다른 한 깃발은 붉은색이었다. 마침내 군사들에게 삼령오신三令五申[173]하여 말했다.

王)을 도와서 공이 컸으나, 참소를 당하고 한때 방랑생활을 하다가 마침내 울분을 참지 못하여 회사부(懷沙賦)를 읊고 멱라수(汨羅水)에 빠져 죽음.

172 송옥(宋玉): 전국시대 초나라 사람. 혹설에는 굴원의 제자라고도 한다.

173 삼령오신(三令五申): 자주 되풀이하여 훈령을 내려 신칙한다는 뜻으로 성의를 다하여 타이름을 이름.

"아내가 두려운 자는 붉은색 깃발 아래 모이고, 두렵지 않은 사람은 청색 깃발 아래 모여라."

10만 군사가 모두 붉은색 깃발 아래 섰으나 한 군사만이 홀로 청색 깃발 아래 서 있었다. 장군이 전령傳令하여 그 이유를 물으니 그 군졸이 대답했다.

"제 처가 항상 저에게 경계하기를, '남자가 셋이 모이면 반드시 여색을 논하니 남자 셋이 모여 있는 곳에 당신은 절대 가지 마시오'라고 하였는데, 하물며 10만 남자가 모여 있는 곳이야 더 말할 것 있나요! 그래서 감히 아내의 명령을 어기지 못하고 혼자 청색 깃발 아래 서 있는 것입니다요."

(230) 『종리호로』의 세교담

금년 봄에 간행한 중국 책에는 70편의 소설이 실려 있는데 그 책의 제목은 『종리호로鍾離葫蘆』이다. 이는 서백[174] 때부터 유래한 것으로 음란하고 외설스러워 차마 보고 들을 수 없다. 다만 그 책 중 두 이야기만이 세교世教에 관련될 만하다.

그 한 이야기는 다음과 같다.

174 서백(西伯): 주나라 문왕(文王).

어떤 사내가 병이 들어 죽을 즈음 그의 여러 아들들이 부친에게 유교遺教를 청하니, 그가 말하였다.

"내가 죽거든 반드시 동으로 만든 네 개의 고리를 내 관 옆에 달도록 해라. 너희들이 풍수선생風水先生 말을 듣고 내 관을 이리 옮겼다 저리 옮겼다를 몇 번이나 반복할지 알 수 없으니……."

다른 한 이야기는 다음과 같다.

어떤 어리석은 사람이 밭에서 호미를 잃어버렸는데, 처가 호미가 어디에 있냐고 물으니 큰 소리로 대답했다.

"밭의 제 몇 번째 이랑에 있소."

그 처가 힐난하였다.

"그렇게 크게 소리 지르면 혹시라도 사람이 있다가 듣고서 먼저 가져가 버리면 어쩌려고 그러시오?"

그러자 그 어리석은 사람이 처의 귀에 대고 말하였다.

"그런데 호미가 이미 없어졌소."

(231) 낭패 본 아내 자랑

이 아무개와 김 아무개는 교분이 매우 두터웠는데 이 아무개의 아내는 문장에 능했고 김 아무개의 아내는 일자무식이었다. 이 아무개와 김 아무개가 강을 건너가 독서할 목적으로 고삐를 나란히 한 채 수십 보를 나갔는데 이 아무개의 아내가 심부름 보낸 계집종이 작은 편지를 가지고 땀을 뻘뻘 흘리며 그간 노정을 뛰어왔다. 그 편지에는 '춘빙가외 신물경도春氷可畏愼勿輕渡'[175]라는 여덟 글자가 쓰여 있었다. 김 아무개가 그것을 보고 몹시 부러워하였다.

하루는 이 아무개와 김 아무개가 마주하고 앉았다가 계집종을 시켜 이씨 아내에게 말을 전해 『고문진보古文眞寶』를 찾아 내오게 하였더니 그의 아내가 또 계집종을 시켜 물었다.

"전집前集입니까? 후집後集입니까?"

김은 또 이씨의 아내를 칭찬하고 집으로 돌아와 자기 아내를 책망하며 말했다.

"이씨 아내는 문자를 아는지라 이씨가 고문진보를 찾아 내오게 하였더니 전집인가 후집인가를 묻던데, 당신은 어찌해 일자무식으로 책 제목도 읽지 못하오."

책의 권질卷帙마다 언문으로 제목을 표시해 주고 객과 대좌하였을 때 아내로 하여금 『공총자孔叢子』[176]를 찾아오게 하였다. 이는 여러 손님들 앞에서 자기 아내가 글을 안다는 사실을 과시하

175 춘빙가외 신물경도(春氷可畏愼勿輕渡): '봄의 얼음은 위험하니 삼가 경솔하게 건너지 마십시오.'라는 뜻.

176 공총자(孔叢子): 책 이름. 3권(卷) 21편(篇). 한(漢)나라 공부(孔鮒)의 찬(撰)이라고 전하나 후인(後人)의 위찬(僞撰)으로 봄. 공자(孔子) 및 그 일족에 관하여 기술한 것임.

고자 한 것이었다. 아내가 계집종을 시켜 말을 전했다.

"전공前孔입니까? 후공後孔입니까?"

이 소리를 듣고 주인이나 손님이나 모두 묵묵히 아무 말도 하지 못하였는데, 어떤 한 손님이 말했다.

"앞 구멍(前孔)으로 하는 것이야 좋지만 뒤 구멍(後孔)으로 하는 것은 추악하지. 정말 추하지."

김 아무개는 대단히 부끄러워했다.

(232) 화공 황순의 입담

화공畫工 황순黃順은 늘 몇 칸짜리 보잘것없는 집에 거처하였으나 그의 말솜씨는 유창하여 쏟아지는 폭포수 같았다. 자신은 정색을 하고 말하며 절대 이를 드러내고 웃지 않으면서도 다른 사람들은 배를 부여잡고 숨이 끊어질 듯 웃게 만들었다.

일찍이 서울에 막 올라온 기녀와 더불어 사통하다가 밤이 되자 자신의 집에서 그녀와 동숙하고 싶었지만 집이 누추한 것이 부끄러웠다. 그의 집은 태평관太平館[177]과 서로 등지고 있었다. 태평관의 후문으로 들어가 사립문을 두드리며 있지도 않은 이름을 지어

177 태평관(太平館): 조선조 때 중국 사신이 우리나라에 와서 머무는 숙소(宿所). 지금의 서울 태평로에 있었음.

내 연달아 6, 7명의 노비를 소리 높여 불렀다. 그러나 그곳은 빈 관사였으므로 아무도 응답하는 사람이 없었다. 그는 짐짓 크게 노한 모습을 지으며 말했다.

"종놈들이 모두 자느라고 응대하지 않는구먼. 내일 반드시 그 놈들을 대대적으로 매질할 것이다. 담장을 사이에 두고 유모의 집이 있으니 그곳에 가서 숙박하도록 하세."

그리고는 그녀와 더불어 자신의 누추한 집에 와 숙박하였는데, 새로 온 기녀는 아무것도 모르고 태평관을 황순의 집이라고 생각하였다.

화공의 일이 고달픈데다 장안에서도 화공을 찾는 자들이 무척 많았으므로 그는 사람들의 방문을 감당할 수 없었다. 사람들이 문을 두드리며 그를 부르면, 그의 집 안에는 응문應門[178]이 없었으므로 늘 자신이 방에서 코를 잡고 목소리를 변하게 하여 말했다.

"참봉께서는 출타하셨습니다."

(233) 가난한 유생의 이불

경성의 한 가난한 유생이 서경西京을 지나게 되었는데 서경은 기

178 응문(應門): 손[來客]의 용무를 주인에게 전달하는 사람.

생의 소굴이었다. 평양 부윤府尹이 이 유생을 객사에 묵게 하고 또 명기名妓로 하여금 시중들게 하였다. 날은 춥고 침구가 마련되어 있지 않았으므로 유생은 밖으로 나가 종과 몇 마디 말을 나누더니, 드디어 종을 불러 "좋은 금침衾枕을 찾아오라."고 말하였다. 종이 다 떨어진 상의를 하나 바치자 유생은 그 상의를 뒤집어 두 발을 상의의 양쪽 소매에 넣고 누우며 말하였다.

"이것 참 좋은 이불일세!"

또 종에게 명하여 관아의 요를 쳐서 차가운 벽을 가리게 하고 요를 뒤집어 자신의 몸을 덮었다. 그런 뒤 다시 일어나려고 하다가 엎어졌고 또다시 일어나려고 하다가 또 엎어지니 유생은 노하여 종을 꾸짖었다.

"어리석은 종놈아 나가 버려!"

종을 내쫓은 뒤 유생은 다시 요를 덮고 잠을 잤다.

서경 기생들이 지금도 그 이야기를 기담으로 여긴다.

(234) 시골 백성의 착각

전라도 영암 군수가 관아에 앉아 백성들이 가을에 바치는 환곡을 받으니 한 읍의 백성들이 모두 모여들었다. 날이 뜨거웠던 때였으므로 군수가 소리 질렀다.

"냉차 한 그릇 올리도록 하여라!"

차를 올리자 군수는 한 그릇을 다 비웠다. 어떤 궁색한 시골 백성이 그것을 우러러보며 부러워했는데, 그는 냉차가 무엇인지 알지 못하고 굉장한 음료수이리라고 여겼다. 시골 백성은 창고에 환곡을 들이고 난 뒤 청사 뒤로 가 냉차를 구하여 마셔 보니 그것은 익히 알고 있는 냉수에 불과한지라 껄껄 웃으면서 갔다.

조금 있으니 관인[179]이 "제독[180] 문관文官께서 오신다."라고 소리쳤다. 시골 백성은 제독이라면 중원中原의 이 제독李提督 동 제독董提督 부류인 줄로만 착각하고 머리를 맞대고 바라보다 읍 사람에게 물어보니, 향교鄕校 훈도訓導의 별명이라는 것이었다. 그 백성이 크게 웃으며 말했다.

"이는 냉차와 같은 부류이구려."

(235) 장수 겨룸 2탄

송천松川 양응정梁應鼎이 군郡의 수령이 되어 관아를 수리하였다.

---

179 관인(館人): 객사를 지키고 빈객을 접대하는 사람.

180 제독(提督): 교육을 감독·장려하는 관원. 조선조 14대 선조 19(1586)년에 시작하여 팔도(八道)에 한 사람씩 두어 관하 각 향교의 학사(學事)를 감독케 하다가, 25(1592)년 겨울에 폐지함.

목수는 지붕 위에서 도끼질을 하고 있었고 송천은 아래에서 손님과 대좌하여 함께 술을 마시고 있었다. 상 위에는 해송자[181]가 놓여 있었는데 무척 싱싱했다. 송천이 심부름하는 아이를 불러 해송자를 뜰에 심게 하면서 말하였다.

"훗날 이 소나무가 크게 자라면 잘라서 내 관을 만들 재목으로 써야겠소."

객이 송천에게 말하였다.

"그 해송 열매가 자라 열매를 맺으면 나는 그 열매를 따 땅에 심고서 그 나무가 크게 자라기를 기다렸다가 내 관의 재목으로 쓰겠소."

그러자 지붕 위에 있던 목수가 도끼를 놓고 뜰로 내려와 엎드려 절하였다. 송천이 그 까닭을 물으니 목수가 말하였다.

"후일 두 합하[182]께서 돌아가신 뒤에 소인은 두 분 합하를 위해 관을 짜 드리겠습니다."

목수의 말을 들은 두 사람은 박장대소하였으며, 송천은 곡식 다섯 가마를 가져오라 명령하여 그것을 말 잘한 목수에게 상으로 주었다.

아! 인간 수명의 길고 짧음이 어찌 사람의 입에 달려 있겠는가?

---

181 해송자(海松子): 해송의 열매. 해송은 소나무과에 속하는 상록칠엽교목으로 곰솔이라고도 함.

182 합하(閤下): 정1품 관원을 높여 이르는 말.

옛날에 이호민과 한준겸 및 이항복이 사복시司僕寺의 짚을 보고 각각 자신들의 수명을 비유하여 말하였는데,[183] 그중 항복의 수명이 가장 무한하였으나 다른 두 사람보다 먼저 죽었으니[184] 이도 또한 목수와 같은 유이다.

(236) 김인복의 입담

김인복金仁福은 구변이 좋았고 우스갯소리를 잘하였다. 젊었을 적 길가에서 외방에 사는 가난한 선비를 만났는데, 그는 수정으로 갓끈을 만들어 달았으나 갓끈의 길이가 몹시 짧아 간신히 턱을 두를 뿐이었다. 김인복이 말을 멈추더니 그에게 다가가 읍을 하며 말했다.

"참 아름답구려! 선생님의 갓끈은 천하의 둘도 없는 보물입니다그려. 저희 집 재산을 다 기울여서라도 그것을 샀으면 합니다."

그 선비가 말했다.

"당신 집이 어디 있소?"

"숭례문 밖 청파리靑坡里에 있습니다. 청하옵건대 선생께서 내

183 221화 참고.

184 항복의 생졸 연대는 1556-1618이고, 이호민은 1553-1634이고, 한준겸은 1557-1627로 세 사람 중 이항복이 가장 먼저 죽었음.

일 저를 방문해 주십시오. 선교船橋 위에서 김인복의 집이 어디 있느냐고 물으면 길 가는 사람들이 다 알 것입니다."

마침내 그렇게 약속하고서 갔다.

그다음 날 날이 밝자 인복이 아직 잠에서 깨어나지도 않았는데 그 선비가 인복의 집을 방문하였다.

인복이 나가 마루 끝에 앉더니 밭머리에 자리를 깔고 선비를 그곳에 앉게 한 뒤 말했다.

"우리집의 수전[185]은 동성東城 홍인문 밖에 있소. 한 말의 씨를 뿌리면 해마다 거두어들이는 곡식이 세 섬이지요. 또 건장한 소 한 쌍이 있는데 그 크기는 낙봉駱峯만 합니다. 바야흐로 봄 2, 3월이 되어 토맥土脈이 실로 깊어지고 샘물의 원천이 처음 움직이기 시작하면 잘 갈아 놓은 쟁기 날을 쟁기에 묶어 밭을 갈고 흙덩이를 깨뜨려서 물을 대고, 밭 하나당 올벼 열댓 말을 심는 곳이 수십 군데이지요. 추8월이 되면 밭 가득 드리운 황금 들녘을 달 모양의 낫을 손에 쥐고 베어낸 뒤 방아 찧어 까부르면 옥이 펴지는 듯 구슬이 날리는 듯하지요. 그것을 불 때어 밥 지으면 번지르르함이 숟가락에 흐르고 차진 맛에 혓바닥이 감긴다오. 지금 선생께서 앉아 계신 밭은 기름진 옥토여서 상추 재배하기에 가장 적합합니다. 3, 4월이 교차할 즈음에 개간해서 분뇨로 거름하고 우

185 수전(水田): 물을 끌어들여 벼를 심게 되어 있는 논. 무논.

로雨露를 맞게 되면 잎이 파초만 해집니다. 이미 싹이 나 연하고 부드러운 것이 파릇해지면 그것을 붉은 소반에 넘치게 담지요. 봄볕이 바야흐로 따뜻한 때이므로 열 지어 있는 항아리에 넘치는 장이 달기가 꿀맛 같고 색은 마치 말의 핏빛 같다오. 인천과 안산安山의 바다에서는 그물을 드리워 밴댕이를 잡아 저자에 내다 파니 그것을 사다가 굽고 그 위에 기름장을 바르면 그 향기에 코가 비틀어지지요. 자! 그러면 손바닥에 상추를 편 뒤 수저로 올벼로 만든 밥을 덜어내 담고 붉고 단 장을 발라서 거기에 잘 익힌 생선을 올려놓고 상추 잎을 모아 싸면 그것은 마치 부산포에서 왜놈의 돈을 싼 것 같고, 양손을 합하여 그 쌈을 들면 마치 혜임령惠任嶺 상인이 말에 실은 짐 봉지 같으며, 입술을 열어 입을 딱 벌리면 그것은 마치 종루鍾樓에서 파루[186]한 후 숭례문이 활짝 열린 것 같지요. 이때쯤 되면 이 갓끈은 너무 짧기 때문에 끊어져 옥이 바닥에 쏟아지게 될 것이리니, 우리 집에 비록 영안永安의 세포, 양호兩湖의 종면綜綿, 관서關西의 아름다운 명주, 남경南京의 팽금彭錦, 요동遼東의 모단帽段이 있어 7칸 누대 위에 묵혀져 쌓여 있다 한들 내가 그 갓끈을 살 수는 없습니다."

선비는 그의 말을 들으면서 입이 딱 벌어져 자기도 알지 못하

---

186 파루(罷漏): 오경삼점(五更三點)에 큰 쇠북을 33번 치던 일. 서울 도성(都城) 안에서 인정(人定) 이후 야간 통행을 금했다가 새벽이 되어 통행을 풀 때에 치던 신호.

는 사이에 침을 흘리다가 갔다.

김인복이 일찍이 담비 꼬리로 만든 귀 덮개를 착용하고 저잣거리를 지나다 사헌부의 금리[187]를 만났다. 금리가 그의 옷자락을 잡더니 시장의 점포 안에 가두어 두고 사헌부에 보고하려 하자, 김인복이 팔뚝을 걷어붙이고 주먹으로 치면서 말했다.

"내가 너를 죽일 것이다."

금리가 말했다.

"나는 사헌부의 금란[188]을 담당하는 관리이다. 당신이 나를 죽이고 어디로 갈 수 있을 것 같소?"

김인복이 말했다.

"네가 있는 사헌부의 24명 감찰[189]을 나는 개가죽과 같이 여겨 버려 버린다. 쌍 지평,[190] 양 장령,[191] 독 집의,[192] 단 대사헌[193] 등은 모두 우리 가문의 족질族姪들이며, 심지어는 개국공신, 정사공

---

187 금리(禁吏): 금제된 사항의 위반행위를 단속하는 관리.

188 금란(禁亂): 금란사령(禁亂使令)이라는 관리가 있어 금란패(禁亂牌)를 가지고 금제위반자(禁制違反者)를 탐색 체포하였음.

189 감찰(監察): 사헌부의 정6품 벼슬. 정원은 24명이었으나 정조 때 11인을 줄이고 문관 3인, 무관 5인, 음관(蔭官) 5인 해서 모두 13인이 있었음.

190 지평(持平): 사헌부에 딸린 정5품의 벼슬. 정원은 2명.

191 장령(掌令): 사헌부의 한 관직. 정4품.

192 집의(執義): 사헌부에 딸린 종3품 벼슬. 정원은 1명.

193 대사헌(大司憲): 고려·선조 때 사헌부의 으뜸 벼슬. 종2품임. 문무백관의 기강을 바로잡고 임금의 잘못을 간(諫)하고 풍속을 바로잡음. 도헌(都憲). 준말은 대헌(大憲).

신,[194] 좌리공신,[195] 좌명공신[196] 등도 모두 우리 집안의 훈벌勳閥이다. 내가 지금 주먹으로 너의 머리통을 쳐서 깨뜨려 길 가운데 쓰러져 죽게 한다면 너의 족당들이 나를 고소해서 가두어 놓겠지. 그러면 성안에 가득 찬 내 오랜 벗과 친척들이 각각 술병과 음식을 들고 와 나를 먹이고 위로할 것이며, 나는 취한 채 감옥에 누워 코를 우레같이 골면서 잘 것이다. 해당되는 관사에서는 법에 의해 그 마땅한 처벌을 논할 것이다. 그러나 나는 훈벌[197]의 장손이므로 사형에서 감해질 것이고 법에 비춰 멀리 삼수갑산으로나 유배 보내질 테지. 그러면 경성의 친지들이 각각 기생과 악공을 거느리고 동교東郊까지 나와 나를 전송할 것이고, 역참에서는 역말을 달려 나를 유배지에 보낼 것이다. 그러면 나는 그곳에서 호초胡貂로 만든 이불을 덮고 잣죽, 백산白山의 사슴으로 만든 포, 압록강의 물고기로 만든 회를 먹으며 지낼 것이다. 나라에 큰 경사나 왕세자의 탄생이 있으면 팔도의 도류[198]들에게

194 정사공신(定社功臣): 조선 태조(太祖) 때 일어난 소위 방석(芳碩)의 난을 평정한 공로로, 정종(定宗) 때에 의안대군(義安大君) 등 17인에게 내린 훈호(勳號).

195 좌리공신(佐理功臣): 순성명량경제홍화좌리공신(純誠明亮經濟弘化佐理功臣)의 약어(略語). 조선 성종(成宗) 2(1471)년, 신숙주(申叔舟) 이하 보좌공신 75명에게 준 훈호.

196 좌명공신(佐命功臣): 조선 정종(定宗) 2년, 제2차 왕자의 난 때 박포(朴苞) 등의 무리를 평정한 공으로 이저(李佇) 등 38명에게 내린 훈명(勳名).

197 훈벌(勳閥): 나라나 군주를 위하여 드러나게 세운 공로가 있는 집안.

198 도류(徒流): 도형(徒刑)과 유형(流刑)을 아울러 일컫는 말.

대사면이 있으니 금계[199]를 크게 움직여 집으로 돌려보낼 것이다. 내가 이내 동교東郊에 도달하면 노상에 무덤이 닥지닥지 있을 것이리니, 그것에 대해 물으면 사헌부의 아전 아무개가 아무개에게 피살당해 이곳에 묻혔노라고 대답하겠지. 그렇다면 너는 죽고 나는 살아남는 것이니 누가 얻은 것이고 누가 잃은 것이겠느냐?"

금란 관리가 크게 웃으며 말했다.

"내 마땅히 사헌부에 보고하지 않겠으니, 그 이야기를 다시 한 번만 더 들을 수 있게 해 주오."

(237) 정려문의 허실

경성의 한 무사는 그의 별장이 밀성[200]에 있어서 상주와 성주 사이를 왕래할 때에는 항상 그와 사이가 좋았던 유생을 찾아가 그 집에 머물렀다. 4, 5년 동안 경성에 있는 집안일 때문에 겨를이 없어 별장에 가 보지 못하다가 만력 10(1582)년에야 다시 밀성에 내려갔다. 가는 길에 상주와 성주 사이에 살고 있던 친구를 찾아

199 금계(金雞): 사면(赦免)을 뜻한다. 옛날 사죄(赦罪)하는 조서를 내릴 때, 장대 끝에 금계(쇠로 만든 닭)를 달아, 의장으로 사용하였다.

200 밀성(密城): 경상남도 밀양(密陽)의 옛이름.

갔더니 그 친구가 죽은 지 이미 3년이나 지나 있었다. 날은 이미 저물고 달리 갈 만한 곳도 없었으므로 친구 집에 행장을 풀어 놓고 잠시 쉬었더니 친구의 아내가 안에서 그 소식을 전해 듣고 곡성을 더욱 슬프게 하면서 종에게 명하여 손님방을 치우게 하고 무사를 그곳에 거처시켰다.

무사는 옛 친구 생각에 마음이 아파 밤늦도록 잠들지 못하고 있었다. 손님방의 북쪽 담장은 몹시 높았고 섬돌 위로는 빽빽한 대나무가 숲을 이루고 있었다. 달빛이 은은히 비치는데 대나무 사이를 느릿느릿 걷는 소리가 들려 혹시 호랑이나 표범 아니면 너구리가 있는 것이 아닌가 하여 몸을 숨기고 가만히 바라보니, 중이 어지럽게 자란 대나무 숲속에서 머리를 내밀고 사방을 둘러보더니, 이윽고 몸을 빼내어 곧장 규방 안을 향해 들어가는 것이었다. 무사가 살금살금 걸어가 규방 창문에서 불빛이 새어나오는 것을 보고 손가락 끝에 침을 묻혀 구멍을 뚫고 엿보니 나이 젊은 부녀자가 옅게 화장하고 요염하게 앉아 청동화로에 불을 피워 소고기를 굽고 술을 데워 중을 먹이고 있었다. 중이 음식을 다 먹고 난 뒤 둘은 등잔 불빛 아래서 마음껏 음란한 짓을 벌이는 것이었다. 무사는 분함을 참지 못하고 화살을 꺼내 활을 잔뜩 당겨 창틈새로 중을 향해 쏘니 중은 외마디 소리를 지르고는 죽었다. 무사는 활을 숨기고 손님방으로 돌아와 거짓으로 코 고는 소리까지 내며 잠자는 체하였다. 한참 있으니 안에서 부인이 높은 목소리로 다급하게 부르는 소리가 들려왔고, 집안 노비들이 놀라 사방에서 소리치는 바람에 집안이 온통 떠들썩하였다. 무사가 놀라 일어나 까닭을 물으니 그들이 대답하였다.

"주인집은 양반입니다. 과부가 혼자 거처하는데 간밤에 미친 중놈이 앞뒤를 가리지 않고 멧돼지처럼 달려들었으므로 과부가 칼을 빼어 중을 죽이고 그놈의 몸을 난자한 뒤 스스로 손가락을 잘라 몸을 훼손시키고 자살하려 한 까닭에 온 집안 사람들이 애써 자살하지 못하도록 말렸습니다."

무사는 냉소를 감춘 채 탄성을 발하고는 행장을 꾸려 그 집을 떠났다. 이듬해에 무사가 서울로 돌아가는 길에 그 집을 지나게 되었는데 그 집에는 이미 정려문이 세워져 있었다.

(238) 남녀간의 욕정

남녀 사이에는 큰 욕정이 존재한다. 성인이 예를 만들어 내외의 분별을 두었으니 이는 화를 두루 예방하려고 한 것이다. 열 살부터 자리를 같이하지 아니할 것이며, 같은 길로 가지 아니할 것이며, 밤길에는 등잔불을 밝힐 것이로되 등잔불이 없다면 행차를 그칠 것이다. 비록 형제 생질처럼 아주 가까운 친척 사이일지라도 서로 대면하는 데 있어서는 절도가 있어야 하며, 문지방을 넘지 말 것이며, 왼쪽 문짝을 닫아 두어야 할 것이며, 문을 반 쯤 열어 놓고 말을 나누어야 하는 것 등은 옛 제도이다. 우리나라에서는 규방의 범절을 중하게 여겨 사족 가문의 문지방 안은 외부 사람이 엿보기 어려운 바였다.

근자에 지체 높고 세력 있는 집안이 있어 부녀자가 새로 시집왔는데 자태와 용모가 절세미인이었다. 어떤 장사꾼이 능단綾段을 팔려고 바깥문 옆에서 계집종들과 값의 고하를 결정하고 있을 때, 며느리가 중문에서 그것을 몰래 엿보았다. 장사꾼은 고의로 시간을 질질 끌며 빨리 결정내지 않고 그녀를 몰래몰래 훔쳐보니 진실로 절대미색이었다.

이로부터 그 장사꾼은 침식을 전폐하고 백 가지로 계책을 내어 국법을 범하고자 하였다. 부인에게는 유모가 있었고 그 유모는 딸을 기르고 있었는데 그 딸은 박색이었다. 장사꾼은 능단을 가져와 몇 단을 유모에게 주며 딸을 달라고 하니 유모는 그것을 허락하였다. 장사꾼은 유모에게 후사하고 이어 채색 비단 5, 6필을 안주인에게 바치며 말했다.

"속언에 계집종의 지아비는 노복과 같다고 하니, 청하옵건대 집안 청소하는 일은 저에게 맡겨 집안 노비처럼 부려 주십시오."

주인집에서는 부끄러워하고 감사해하며 재삼 사양했지만 억지로 진상하였다.

그 후로도 거듭 유모와 딸에게 더욱 정성스럽게 하였고 장사해서 번 돈을 다 써도 아까워하지 않으니 유모가 이를 무척 괴이하게 여기고 연유를 힐문하였다.

"불초여식이 장부의 마음에 차지 않을 터인데 이처럼 관대하게 대접하는 것은 무슨 까닭이오?"

장사꾼은 겸손해 하며 다른 말로 얼버무렸다. 그러더니 한참 있다가 좌우를 물리치고는 유모의 귀에 대고 말하였다.

"접때 문밖에서 비단을 팔면서 중문 안에 아녀자가 있는 것을 잠깐 보았는데 진실로 절대가인이었습니다. 그가 누구인지는 모르겠지만 그 이후로 속이 타는 듯한 열병이 생겨 잠시도 마음에서 떨쳐 버릴 수 없었습니다. 이 원하는 마음을 이루지 못한다면 저자에서 말라죽는 것을 면치 못할 것 같기에 이러한 혼례를 치렀던 것입니다."

유모가 놀라 입을 가리더니 말했다.

"망령된 말 말게나. 그분은 우리 집의 소군[201]이시네."

장사치는 거짓으로 놀란 체하며 말했다.

"실수했습니다. 제가 실수했습니다. 원하옵건대 유모께서는 입을 막고 누설하지 마십시오."

그 이후로 진상하는 능단이 더욱 많아졌을 뿐만 아니라 보내주는 물품도 더욱 후해졌다. 유모는 그것을 거절하고자 했지만 재

201 소군(少君): 본래는 제후의 부인을 일컫는 말이나 여기에서는 안주인을 의미하는 말로 쓰였다.

물에 욕심이 생긴데다 장사꾼은 은밀하게 그 일을 점점 더 확고하게 도모하였으므로 유모는 마침내 고개를 끄덕이며 승낙하게 되었다.

한 달이 채 지나지 않아 부인의 지아비가 책을 읽기 위해 산사로 가자 부인과 유모가 함께 묵었고 여러 시비들은 밖에서 묵었다. 유모가 거짓으로 취한 체하면서 머리에 큰 원형의 수건을 쓰고 옷을 벗은 뒤 부인의 이불 속으로 들어와 부인을 껴안으며 말했다.

“사랑스럽기도 하지 우리 딸, 이러니 서생인들 사랑하지 않고 배기겠나.”

장난스럽게 남녀 사이에 행하는 행동을 하면서 한참 동안 부인의 마음을 도발시켰다. 부인이 말했다.

“가소롭네. 늙은 유모가 어찌 이처럼 미친 짓을 하오. 노망 들어 그러는 것 아니오?”

두세 번 밀어냈지만 장난이 길어질수록 부인에게 요구하는 것이 더욱 심해졌다. 잠시 후 유모가 몸을 빼어 나가면서 말했다.

“오줌 싸고 다시 올게요.”

유모는, 장사꾼에게 미리 밖에서 기다리고 있다가 알몸에 큰 원형의 모자를 써서 유모의 모습을 하고 들어가 곧바로 이불을 펴고 자신이 했던 것처럼 껴안으라고 일러두었다. 부인은 그 사실을 알지 못하고 유모인 줄로만 알고 그가 노는 대로 맡겨 두니 장사꾼은 마침내 마음껏 간음하였다.

이로부터 새벽이면 돌아가고 밤이면 들어가 내외가 서로 응접하니 집안 사람 가운데 어떤 자가 이 사실을 알고서 부인의 시아버지에게 알렸다. 시아버지는 벼슬아치였다. 이 말을 듣고 깜짝 놀라 몰래 엿보니 장사꾼이 밤중에 동산 담을 넘어 북쪽 담장으로부터 들어왔다. 그다음 날 시아버지는 집안의 노비 네댓 사람에게 명령하였다.

"오늘 밤 어떤 우마 도적이 북쪽 담을 넘어 들어올 것이니 너희들은 담장 밑에 큰 구덩이를 파놓고 몽둥이를 들고서 몰래 엿보고 있다가 그 도적놈을 쳐서 구덩이에 던져 넣고 묻어 두었다가 오경을 알리는 파루罷漏가 울리면 먼 산에 갖다 묻도록 해라. 만약 말이 새어 나가면 너희들이 대신 죽게 될 것이다."

밤이 깊으니 과연 도둑이 나타나 동산의 북쪽 담을 넘어 들어오다 담장 밑에 파 놓은 큰 구덩이에 빠졌다. 노비들은 그 도적을 몽둥이로 때려죽인 뒤 감추어 둔 채 오경이 되기를 기다렸다가 먼 산으로 가져가 묻어 버렸다. 그리고 유모와 유모의 딸을 야외에서 함께 죽였지만 아무도 그 사실을 알지 못했고 서생 부부도 옛날처럼 지내면서 끝내 그 사실을 깨닫지 못하였다.

남녀의 정욕이란 무척 두려워할 만하다. 눈 깜짝할 사이에 그 얼굴을 한번 보고서 끝내 마음을 제어하지 못하여 유모로 하여금 부인을 팔도록 만들어 장사꾼이 마음에 품었던 계책을 풀 수 있었다. 이는 다름이 아니라 여자가 몸 간수하는 것을 단단하게 하지 못하고 마땅함을 잃으니, 남자가 뜻밖의 일을 도모했던 것에 불과하다. 부인 되는 자가 경계할 바 아니겠는가.

(239) 남곤이 사랑했던 기생

남곤南袞이 관찰사가 되었을 때 사랑했던 기생이 있었다. 어느 날 저녁, 달빛이 밝아 대낮 같았는데 그를 배종陪從하던 자들도 모두 객사에서 잠이 들고 그 혼자서만 기생과 더불어 섬돌 아래를 서성거렸다. 남곤이 기생에게 물었다.

"너의 집은 어디에 있느냐?"

기생이 손가락으로 가리키며 말하였다.

"저 홍문[202] 밖 길가에 있는 사립문 집이 소녀의 집이옵니다. 소녀의 집에 술이 있는데 지금은 밤중이라 아는 사람이 아무도 없을 것이오니 사또님과 함께 달빛을 받으며 걸어서 저희 집에 갔다가 거나하게 취한 뒤 돌아온다면 즐겁지 않겠습니까?"

남곤은 그러자고 허락하였다. 남몰래 기생의 손을 잡고 갔으나 객사를 지키던 사람들은 아무도 이 사실을 몰랐다. 기생은 그녀

202 홍문(紅門): 홍살문. 능(陵)이나 묘(廟) 그리고 관아 등의 정면 앞에 세우던 붉은 칠을 한 문.

어머니를 시켜 몰래 수령에게 알려 술상을 들이게 하고는 마치 자기 집에서 차린 것처럼 하였다. 서로 더불어 돈독하게 즐기다가 남곤은 자신도 알지 못하는 사이에 취하여 잠이 들고 말았다. 기생이 집안 사람들을 시켜 창에 두꺼운 자리를 드리워 새벽의 햇빛이 들지 않도록 하니 남곤은 천둥 같은 코 고는 소리를 내며 잠을 잤다.

해가 이미 높이 뜨자 모든 아전들이 사립문 밖에서 문안인사를 올렸다. 남곤이 놀라 일어나 문 밖으로 나가고자 했지만 해가 이미 집 밖에 높이 떠 있어 그야말로 진퇴유곡이었다. 남곤은 크게 부끄러워한 나머지 마침내 병을 핑계대고 집으로 돌아갔다. 이미 임기가 끝나 귀향하고서도 남곤은 그 기생 생각에 빠져 잊을 수 없었는데 수령이 기생의 행장을 꾸려 경성으로 보냈으므로 마침내는 받아들여 첩으로 삼았다.

남곤이 일찍이 술 취한 김에 앞서가던 졸개를 뒤따르게 하고 갑자기 들어가니 한 미남이 뒷문에서 나왔다. 남곤은 자리에 앉지도 않고 물었다.

“저 뒷문 손님은 누구신가?”

기생이 짐짓 놀라는 체하더니 눈물을 흘리면서 말하였다.

“영공께서 저를 내쫓고 싶으시다면 저를 버리시든가 벌을 주시는 것도 옳은 일일 것입니다만, 뒷문 손님이라니 이 무슨 말씀이신지요?”

말을 마친 뒤 조그마한 칼을 꺼내어 손가락 위를 내리치니 손가락 하나가 그 칼질에 떨어져 나가고 말았다. 남곤이 크게 놀라며 말했다.

"창기가 두 마음을 가지는 것은 그리 심하게 책망할 것이 아닌데도 그 자취를 감추려고 차마 하지 못할 짓을 잔인하게 하는 것이 옳으냐?"

남곤은 옷소매를 떨치고 나와 그다음 날로 기녀를 말에 태워 집으로 돌려보냈다.

(240) 포쇄별감 채세영의 눈물

채세영蔡世英은 한림학사로 포쇄별감[203]이 되어 사책史策을 전주에서 거풍하였다. 그런데 즐기기 좋아하는 사대부들이 사명을 받들고 주부州府에 와서는 기녀로 하여금 객사에서 잠자리를 모시도록 하여 자못 음란한 행각을 벌였으므로, 조정에서는 채세영이 포쇄별감으로 오기에 앞서 공문을 열읍에 보내어 기녀로 하여금 객사에서 종사하지 못하도록 하였다. 채세영은 길을 따라 가면서도 두려웠으므로 도착한 주부州府에서 감히 여색을 가까이하지

203 포쇄별감(曝曬別監): 조선조 때 사고(史庫)에서 서적을 점검하고 거풍시키던 벼슬아치. 예문관(藝文官)의 검열(檢閱)이 맡아 하였음.

못했다.

전주에 이르렀는데 한 달 내내 비가 내려 사고史庫를 열 수 없었고 그로 인해 오랫동안 머무르게 되니 무료함을 이길 수 없었다. 전주 부윤이 판관判官에게 말했다.

"나이 젊은 사관史官이 오랫동안 객사에 체류해 있는데 명령이 엄하여 이곳의 여색을 자랑해 볼 수도 없으니, 주인이 귀한 손님을 대접함에 어찌 이같이 쓸쓸하게 해야겠소. 바라건대 판관께서 잘 대접해 주시오."

판관은 "예."라고 대답하고는 물러나 우두머리 기생과 더불어 모의하여, 전주부의 기녀 중에서 젊고 아름다운 자를 뽑아 엷은 화장에 흰색 의상을 입히고 용모와 안색을 갑절로 아름답게 꾸민 뒤 절구공이를 들고 객사와 아주 가까운 곳에서 절구를 찧게 하였다.

또 시중드는 아이와 더불어, 만약 한림께서 묻거든 반드시, '관기가 아니라 서울 재상 집의 계집종으로 친가에 휴가 나왔다가 상을 당해 3개월 동안 머물고 있습니다. 곧 1백 일이 가까워지는데 아직 머물러 있습니다'라고 대답하도록 약정하였다.

채세영은 소복한 여자가 행랑 곁에서 절구질하는데 용모와 태도가 뛰어나게 아름다운 것을 보고 정신이 멍하여 어찌할 줄 몰랐다. 시중드는 아이에게 몰래 물었다.

"저 절구질하는 여자는 전주 기녀인고?"

"아니올시다. 서울 김 판서 댁의 계집종인데 어버이의 상을 당해 읍 안에 머무르고 있습지요."

"언제 상을 만났느냐?"

"거의 1백 일이 되어 갑니다. 천인賤人은 1백 일이면 상을 벗으니 이달 안에 돌아갈 것입니다요."

채세영은 그날 밤 밤새도록 잠들지 못했다.

다음 날 또 시중드는 아이에게 물었다.

"만약 관기가 아니라면 관부에 고하지 않고서 몰래 유치해 올 수 있느냐?"

"주인이 있는 계집종이기 때문에 힘을 쓰기가 어려울까 걱정입니다."

"그렇다면 한번 말이나 해 보고 외부 사람들에게는 절대 누설하지 말아라."

시중드는 아이가 읍의 관에 몰래 고하고 기녀를 꾀어 객사에 이르도록 했다. 이로부터 기녀는 밤이면 왔다가 아침이면 돌아가곤 했는데, 채세영은 전주 고을 사람들이 절대로 모르리라고 여겼다.

하루는 전주부 안에서 한림을 위하여 성대한 잔치를 베풀었다. 곱게 화장한 기녀들이 대열을 이루었으며, 그들의 아름다운 의상이 눈을 현혹시켰다. 지난날 백의를 입었던 기녀 또한 금색 치마에 운빈[204]을 한 채 거문고 켜고 노래하는 반열에 끼어 있었다. 채세영은 그녀를 보자 크게 놀라며 비로소 자신이 기만당했다는 사실을 알아차렸다. 이로부터는 조금도 거리낌 없이 하고 싶은 대로 하였다. 그날 밤도 잠자리를 같이하였는데 화락한 애정이 비록 목을 교차하고 있는 비익조[205]라 할지라도 비교할 수 없을 정도였다.

일이 다 끝나 돌아가게 되자 우정郵亭에서 서로 작별하는데 눈물을 참아 보려 했지만 양 눈에서 눈물이 저절로 쏟아졌다. 비록 남의 눈을 피하여 눈물을 닦으면서도 도저히 억제할 수 없었다. 그래서 드디어는 지붕 위를 올려다보며 눈물을 참고서 시중드는 아이에게 물었다.

"이 집은 어느 해에 지었느냐?"

"아무 해에 지었습죠."

"그때 부관府官이 누구였느냐?"

"아무개였습죠."

채세영은 비로소 머리를 떨구고 탄식하며 말했다.

"아, 인생이란 가련한 것이로구나! 지금은 이미 죽은 사람이 되었다니……."

눈물을 펑펑 쏟아내려 한삼 소매를 다 적셨다.

---

204 운빈(雲鬢): 운환(雲鬟). 미인의 머리털을 푸른 구름에 비유하여 이르는 말.

205 비익조(比翼鳥): 한 새가 눈 하나와 날개 하나만 있어서 두 마리가 서로 나란히 해야만 날 수 있다는 상상의 새. 남녀간의 애정이 깊음을 비유함.

고을 사람들이 이 이야기를 전하며 웃으면서 말했다.

"채 포쇄의 눈물은 그 줄기가 몹시 거대하더라."

내가 일찍이 늙은 기녀 노응향露凝香이 하는 말을 들었다.

"객사에 머무는 객 가운데 기녀를 보고 즐거워하며 웃는 자는 범하기 어렵고 기녀를 보고 정색하는 자는 다루기가 쉽습니다."

채 공은 기축년에 장원으로 급제하여 곧바로 감찰을 배수받았고 일찍이 한림이 된 적은 없었다. 그러하니 여기에서 말한 것은 필시 전해지는 소문에서 나온 것이리니 아마도 다 믿을 수는 없을 것이다.

(241) 평양 기생의 명대꾸

유진동柳辰仝이 감군어사[206]가 되었을 때 평안 감사가 어사를 위해 부벽루에서 성대한 잔치를 열었다.

평양의 기생들이 곱게 화장을 하고 온갖 자태를 꾸며 붉고 푸른빛이 어른거렸다. 어사가 부벽루에 와서 기생들을 돌아보고 말하였다.

"평양 교방教坊이 언제 혁파되었는고?"

206 감군어사(監軍御史): 군사의 순찰을 검독(檢督)하는 임시 벼슬.

이 말은 그 기생들 가운데 평양 기생다운 인물이 한 명도 없다는 말이었다.

모두 아무 말 없이 조용히 있자 감사가 기생들에게 말했다.

"어사께서 질문하시는데 어찌해 대답하지 않는고?"

이름이 무정가無定價인 한 기생이 앞으로 나와 대답하였다.

"감군어사님은 언제나 다시 존립할런지요?"

이것은 어사가 사내다운 인물이 아니라는 말이었다.

감사가 크게 기뻐하며 기생에게 후한 상을 내렸다.

(242) 성산월의 성가

성산월星山月은 성주星州의 기녀인데 장안으로 뽑혀 들어가 제일가는 명기가 되었다. 날씬하고 희고 수려하여 귀인들이 노니는 화려한 주연을 독차지하였으니, 장안의 나이 어린 협객들이 멀리서나마 바라보고자 했어도 뜻을 이룰 수 없었다.

하루는 높은 벼슬아치 및 명류들과 더불어 한강에 배를 띄우고 놀다가 취한 틈을 타 술을 피해 돌아오는데 도중에서 큰 비를 만났다. 옷이 온통 젖은 채 걸어 숭례문에 이르니 문이 이미 잠겨 있었다. 연당蓮塘을 돌아보니 그 서쪽 언덕 옆에 있는 조그마한 창에 불이 환히 밝혀 있었고 창 안에서는 글 읽는 소리가 들렸으므로 창에 구멍을 뚫고 엿보니 나이 어린 서생이 그곳에 있었다.

성산월은 낮은 목소리로 기침소리를 내며 창문을 가볍게 두드리니 서생이 조용히 귀를 기울였다. 성산월은 은미한 목소리로 하소연하였다.

"저는 성안에 사는 기생이옵니다. 술을 피해 오다 비를 만났는데 기숙할 곳이 없습니다. 바라옵건대 침상 아래의 한 자 자리만 빌려 주시어 밤을 지낼 수 있도록 해 주십시오."

서생이 창문을 열고 보니 얼굴에 화장을 한 아름다운 계집으로 의상과 용색이 모두 뛰어나게 아름다웠다. 서생은 크게 놀라, '이 같이 빼어나게 아름다운 여인이 어찌 빈한한 서생에게 스스로 몸을 던지리오. 필시 요귀일 것이다'라고 생각하고는 즉시 문을 굳게 닫고 손가락을 튕겨 주문을 외우며 말했다.

"어떤 요망한 귀신이 감히 와서 사람을 현혹하는 것이냐?"

성산월이 말했다.

"저는 사람이지 귀신이 아닙니다. 나이 젊은 선비가 풍치가 적어 그렇소? 사람을 거절하는 것이 어찌 이리도 야박하시오."

서생은 더욱 더 두려워 스스로를 안정시킬 수 없는지라 연이어 28수宿[207] 외우는 것을 입에서 그치지 않았다. 성산월은 밤새 문지방에 앉아 밤을 지내며 비를 피하였다.

---

207 28수(宿): 옛날 천문학에서 하늘을 사궁[四宮, 사신(四神)]으로 나누고 다시 각 궁(宮)마다 일곱 성수(星宿)로 나눈 것의 일컬음.

날이 밝자 성산월은 창문을 열어젖히고 서생을 꾸짖었다.

"참 한심하오! 서생은 장안의 명창名娼 성산월도 못 들어 보았소? 당신같이 궁색한 선비가 청천명월青天明月에 나를 불러들인다면 내가 당신을 돌아보기나 했겠소? 내가 불행히도 비를 만나 재워 달라고 애걸하는데도 도리어 나를 허락하지 않았으니 당신은 지지리 복도 없는 인간이오. 나를 자세히 보시오. 내가 과연 귀신입니까?"

서생은 수치스러움 때문에 얼굴이 빨개져 성산월을 똑바로 바라볼 수도 없었다. 서생은 바로 문과 첨정僉正 김예종金禮宗이다.

장흥고長興庫[208] 종은 재산이 무척 많은 부자였다. 그의 목에는 큰 혹이 생겨나 마치 호리병박처럼 매달려 있었는데 재물로 능히 성산월을 낚을 수 있었다. 이때부터 성산월의 성가聲價는 뚝 떨어졌다.

(243) 나이 은폐

중국의 양한養漢이라는 사람이 마침 요양遼陽과 소주蘇州 사이를 왕래하다가 연소한 객을 여러 차례 만났는데, 그 객이 나이를 묻

208 장홍고(長興庫): 조선조 때 돗자리·종이 등의 관리 및 궐내의 여러 관청에서 쓰는 물품의 공급에 관한 일을 맡은 관청.

는지라 17세라고 대답하였더니 객이 말하였다.

"내가 갑년甲年에 당신의 나이를 물으니 17세라고 하였고, 을년乙年에 또 물었더니 그때에도 17세라고 대답하였소. 인생이 이같이 긴 데도 어찌해 당신은 신선이 되지 못하였소?"

양한이 손바닥으로 객의 뺨을 치며 말했다.

"내 나이가 70이나, 오랫동안 17세라고 말해 왔어도 그 사실을 아는 사람이 없었는데 이제 이 일개 종놈 때문에 결국 탄로 나고 말았구나!"

객이 말했다.

"창녀들이 나이를 숨기는 것은 천하에 공통된 현상인데, 어찌 창녀만 그러하겠는가! 조정의 선비 또한 마찬가지로다!"

속담에 이르기를 "창녀는 늙은 후 세 가지가 없어지고 한 가지가 남는다." 하였는데, 세 가지 없어지는 것이 무엇인가? 가산家産이 없어지고, 몸이 없어지고, 명성이 없어진다. 한 가지 남는 것은 무엇인가? 감언이설만 남는다.

(244) 최생의 방탕

최생崔生은 문관 최계훈崔繼勳의 아들인데 이름은 밝히고 싶지 않다. 그는 빼어나게 총명하였으나 배움에 힘쓰지 않고 늘 화류장을 횡행하니 최계훈이 이를 근심하며 말했다.

"통감 15장張을 공부하도록 해라. 내일 아침에 외울 수 있는지 시험할 테니 열심히 해라. 만약 한 글자라도 착오가 있으면 피가 나도록 회초리를 칠 것이다."

최생은 종일 취해 기생집에 누워 있다가 한번 슬쩍 보고는 외우는데 한 자의 오류도 없었다. 계훈은 20장張을 더 부과하며 말했다.

"내일 아침에 외울 수 있도록 해라. 한 글자라도 빠뜨리면 반드시 매를 때릴 것이다."

최생은 그래도 여전히 기생집에 취한 채 누워 있었다. 그다음 날 아침 외우도록 시키니 입술에서 마치 물 흐르듯 해 최계훈이 책을 펴들고 보는데 오히려 눈이 외우는 것을 따라잡을 수 없었다.

하루는 서교西郊 모화관[209]에서 무장武場을 열어 말 달리고 활 쏘는 것을 시험하였다. 장안의 명기들이 모두 와서 관람하는데 명기들이 최생을 노상에서 보고는 인사를 나누고 경배하였다. 외방에서 온 기생이 웃으면서 말했다.

"너희들은 어째서 제일가는 몽기[210]를 보고 정성을 바치느냐?"

기녀들이 말했다.

---

209 모화관(慕華館): 중국 사신을 영접하기 위한 처소.

210 몽기(蒙倛): 마귀나 질병을 쫓는 신으로, 마귀나 질병을 쫓는 행사에서 그의 탈을 쓴다. 눈이 넷인 것은 방상(方相)이요, 눈이 둘인 것은 몽기(蒙倛)이다.

"너는 서울에 있으면서 종루鐘樓를 모르는 것과 같다. 그는 소수복小受福이 총애하는 지아비다."

소수복은 장안에서 제일가는 창기인지라 많은 기생들이 나아가 구경하였다.

최생은 연로함에 이르러서는 후회를 하고 아들을 가르쳐 마침내 문장을 성취하였다.

(245) 명창 석개

석개石介는 여성군礪城君 송인宋寅의 계집종이다. 얼굴이 늙은 원숭이 같고 눈은 좀대추나무로 만든 살같이 작았다. 아이였을 때 외방外方에서 송인의 집으로 들어와 잔심부름하는 일에 충당되었다. 송인의 집은 세력 있는 부호였고 외척들도 모두 대단했던지라 화려하게 꾸민 예쁜 아이들이 좌우에서 응대하고 있었는데, 그 수를 이루 다 헤아릴 수 없을 정도로 많았다. 그러므로 석개에게는 나무통을 지고 물을 길어 오는 일을 시켰는데 석개는 우물에 가서 나무통을 우물 난간에 걸어 놓고 종일 노래만 불렀다. 그녀의 노래는 곡조를 이룬 것이 아니라 나무꾼과 약초 캐는 아녀자들이 부르는 노래 같은 것이었다. 그러다가 날이 저물면 빈 나무통을 가지고 돌아왔으니 매를 맞아도 그 버릇이 고쳐지지 않고 그다음 날도 또 그와 같았다. 그래서 약초를 캐 오라고 시키며 광주리를 들려 교외로 내보냈더니 그녀는 광주리를 들판 가운데 놓아두고 작은 돌멩이를 많이 주워 모아 노래 한 곡을 부른 뒤 돌멩이 하나를 광주리에 집어넣었다. 이렇게 해서 광주리가 돌로 가득 채워지면 이제는 노래 한 곡이 끝날 때마다 광주리 속에 있던 돌을 하나씩 들에 내던졌다. 광주리에 돌을 가득 채웠다가 다시 밖으로 쏟아 붓기를 하루면 두세 차례 반복하다가 날이 저물면 빈 광주리를 가지고 돌아왔으므로 매를 맞았는데도 그 버릇이 고쳐지지 않고 다음 날도 또 마찬가지였다.

여성군이 석개 이야기를 듣고 기이하게 여겨 그녀로 하여금 노래를 배우게 하였는데 그녀는 장안에서 제일가는 명창이 되어 근래 백여 년 동안 그녀만 한 명창이 존재하지 않았다. 수놓은 안장에 비단 옷을 차려 입고 날마다 권세 있고 귀한 사람들의 잔치자리에 불려가 거기에서 전두[211]로 받은 금과 비단이 집안에 쌓이게 되어 마침내 부자가 되었다.

아! 천하의 일은 모름지기 열심히 한 후에 이루어지는 것이니 어찌 석개의 노래만 그러하겠는가. 겁을 내어 굳은 마음을 세우지 못한다면 무슨 일을 성취할 수 있겠는가.

난리 후 석개가 해주海州의 행재行在에 갔는데 세력 있는 집안

211 전두(纏頭): 배우나 기생에게 주는 팁.

의 종놈이 그녀에게 복종하지 않자 그놈을 관가에 아뢰어 죄를 다스리려 하다가 살해당했다. 그녀 딸인 옥생玉生도 창唱에 능하여 현재 제일가는 명창이 되었다.

(246) 거짓으로 어리석은 체한 심의

심의[212]는 심정[213]의 아우로 문장에 능하였다. 그 형 심정이 옳지 못한 것을 보고 그와 더불어 시시비비를 가리고 싶지 않아서 마침내는 거짓으로 어리석은 체하며 말과 행동 그리고 배운 바를 잊어버린 것처럼 속였다. 그가 벗에게 '문리文理가 열릴 때 일반적으로 사람들이 어떤 체험을 하느냐'고 묻자, 그 벗이 그의 어리석음을 조롱하여 말했다.

---

212 심의(沈義: 1475, 성종 6-?): 중종 때의 문신. 자는 의지(義之), 호는 대관재(大觀齋). 중종 2(1507)년 진사로 증광문과에 급제. 벼슬은 이조좌랑을 거쳐 소격서령(昭格署令)에 이르렀음. 서성덕·성세창(成世昌)·홍사부(洪士府) 등과 친하게 지냈으며, 어지러운 세상을 비웃으며 은둔했다 함. 문장이 뛰어났음.

213 심정(沈貞: 1471, 성종 2-1531, 중종 26): 문신. 자는 정지(貞之), 호는 소요정(逍遙亭). 1502년 별시문과 을과에 급제, 벼슬길에 오름. 1506년 중종반정에 참여하여 정국공신(靖國功臣)이 되어 화천군(花川君)에 봉해지고 여러 관직을 거쳐 형조판서에까지 이르렀으나, 신진사류 조광조 일파의 탄핵으로 파직되고 정국공신도 탈락당하자 원한을 품고 남곤·홍경주(洪景舟) 등과 함께 기묘사화를 일으켜 사류들을 모조리 숙청했다. 그 후 우의정을 거쳐 좌의정에 올랐다가 복성군(福城君)의 옥사가 일어나자 김안로(金安老)의 탄핵으로 삭직되고 강서(江西)에 유배되었으며, 이어 경빈(敬嬪) 박씨와 통정했다는 죄로 사사되었다.

"문리가 열릴 때는 '획' 하는 소리가 있네."

심의는 마침내 문을 걸어 잠그고 책을 읽었는데 '획' 하는 소리를 들으면 그쳐야겠다고 기약하였다. 책 읽기를 5, 6년 동안 하였지만 아무 소리도 들을 수 없었다. 하루는 계집종이 사기에 불을 담아 부엌에서 나오는데 '획' 하는 소리가 나자 그는 무릎을 치고 춤을 추며 말했다.

"나의 문리가 이제야 비로소 열렸구나."

그는 비로소 과거에 응하여 급제하였다.

그가 상중에 있을 때 산 아래에서 심정과 더불어 시묘하였는데, 한밤중에 문득 일어나 곡하였다. 이에 놀란 심정이 그 까닭을 묻자 말하였다.

"꿈에 어버이를 보았는데, '슬프구나! 어리석으니 어떻게 살아가겠느냐. 아무 땅에 밭이 있고 아무개 노비에게 자식이 있으니 네가 그것을 가지도록 해라'라고 말씀하셨습니다. 이 때문에 곡하는 것입니다."

심정은 그를 가엾게 여겨 마침내 문서를 만들어 주었다.

그다음 날 심정 또한 밭과 노복을 얻으려고 어리석은 아우를 속이고자 하여 한밤중에 곡하였다. 심의가 놀라 그 까닭을 물으니 심정이 대답하였다.

"오늘 밤 꿈에서 양친을 뵈었는데 그들이, '불쌍한 큰 아들아, 무엇으로 제사를 받들겠느냐. 아무 땅에 밭이 있고 아무 계집종에게는 딸이 있으니 네가 그것을 갖도록 하여라'라고 말씀하셨다. 이 때문에 곡한 것이다."

심의가 말했다.

"형님의 꿈은 진실로 춘몽입니다."

이웃에 사는 어떤 부인이 지아비의 상을 당해 아직 장사 지내지는 않고 빈소에 두고 있었다. 흰 장막을 드리우고 이부자리를 깐 뒤 그 안에 술과 음식을 넣어 두고 밤낮으로 곡하였다. 그러자 심의가 몸 전체를 검게 칠하고 몰래 이부자리 속에 들어가 누워 있었다. 과부가 여러 계집종을 거느리고 와서 음식을 올리고 곡을 하며 말했다.

"슬프도다, 영혼이여! 이제 어느 곳에 가 계십니까?"

심의가 장막 안에서 검은 손을 꺼내 휘두르며 말했다.

"내가 어디로 가겠소? 지금 바로 여기 있소."

이 말을 들은 과부와 계집종들이 곡을 멈추고 달아나자 심의는 음식을 거두어서 담을 넘어 달아났다.

신광한이 심정의 별장에 소요당逍遙堂이라는 이름을 지어 주고 시를 지었다.

낙엽은 가을 골짜기를 감추고
지는 해는 반쪽 산(半山)을 비추도다.

이는 대개 심정이 가사도[214]나 왕안석[215]과 같음을 기롱한 것이었는데, 심정은 이 사실을 깨닫지 못했지만 심의는 시의 의미를 알아채고 신광한을 몰래 위협하며 말했다.

"내가 형에게 말해 버릴까 하는데 그래도 괜찮겠소?"

신광한은 그러지 말라고 애걸하였다. 이같이 협박하기를 여러 차례 하였지만 끝내 발설하지는 않았으니 그가 거짓으로 어리석은 체했다는 사실을 가히 짐작할 수 있다.

집안에 화가 미쳐 전정[216]에서 심문을 받았는데 몽둥이를 몇 대 내려치자 갑자기 미친 듯이 부르짖으며 횡설수설하자 그를 풀어

---

214 가사도(賈似道): 송(宋)나라 사람. 자는 사헌(師憲). 이종(理宗) 때 그의 누이가 귀비(貴妃)가 되자 여러 차례 우승상을 배수받았다. 원병(元兵)이 악주(鄂州)를 공격해 오자 사도는 땅을 떼어 폐백으로 주고 화친할 것을 청하고는, 거짓으로 악주의 포위가 풀렸다고 표를 올리고서 곧 조정에 들어가 권력을 천단하였다. 탁종(度宗)이 왕위에 올라 그를 위국공(魏國公)에 봉하고 사제(賜第)하니 갈령(葛嶺)에 반한당(半閒堂)을 짓고는, 관리가 문서를 가지고 그곳에 이르게 하여 서명하였으며 크고 작은 조정의 일을 모두 관객(館客)의 손에서 결정나게 한 채 날마다 수많은 첩들과 더불어 가악을 즐겼다. 원병(元兵)이 건강(建康)을 핍박하여 송군(宋軍)이 여러 차례 패하자 사도는 홀로 배를 타고 양주(揚州)로 달아나 진의중(陳宜中) 등과 더불어 글을 주고받으며 논핵(論劾)하니, 고주(高州) 단련사(團練使)로 귀양 보내졌다가 순주(順州)에 안치되었는데, 정호신(鄭虎臣)에게 납치되어 살해당했다.

215 왕안석(王安石): 북송(北宋)의 정치가. 자는 개보(介甫), 호는 반산(半山). 신법당(新法黨)의 지도자. 1070년 재상이 되어 '왕안석의 개혁'을 실시했음. 이 부국강병의 개혁은 재래의 특권계급[구법당(舊法黨)]의 맹렬한 반대에 부딪혔으나, 황제 신종(神宗)의 신임이 두터워, 그 지지를 배경으로 실행했음. 시문에도 능하여 당송 8대가의 한 사람으로 꼽힘.

216 전정(殿庭): 궁전의 뜰.

주었다. 그가 젊었을 적부터 거짓으로 어리석은 체했던 것은 다 전정의 화를 면하기 위해서였던 것이니, 이것이 이른바 '그 어리석음은 따를 수 없다'[217]는 것 아니겠는가?

(247) 윤현의 재산 다스림

윤현尹鉉은 재산을 다스리는 데 재능이 있었다. 호조판서가 되었을 때 떨어진 돗자리, 청색 무명베 등을 모두 창고 안에 쌓아 놓고 불시의 쓰임에 대비하니 사람들이 모두 그것을 비웃었다. 그 후 떨어진 돗자리는 조지서[218]에 보내 갈아서 종이를 만들었는데 종이 품질이 최고로 좋았다. 청색 무명베는 예조에 보내 야인[219]들의 옷고름을 만들었는데, 조각조각 자르지 않게 하여 베 전부가 모두 적절히 쓰였다. 태창[220]의 곡식들이 썩은 나머지 쥐똥이 반절 이상이었다. 그런데 명나라 사신이 올 때를 당해 객사 벽을

217 『논어(論語)』「공야장(公冶長)」에 나오는 말이다. "영무자(甯武子)는 나라에 도가 있을 때는 지혜롭고 나라에 도가 없을 때는 어리석었으니, 그 지혜는 따를 수 있었으나 그 어리석음은 따를 수 없었다.(甯武子邦有道則知 邦無道則愚 其知可及也 其愚不可及也)"

218 조지서(造紙署): 조선시대에 종이 뜨는 일을 맡은 관청.

219 야인(野人): 옛날 압록강과 두만강 이북에 살던 만주족(滿洲族).

220 태창(太倉): 조선시대에 있었던 광흥창(廣興倉)을 달리 이르는 말. 광흥창은 벼슬아치의 봉급을 맡아서 관리하는, 호조에 딸린 관청.

도배함에 이 쥐똥을 사용했더니 더욱 잘 붙었다.

그가 집안을 다스릴 때 땔나무를 계속 공급하기가 어려웠을 뿐더러 주방에서 일하는 사람들이 무절제하게 낭비하지 않을까 염려하였다. 그래서 비단과 베를 꺼내 주어 와서[221]의 소목[222]을 사오게 하고는 그것을 불 때는 계집종에게 잘 들지 않는 도끼로 자르게 하였다. 불 때는 계집종은 얼굴에 땀을 흘리며 나무를 스스로 잘라 써야 했으므로 나뭇조각을 마치 금처럼 아끼었으므로 마침내 낭비를 줄일 수 있었다.

문 앞에 밭이 30이랑 있었는데 채소를 심지 않고 모두 기장을 심었다. 사람들이 모두 괴상하게 여겼는데 그는 그 밭을 마졸馬卒에게 붙여 주고 하루에 한 이랑씩을 베어 말먹이로 삼게 했다. 한 달 동안 30이랑을 베었고 또 기장은 빨리 자라는 식물이어서 전 달에 베어낸 자리에서 다음 달에 다시 몇 자 자라났으니 마졸은 집 안을 나가지 않고서도 말에게 푸른 꼴을 충분히 먹이고도 남음이 있었다.

하루는 그가 집사람에게 말하였다.

"금년에는 목화가 지극히 싸니 베 천 필을 내어 목화를 사오시오."

목화를 사다 누각 위에 쌓아 두어 용마루와 처마를 가득 채웠

221 와서(瓦署): 조선시대에 왕실에서 쓰는 기와나 벽돌을 만들어 바치던 관아.

222 소목(燒木): 대궐에서 쓰던 참나무 장작.

는데도 그것을 쓰지 않았다. 몇 년 지나지 않아 저자에서 목화가 지극히 귀해지자 목화를 모두 팔아 곡식을 샀는데 목화 값이 열 배나 뛰어올랐으므로 수만 가마니를 살 수 있었다. 그가 집사람에게 말했다.

"살림살이를 잘하는 축에 들려면 이와 같이 하여야만 하오."

그는 나라에 있어서나 집안에 있어서나 재물 다스리는 것을 두루 자세히 하였는데, 위와 같은 일들이 많이 있었다.

(248) 올공금 팔자

속담에 올공금 팔자兀孔金八字라는 말이 있다. 올공금이라는 것은 장고杖鼓의 용두쇠[223]이고, 팔자라는 것은 음양사주陰陽四柱이다.

옛날에 전주에 장사꾼이 있었다. 배 가득히 생강을 싣고 평양의 패강浿江에 정박하였는데, 생강은 남중南中의 귀한 물건으로 관서 지방에서는 나지 않는 것이었으므로 그곳에서는 값이 매우 비쌌다. 한 배에 실은 상귀翔貴[224]의 재화는 가히 천 단端의 베와 천 석의 곡식 값에 해당되었다. 그러므로 평양의 명기 중에 침을 흘리는 자들이 무척 많았다.

223 용두쇠: 장구의 양쪽 마구리 가죽테에 달아 줄을 연결하는 쇠로 만든 고리.

224 상귀(翔貴): 새가 하늘 높이 날듯이 물가가 치솟음을 말함.

그는 한 아름다운 기생과 사통하였는데 몇 년 사이에 배 가득했던 재화를 모두 탕진하고 나자 기녀는 그를 홀대하고 배척하였다. 장사꾼은 고향으로 돌아가고 싶었지만 빈손이 되어 돌아가는 것은 향당과 친척들에게 면목이 없기 때문에 계속 그곳에 머물러 있으면서 기생집의 머슴이 되어 말 먹이기, 나무하기 등의 일을 살갗이 트는 것도 거리끼지 않고 해 주고 떨어진 옷, 남은 밥을 그 대가로 얻었다. 그 기녀가 다른 남자와 따뜻한 방에서 자면 장사꾼은 부엌간에서 팔을 구부리고 섶나무를 지펴 구들장을 따뜻하게 데피는 일을 해야 했으니 그 고통스러움을 견딜 수 없었다.

하루는 장사꾼이 가겠다고 알리고 나오니 기녀가 그를 가엾게 여긴 나머지 노잣돈을 주고 싶었지만 한 말의 쌀과 한 자의 베도 아까운 마음이 들었다. 집 안에 여러 해 동안 먼지더미에 묻혀 쓰지 않는 물건을 찾아 보니 깨지고 썩어 없는 것이나 다름없는 장고만 한 것이 없어 올공금 16매를 장사꾼에게 주면서 말했다.

"길 가다 바꾸면 한 말 한 되의 양식은 될 것이오."

장사꾼은 그것을 기쁘게 받아들고 눈물을 훌쩍이며 인사를 하고 떠났다.

노상에서 모래흙으로 올공금을 문질러 보니 칠색漆色이 나오는데 비춰 볼 수 있을 정도로 빛났다. 마음속으로 몹시 기이하게 여기고 황강黃崗 저자에 가 그것을 자랑하니 값을 매겨 주는데 백만에 이르렀다. 식자가 그것을 의심스럽게 여기고 자세히 살펴보더니 말했다.

"이는 진짜 오금烏金[225]이오. 금값보다 열 배는 높지요."

장사꾼은 전주성에 이르러 백만금을 받고 그것을 팔아, 비단 옛업을 다시 회복했을 뿐만 아니라 갑자기 쌓인 재산이 백만에 이르게 되어 동방의 갑부가 되었으니, 그를 오금장자烏金長者라 불렀다.

속담에 이르는 바 '올공금 팔자'라는 것이 바로 이것이다.

(249) 흉가를 사 갑부가 된 김뉴

김뉴金紐는 문장에 능해 서거정을 대신해 대제학이 될 만한 사람이었다. 서울에 한 고가故家가 있었는데 그 집값이 5천 필匹이었으나 요사스러운 도깨비가 많아 그 집에 들어가 사는 사람들은 모두 죽었으므로 장안의 부자들은 모두 두려워하여 그 집을 사려고 하지 않았는데 김뉴가 헐값으로 그 집을 샀다. 그는 우선 자신이 귀신을 대적해 저지해 보고자 하였다. 집안 식구로 하여금 절대 따르지 못하게 하고 혼자서 그 집에 들어가 자며 아전들과 하인배들에게는 집 밖에서 기다리도록 하였다. 등잔불을 밝히고 혼자 앉아 있는데 한밤중이 되자 흰 옷을 입은 중 일곱 명이 문을

225 오금(烏金): 적동(赤銅). 검은빛의 쇠붙이.

밀치고 들어왔다. 김뉴가 크게 놀라 외마디 소리를 지르자 일곱 명의 중들이 모두 달아나는데 창틈으로 엿보니 중들은 모두 섬돌 위에 있는 대나무 숲속으로 들어가는 것이었다. 김뉴는 서리書吏를 불러 등잔불을 켜고 술을 데우게 하여 날이 밝기를 기다렸다가 여러 하인들에게 명하여 삼태기와 삽을 가지고 대나무 숲 밑을 파게 하였더니 그곳에서 은불銀佛 일곱 구가 나왔는데 크기가 모두 어린애만 했다. 김뉴가 말했다.

"막중한 재물을 사사롭게 할 수 없으나, 만약 대궐에 바친다면 아첨하는 것에 가까울 것이다. 두 개는 호조에 바쳐 국용國用으로 쓰도록 하고 나머지는 모두 궁핍한 친구들을 구휼해야겠다."

또 술과 음식을 충분하게 준비하도록 명하여 큰 잔치를 열고 손님들을 먹였으니 그런 잔치를 베푼 것이 서너 차례였다. 그러고도 재화가 남았으므로 집안에서 쓰는 비용으로 삼았다.

또 장안에 팔려고 내놓은 어떤 빈 집 수백간이 귀신이 많아 사람이 살지 못하고 그곳에 거처하는 사람은 죽는다는 말을 듣고 염가로 그 집을 사들였는데 여러 해 동안 누대 위에 쌓인 먼지 흙은 사람 허리까지 빠질 정도였다. 종으로 하여금 널판 삽으로 소제하게 하였더니 그 속에 신주神主 세 좌坐가 묻혀 있었다. 그 신주는 분을 칠한 판면과 자획이 모두 명료하였으므로 자손을 찾아 돌려주었다. 이로부터 양쪽 집에 모두 재앙이 없어졌으며 장안의 경상卿相 가운데 제일가는 부자가 되었다.

(250) 정사룡의 호사와 박순

청원군淸原君 한경록韓景錄은 선왕(선조)의 부마로 장안에서 제일가는 부자였다. 예조판서 정사룡鄭士龍이 동방에서 제일가는 부자라는 말을 듣고 가서 보고자 하여 연달아 찾아가서 명함을 들이었다. 표문[226] 밖에는 사내종 두 명이 서로 마주 보고 서 있는데 칠사립柒絲笠을 쓰고 백저의白苧衣를 입었으며 청광대靑廣帶를 두르고 있었다. 빛나는 용모를 한 어떤 자가 달려 나와 절한 뒤 명함을 받들어 소문小門 안에 있는 두 명의 종에게 전해 주었다. 두 종의 의관이 화려한 것은 앞의 사내종들과 마찬가지였다. 그들은 또 문안에 있는 두 계집종에게 명함을 전해 주니 짙게 화장하고 아름답게 꾸민 사람이 그것을 받들어 안으로 들이었다.

판서가 미처 나오기 전에 부마가 멀리서 바라보니 정원 뒤에 긴 행랑이 30여 칸 있었는데 지붕이 선봉船篷[227]으로 되어 있는 임시 가옥이었다. 이것이 무슨 집이냐고 묻자, 사내종이 대답하였다.

"누대의 창고는 습기가 많고 쥐가 많기 때문에 임시로 집을 지어 목면 베를 이곳에 옮겨다 놓고 바람을 쐬고 있습니다."

부마가 몇 동同(동이라는 것은 50필이다.)이나 되냐고 물으니, 종이

226 표문(表門): 편액(扁額)을 걸어 표창한 문.

227 선봉(船篷): 배 위에 비바람을 막기 위해 띠 따위로 엮어서 덮은 것.

말하였다.

"먼저 이 가옥에 옮겨 놓은 것만 6백여 동입니다."

부마가 물었다.

"누고樓庫에 있는 것은 또 얼마나 되느냐?"

"가옥으로 옮긴 것이 전체의 삼분지 일도 못 되는데 얼마인지는 기억할 수 없습니다."

부마가 사내종과 계집종 및 문지기를 보고 이미 자신의 집과는 비할 바가 아니라고 여겼는데 또 목면의 수를 듣자 알지 못하는 사이에 놀란 눈을 크게 떴다.

이윽고 판서가 나와 그를 마루 위로 맞이하였다. 좌우에는 시중드는 계집종들이 수건, 비와 쓰레받기, 털이개를 받들고 두 줄로 나뉘어 서 있는데 줄마다 각각 수십 명씩이었다. 판서가 말했다.

"합하께서 욕되게도 이곳에 강림하여 주셨으니 저의 집에 있는 맛없는 술로나마 대접하기를 원하옵니다."

조금 있으니 머리를 양 갈래로 딴 아리따운 계집종이 진수성찬을 받들었는데 순식간에 내온 것이 사방이 열 자 되는 큰 상이었다. 또 사내종들이 각각 악기를 들고 동서로 부대를 나누어 외랑外廊으로부터 들어와 마루 아래에 열 지어 앉았고, 비단옷을 입은 미희美姬들이 거문고·가야금 등의 여러 기구를 받들고 내문으로부터 나와 마루 아래에 열 지어 앉았다. 수륙水陸에서 나는 희귀하고 맛있는 음식들이 매번 술을 따를 때마다 나왔고 상을 가득 채우고 있는 것들은 모두 금과 은으로 된 당화기唐畵器였다. 부마가 술잔을 다 비우지 못한 것도 있었지만 일부러 오래도록 머물러 앉아 진품珍品을 다 먹어 보고자 하였다. 해가 저물자 셋씩 넷씩 짝지어 나와 바치는데 나오면 나올수록 더욱 더 진기한 음식이었다. 스스로 자신의 집으로는 당할 수 있는 바가 아니라는 것을 알고 마땅히 하직인사를 하고 물러나왔다.

후에 사암 박순[228]이 낭관郎官이 되었을 때 공적인 일로 판서에게 명함을 들이니 판서가 익랑翼廊[229] 안에서 그를 인견하여 보았는데, 그곳에서는 이부자리·휘장·병풍·서화들이 눈 가득히 찬란하였다. 사암이 문서를 바치자 판서가 손을 내저으며 말했다.

"잠깐 밀쳐 두시오. 내가 오래전부터 공을 만나고 싶었소. 조용히 한가한 시간을 보냅시다."

계집종을 돌아보며 말했다.

"볼품없는 술상일지언정 갖추어 올리도록 하여라."

잠시 후에 계집종들이 각각 음식물을 들고 나오는데 진수성찬이었다. 미리 기별하지 않았는데 준비해 낸 음식이 모두 동국에서는 본 적이 없는 것들이었다. 판서가 술잔을 들고 술을 권하며

---

228 박순(朴淳: 1523, 중종 18-1589, 선조 22): 자는 화숙(和叔), 사암(思庵)은 호. 명종 8(1553)년에 문과에 장원, 벼슬이 우의정·좌의정에 이름. 서경덕의 문하생으로 시문과 글씨에 뛰어났으며 당쟁(黨爭)의 중재(仲裁)와 폐정의 개혁에 힘씀.

229 익랑(翼廊): 문의 좌우쪽에 잇대어 지은 행랑.

말했다.

"오늘 공적인 일은 하지 말고 문장의 모임을 가집시다. 근자에 지은 경사[230]를 듣고 싶소."

사암은 시골 사람이었으므로 그 그릇과 풍류와 눈에 보이는 것이 모두 다 새로운 것이어서 한사코 사양하며 말했다.

"추생鯫生이 요행히도 과거 급제를 하였으나 어찌 감히 한 구절을 지어 합하의 밝은 돌보심을 더럽히겠습니까?"

은미한 눈빛과 말로 간구하자 비로소 한두 편의 시를 암송하여 들려주니 판서가 칭찬하기를 마지않았다. 사암은 본디 몇 잔의 술도 마시지 못하였으므로 술상 물리기를 청하였지만 판서는 계속 음식을 들이라고 명령하였다. 흐린 눈(호음은 한쪽 눈이 흐릿하였기 때문에 이렇게 말한 것이다.)으로 바라보며 즐거워 웃었으니, 언사가 정중하고 풍류가 취할 만했기 때문이다. 호음은 이내 계집종을 시켜 먹을 갈게 하여 종이를 펼치더니 깊이 고심한 후에 사암의 시를 차운해 써 주었다. 스스로 가지가지의 음식을 먹으면서 그 모두를 사암에게 권하였는데, 사암은 잘 먹지 못하는지라 대략 맛만 보고 물러나왔다.

뒷날 다시 공적인 일로 찾아가 판서를 별실에서 보았는데 그 기구器具가 모두 이전에 보았던 물건들이 아니었고 선명하고 아

230 경사(瓊詞): 아름다운 시문을 비유하는 말.

름답기가 전보다 배는 더하였다. 정사룡이 음식을 먹이려고 권유하는 것은 모두 이전과 마찬가지였다.

후에 판서가 동교東郊로 폐척廢斥당하였고 당시의 의론이 그를 그르다고 여겼다. 그때 사암은 높은 위치에 있으면서 국정을 담당했는데, 그는 빙옥氷玉 같은 사람이었으므로 자기 스스로 살아가는 것이 담박하여 정사룡과 더불어 의기가 서로 맞지는 않았지만 그를 흠모하고 감탄하는 감정을 늙을 때까지 버리지 않았다. 그래서 호음을 비방하는 자가 있으면 반드시 그를 비호하며 말했다.

"사람들이 모두 호음이 치부한 것을 불인不仁하다고 비방하지만, 호음은 스스로 가업을 일으켰지 침탈하거나 가렴주구하여 치부한 것이 아니고, 그의 문장 또한 동방을 횡단하니 모욕하는 것은 옳지 않소."

사람들은 사암의 말이 공평한 데서 나왔다고만 여겼지, 그가 젊었을 적부터 온 마음을 다해 정사룡을 사모했기 때문에 그렇게 말했다는 사실은 알지 못했다.

(251) 정사룡과 어숙권

호음 정사룡은 학관學官 어숙권魚叔權과 사이가 무척 좋았는데 어느 날 어숙권이 정사룡에게 말했다.

"합하께서 비록 문장을 잘하시지만 고문古文에 정통함은 단연 소생만 못하실 것입니다."

정사룡이 말했다.

"그렇습니까? 한번 시험해 봅시다."

드디어 서가 위에 꽂혀 있는 책을 손으로 집어 펼치니 바로 두목[231]의 「아방궁부」였다. 어숙권이 물었다.

"정당옥석금괴주력鼎鐺玉石金塊珠礫은 무엇을 이릅니까?"

"솥(鼎)과 세 발 달린 솥(鐺), 옥玉과 돌(石), 금金덩어리(塊), 구슬(珠) 부스러기(礫)라오."

"그렇지 않습니다. 이것은 진秦나라 사람들이 솥을 세 발 달린 솥으로 보았고, 옥을 돌같이 보았으며, 금을 흙덩어리처럼, 구슬을 모래자갈같이 여긴 것을 말한 것입니다."

"그렇군."

"마룻대를 짊어진 기둥이 남쪽 이랑의 농부보다 많고, 시렁과 대들보의 서까래가 베틀 위의 공녀工女보다 많고, 번쩍거리는 못대가리가 곳집에 있는 곡식보다 많으며, 기와가 서로 잇닿아 들쑥날쑥한 것이 몸에 두른 비단실보다 많고, 종횡의 난간이 중국

231 두목(杜牧): 중국 당나라 후기의 시인. 자는 목지(牧之), 호는 번천(樊川). 시풍(詩風)은 호방하면서 아름답고 청초함. 작품은 「아방궁부(阿房宮賦)」, 「강남춘(江南春)」 등이 유명하며, 두보(杜甫)와 구분해 소두(小杜)라고 이름.

구주九州의 성곽보다 많고, 관현악기의 거친 소리가 시장 사람의 말보다 많다는 말은 무엇을 이릅니까?"

"모두 많다는 것을 의미하지요."

"그렇지 않습니다. 무용지물이 유용지물보다 많다는 것을 말한 것입니다."

"그렇군."

잠시 후 어린아이가 『십구사략』을 끼고 빠른 걸음으로 지나가니 그 아이를 앞으로 오게 하여 책을 펼쳐 조적[232]이 닭 울음소리를 듣고 일어나 춤을 추었다는 기사를 얻었다. 그 기사를 가지고 어숙권이 물었다.

"한밤중에 닭 울음소리가 들리는 것을 나쁜 소리라고 여기지 않고서 어째서 잠자리에서 일어나 춤까지 추었을까요?"

"세상이 바야흐로 어지러운데 어떻게 한밤중까지 깊이 잠잘 수 있겠소? 닭 울음소리를 듣고 일찍 일어났으니 닭 울음소리가 나쁜 소리가 아님을 말한 것이오."

"그렇지 않습니다. 고서에 이르기를 밤에 닭이 울면 세상이 반드시 어지러워질 것이라 하였습니다. 때문에 장자莊子도 '싸움에 나가려는 새 무리들은 모두 밤에 운다'라고 말했으며, 이백李白

---

232 조적(祖逖): 진(晉)나라 사람. 재물을 가볍게 여기고 호협(好俠)하였으며 강개하였다. 예장왕(豫章王) 때 진나라가 어지러워지자 부곡민 1백여 호를 거느리고 싸웠으며, 원제(元帝) 때에도 군사를 모집하여 황하(黃河) 이남의 땅을 진의 영토로 하였음.

시에서도 '새들이 모두 밤에 우는 것은 세상이 어지러움을 말한 것이다'라고 했습니다. 조적은 세상이 어지럽기를 바라는 사람입니다. 닭 울음소리를 듣고 세상이 장차 어지러워질 것을 알았기 때문에 기뻐 춤을 추었던 것입니다."

정사룡이 무색해하며 말하였다.

"그렇군. 정말 그렇군."

정사룡은 자못 부끄러워하는 기색이 있었다.

어숙권은 훗날 호음이 죽자 매번, "『호음집』 안에 있는 비문碑文은 모두 내가 대신 지어 준 것이다."라고 말하였고, 나는 그의 말을 항상 믿었다.

우리 선영先塋이 양주楊州 홍복산洪福山에 있어 사간司諫 김규金戣 선군의 묘와 마주보고 있다. 김규의 선군 묘에 비석이 있었는데 그 비문은 호음이 찬술한 것이었다. 내가 일부러 그곳에 가서 비문을 읽어 보니 그 글에 두보의 시어가 두드러지게 쓰여 있었으므로 그 비문도 어숙권이 지었으리라는 것은 추호도 의심할 바 없었다.

옛날에 나의 죽마고우인 이원李遠이 학관 어숙권에게 수학하여 어숙권과 정사룡이 문장에 대해 논하였던 일을 상당히 자세하게 말해 주었기에 추록한 것이다. 이원은 임진왜란 때 죽었으니 슬프도다!

정사룡은 평생토록 밤에 잠자지 않으면서 말했다.

“사람이 1백 년을 살면서, 하루의 절반은 잠을 자니 사실 평생은 겨우 50에 그치고 마는 것이다. 내 나이 비록 70이지만 실제로는 140인 셈이다.”

정사룡은 매일 밤마다 앉아서 새벽까지 눕지 않았고 혹 나른하면 손바닥으로 서안에 이마를 기대고 잠깐 눈을 붙였을 뿐이었다.

(252) 박원종을 모방한 정사룡

정호음이 처음으로 급제하여 정자正字가 되었을 때 공무 관계로 공신 박원종[233]의 집에 갔다. 박원종이 나와 그를 맞이하며 말했다.

“정자의 이름을 익히 들었는데 이제야 비로소 보게 되는구려.”

인하여 계집종에게 명하여 작은 술상을 차리도록 하였다. 말이 미처 끝나기도 전에 홍장紅粧[234] 수십 대열이 각각 수건, 털이개, 거문고·가야금 등을 가지고 나와 좌우로 나뉘어 섰는데 모두 화려하게 단장하고 있었다. 모든 남자 악공들도 각각 타악기와 현

233 박원종(朴元宗: 1467, 세조 13-1510, 중종 5): 무신. 자는 백윤(伯胤). 1506년 성희안·유순정 등과 함께 연산군을 폐하고 중종반정을 이룩하는 데 주동적 역할을 담당하여 정국공신(靖國功臣) 1등으로 우의정이 되었고, 평원부원군(平原府院君)으로 진봉(進封)되었다. 좌의정을 거쳐 1507년 이과(李顆)의 옥사(獄事)를 다스린 공으로 정난공신(定難功臣) 1등이 되고, 이듬해 사은사(謝恩使)로 명나라에 다녀와 1509년 영의정에 오르고 이듬해 평성부원군(平城府院君)에 봉해졌다.

234 홍장(紅粧): 연지 찍은 화장. 여자 또는 미인을 이름.

악기를 가지고 긴 행랑을 거쳐 나와 섬돌 위에 열 지어 앉았다. 계집종 두 명이 짙은 화장에 화려한 복색을 하고 다리가 높은 상을 받들고 나와, 수륙에서 나는 기이한 음식들을 아름답고 빛나는 보배로운 그릇에 담아내었다. 사방 열 자 정도의 상이 갖추어졌으므로 손이 미치지 못하는 곳이 있었지만 상이 마치 맷돌처럼 둥글게 돌았기 때문에 마음대로 음식을 골라 먹을 수 있었다. 술잔을 번갈아 권하며 아곡雅曲을 아울러 연주하는데, 순식간에 갖추어 내는 음식들이 모두 특별한 것들이었다. 호음은 그것을 마음속으로 부러워하여 마침내 부귀를 탐하는 마음을 가지게 되었다.

호음은 봉록과 지위가 모두 성하게 되자 주방 사람으로 하여금 조석으로 반찬 이름을 쭉 써서 들이게 하고 그중에서 자신이 먹고 싶은 찬품을 점지하였으니, 당시 경상가 중에서 오직 호음만이 먹는 것에 지극한 사치를 부렸다.

배척을 당해 동교東郊에 거처하게 되었어도 자신을 잘 보양하는 것은 여전하였다. 거처하는 곳마다 만 권 서가 곁에 천 필의 베를 꽂아 두었고 혹 그것을 쓰게 되면 많은 비용을 들여서라도 곧바로 다시 충당해 놓았다. 밤에는 늘 앉은 채 잠자리에 들지 않고 새벽에 이르렀는데 어쩌다 몹시 피곤하면 손바닥으로 이마를 받치고 책상에 기대 잠깐 졸 뿐이었다. 어떤 사람이 그 까닭을 물으니 호음이 대답하였다.

"인생 1백 년에 잠자는 시간이 반절을 차지한다오. 나는 평생토록 잠자지 않았으니 만약 내가 1백 년을 산다면 나는 마땅히 2백 년 산 것이 될 것이오."

군자가 말하였다.

"호음이 벼슬길에 처음 나왔을 때 문득 부귀에 마음을 두었는데 그가 부러워한 사람은 박원종이었다. 만 권의 서가와 밤에 잠자지 않은 것도 박원종과 흡사하다. 천 필의 베는 무엇 하려고 서가의 옆에 두었는가. 그의 뜻이 비루했음이 여기에 드러나 있도다."

어떤 사람이 말하였다.

"그의 뜻이 비루했던 것이 아니라 문집을 간행할 비용으로 삼기 위한 것이었다."

(253) 정렴의 선견지명

정렴은 고매한 선비로 정순붕의 아들이다. 음양술·의약술 등에 모두 정통하였으며 심신心神을 수양하여 그가 거처하는 곳에는 빛이 온 방안을 가득 채웠다. 판서 홍성민[235]이 젊었을 적 정렴과

235 홍성민(洪聖民: 1536, 중종 30-1594, 선조 27): 문신. 자는 시가(時可), 호는 졸옹(拙翁). 1590년 종계변무(宗系辨誣)의 공으로 광국공신(光國功臣) 2등이 되어 익성군(益城君)에 봉해졌으나, 1591년에는 건저문제(建儲問題)로 정철(鄭澈)이 실각하자 그 일당으로 몰려 북변(北邊)에 유배됐다. 임진왜란이 일어나자 특사로 풀려나와 대제학(大提學)이 됐다가 부친상으로 사직했다.

함께 술을 마셨다. 이때는 공장工匠이 사기沙器를 구워 소주잔을 만들었고 지극히 작았는데 온 나라 안에서 통용하는 정식 규격이었다. 정렴이 손으로 그 술잔을 가리키며 말하였다.

"지금은 술잔이 저렇게 작지만 뒷날에는 점점 커져서 큰 종鍾만 해질 것이오. 그때가 되면 세상일에 어려움이 많을 텐데 나는 그것을 보지 못할 것이지만 홍군은 온갖 괴로움을 골고루 갖추어 맛보게 될 것이니 몹시 우려되는구려."

얼마 있지 않아 정렴은 일찍 세상을 떠났고, 그 후 온 세상에서 소주 마시는 것을 숭상하여 모두 큰 종을 사용하여 술을 마셨으므로 공인들도 사기를 만들 때 다시는 작은 잔을 만들지 않았다. 임진란이 일어났을 때 홍성민은 관서關西 행재소에 있었는데, 그곳에서 그는 항상 정렴의 선견지명을 칭찬하였다.

(254) 정렴의 음률과 예견

북창 선생 정렴은 음률에 통달하였다. 새끼줄로 술병을 묶은 뒤 동으로 만든 두 개의 젓가락을 하나는 술병 안에 끼우고 하나로는 술병을 두드리며 아곡雅曲을 지었는데 오음육률五音六律에 맞지 않는 것이 없었다.

그의 부친 정순붕이 강원도 감사가 되어 금강산을 유람하다가 마하연摩訶衍 암자에 이르렀는데 정렴도 그때 따라갔다. 정순봉이 정렴에게 말했다.

"사람들이 네가 휘파람을 잘 분다고 말하던데 나는 들어본 적이 없구나. 이같이 아름다운 곳에 이르렀으니 한 곡 지어 불어 보아라."

정렴이 대답하였다.

"오늘은 많은 고을 사람들이 이곳에서 기다리고 있으니 내일 비로봉에 올라 불도록 하겠습니다."

그다음 날 정렴이 비를 무릅쓰고 일찍 나가니 중이 저지하며 말했다.

"오늘은 비 때문에 비로봉은 올라갈 수 없습니다."

정렴이 말했다.

"오후에는 갤 것이오."

마침내 명아주 지팡이를 짚고 나갔다. 오후가 되니 과연 날이 개어 정순봉도 뒤를 따라 가는데 골짜기 사이에서 몹시 높은 피리 소리가 들려 암곡 간을 진동시켰다.

중이 놀라 말했다.

"산 깊고 외진 경계에 왠 피리 소리입니까? 맑고 장려한 것을 보아 필시 신선일 것입니다."

정순봉은 마음속으로 이미 짐작하였는데 이르러서 보니 과연 정렴의 휘파람 소리이지 피리 소리가 아니었다. 비록 손등孫登 완적阮籍이 소문[236]에서 불던 휘파람 소리라 할지라도 이보다 더 뛰어날 수는 없었다.

정렴은 산사에 거처하면서 병풍을 여러 겹 쳐 놓고 관 쓰고 머리 빗는 것도 폐한 채 문밖도 엿보지 않고 종일토록 조용하고 말없이 단정하게 앉아 있었다. 그때 산사에 거처하는 어떤 중이 문안을 드리니 정렴이 말했다.

"오늘 우리 집 노비가 술병을 가지고 올 것이오."

조금 있다가 놀라며 말했다.

"애석하오! 술을 마실 수 없게 되었소."

얼마 안 있어 정렴의 집 노비가 집에서부터 이르러 말했다.

"오늘 술병을 지고 오다가 산마루 밖에서 바위에 넘어져 술병을 깨뜨렸습니다."

(255) 음률에 정통했던 윤춘년

윤춘년[237]은 음률을 알았다. 정호음이 악부시를 지어 윤춘년에게

236 소문(蘇門): 완적이 숨어 살던 곳.

237 윤춘년(尹春年: 1514, 중종 9-1567, 명종 22): 문신. 자는 언문(彦文), 호는 학음(學音) 혹은 창주(滄洲). 여러 청환직을 역임했고, 대소윤(大小尹) 간에 정권다툼이 일었을 때는 윤원형(尹元衡)에 아부하여 많은 선비들을 추방했다. 1565년 윤원형이 실각하자 예조판서로 파직당한 뒤 은퇴했다. 음률에 솜씨가 있었음.

보여 주자 그가 말했다.

"우리나라 사람들은 음률을 알지 못하므로 자고로 악부가사樂府歌詞를 지을 수 없었습니다. 그대가 비록 문장에는 능하지만 오음육률[238]에 맞출 수는 없습니다."

호음이 이번에는 청평조[239]의 동정서망초강분洞庭西望楚江分을 모방하여 한 절구시를 지었는데, 글자마다 예부운[240]과 동음인 글자를 사용하였다. 그것을 윤춘년에게 보여 주니 그가 한번 읊고 난 뒤 말하였다.

"이 한 절구는 음률이 맞으니 쓸 만하군요."

호음이 말하였다.

"옛날의 어떤 악장과 음률이 맞는가?"

윤춘년이 깊이 생각하더니 말하였다.

"이백李白이 지은 청평조의 동정서망초강분 한 절구와 같은 음률이군요."

호음이 깜짝 놀라며 윤춘년을 칭찬했고 이후에 다시는 악장樂章

---

238 오음육률(五音六律): 옛날 중국의 다섯 가지 소리와 여섯 가지 율. 즉 궁상각치우(宮商角徵羽)와 태주(太簇)·고선(姑洗)·황종(黃鐘)·이칙(夷則)·무역(無射)·유빈(蕤賓).

239 청평조(淸平調): 옛날 곡조명. 당나라 때 대궐 안에 목단이 활짝 피자 현종(玄宗)이 이백(李白)으로 하여금 짓게 했다는 곡조. 3장(章)으로 되어 있음.

240 예부운(禮部韻): 과거시험에서 사용되던 운. 예전에는 과거시험을 예부에서 실시. 예부에서 사용되던 운을 모아 놓은 책이 『예부운략(禮部韻略)』. 이 책은 과거정식(科擧程式)의 서적이 됨.

을 짓지 않았다.

(256) 정사룡의 도화마부

시는 뜻을 말하는 것이다. 말을 솜씨 있게 잘 구사해도 진실로 귀착되는 뜻이 없으면 시를 아는 사람들은 이를 취하지 않는다. 옛날 선왕께서 도화마[241]를 가지게 되니 군신들로 하여금 이를 두고 시를 짓게 하였다. 정사룡의 시는 다음과 같았다.

망이궁望夷宮[242] 속에서 천진함 잃으니,
도원으로 달려 들어가 잔악한 진秦나라를 피하였네.
등 위에 떨어진 꽃을 바람도 쓸어내지 못하니,
지금도 무릉의 봄빛을 띠고 있네.

정사룡이 자신의 원고를 스스로 선별할 때 위 시를 세 차례 선택했다가 세 차례 버렸던 까닭에 『호음집』 안에는 이 시가 없다.

---

241 도화마(桃花馬): 황백(黃白)이 섞인 말.

242 망이궁(望夷宮): 진(秦)나라 궁명(宮名). 경수(涇水)에 임해 있어 북이(北夷)를 바라볼 수 있으므로 이름한 것이다. 진(秦)나라 조고(趙高)가 2세 조해(趙亥)를 이곳에서 죽였다.

도화를 읊은 것은 가히 솜씨 있다 이를 만하지만 그 중심 의미를 물어보면 끝내 귀착된 뜻이 없으며, '망이궁'이니 '잔악한 진나라'니 하는 말들이 임금의 가르침에 응해 지은 시에 어찌 합당할 수 있겠는가. 끝내 삭제당한 것이 마땅하다.

(257) 시참詩讖

시라는 것은 성정性情에서 나오는 것이므로 무심하게 지었다 해도 결국은 징험할 수도 있기 마련이다. 조맹덕[243]은 단가행短歌行에서,

달 밝고 별 드문데 까마귀와 까치 남으로 날고,

나무 주위 세 번 둘러봐도 의지할 가지 없네.

라고 하였는데 이 때문에 적벽전[244]에서 패했던 것이다.

243 조맹덕(曹孟德): 조조(曹操)를 가리킴. 맹덕은 그의 자. 권모(權謀)에 능하고 시(詩)를 잘하였음. 헌제(獻帝) 때 재상이 되고 위왕(魏王)으로 봉함을 받았음.

244 적벽전(赤壁戰): 중국 삼국시대에 손권(孫權)과 유비(劉備)의 연합군과 조조(曹操)의 대군 사이에 일어난 큰 싸움. 손권의 부하가 항복을 가장하고 양자강(揚子江)의 적벽에 연이어 매놓은 조조의 배에 접근하여 불을 지르고 남동풍을 이용하여 쳐서 크게 파하였음. 이로 인하여 손권은 강남의 대부분을 얻고 유비는 파촉(巴蜀)을 얻어 중국 천하를 3분하였음.

소순흠[245]은 시에서,

몸은 매미 허물 벗은 듯 탑상榻床 위에 있으나,
꿈에서는 버들 꽃처럼 천 리를 나네.

라고 하였으니 요절할 징조였다. 또,

산 매미 소리는 성근 나무를 꿰뚫고,
들 넝쿨에 서린 푸름은 깨진 창으로 들어오네.

라고 하였으니 미천해질 징조였다.

소동파는 「송료부松醪賦」에서,

드디어 이로부터 바다에 들어가니,
하늘의 구름물결 아득히 번뜩이도다.

라고 하였는데, 얼마 있지 않아 해남海南으로 귀양갔다.

명나라 문황제文皇帝가,

245 소순흠(蘇舜欽): 송(宋)나라 사람. 산문을 잘 지었고 시가(詩歌)는 호탕하였으며 풍격(風格)이 청신하였으나 권세가의 꺼리는 바가 되어 내쫓겼다. 후에는 소주(蘇州)로 물러나 창랑정(滄浪亭)을 짓고 창랑옹(滄浪翁)이라 자호하였음.

바람이 말꼬리 흔드니 천 가닥 실이로다.

라고 시를 지으니, 건문황제建文皇帝가 그 구절에 대구하여,

비가 양털 적시니 한 조각 모직물이로다.

라고 지었는데, 두 사람의 번화한 모양과 쓸쓸한 모양이 현격하게 다르다.

내가 일찍이 토산兎山을 지나다가 벽 위에 김흠金欽이 지어 놓은 일구를 보았는데,

허리춤에 있는 물건 진실로 나의 빌미로다.

라고 쓰여 있었다. 허리춤의 물건은 차고 있던 인부印符를 가리킨 것이었으며 김흠은 졸지에 적의 칼날에 죽었다. 비록 기필하지 않고 내뱉는다 하더라도 발언할 때에는 모름지기 삼가야 할 것이다.

(258) 정렴과 정작의 중양절 시

북창 정렴은 9월 20일 이후에 만국晩菊을 읊어 말했다.

십구 이십구 모두 구이니,

구월 구일은 정해진 때가 없도다.

많은 세상 사람들 모두 이를 아지 못하나,

계단에 가득 핀 국화만은 이를 알도다.

북창의 아우 작碏의 시는 다음과 같다.

세상 사람들 중양절을 가장 중히 여기는데,

중양도 반드시 홍함이 길지는 못하리.

황국 대하여 백주白酒 기울인다면,

구월의 가을 어느 날인들 중양 아니리.

접때 조정에서 개국開局하여 동방의 시를 뽑을 때 정렴과 정작의 위 시들이 논의되었는데, 대제학 유근이 정작의 시만을 취하고 정렴의 시는 율을 맞추지 못했다고 해서 버렸다.

아아! 정렴은 음률을 아는 사람이다. 어찌 유근이 지음知音했던 것만 못하겠는가? 그렇기 때문에 예부터 지음을 얻기란 어려운 법이었다. 정작은 해주海州 목사가 되었다.

(259) 중원 중의 감식안

정사룡이 중원에 들어가 산사를 유람하다 시를 짓는 한 중을 만났다. 사운율四韻律로 된 시 두 수를 중에게 보여 주었는데 이 시는 정사룡이 잘 지었다고 자부하던 것이었으나 중은 조금도 좋다고 해 주지 않았다. 정사룡은 중이 시를 알지 못하는 것이리라 여기고 드디어 김시습이 지은 사운율 시를 써서 보여 주었다. 그러자 중은 그 시를 한번 읽더니 갑자기 일어나 안으로 들어가 향로와 세수 그릇을 가지고 나와 의관을 바르게 하고 손을 씻은 뒤 향을 사르더니, 무릎을 꿇고 시를 상 위에 놓고 그 시를 읽으며 말하였다.

"이 시는 세속을 떠난 고매한 사람의 작품이지 그대가 지을 수 있는 것이 아니외다."

정사룡은 실토를 한 뒤 사과하였다. 그 중의 밝은 감식안은 신과 같았으니 필시 평범하게 속세를 떠돌아다니는 사람은 아니었을 것이다.

(260) 이지완의 탁견

「등왕각滕王閣」 서문에 '관산난월 수비실로지인關山難越 誰悲失路之

人'[246]이라고 했는데, 지사知事 이지완李志完이 어렸을 때에 「등왕각」 서문을 읽다가 이 대목에 이르러 의아해하며 말했다.

"슬플 비悲 자는 필시 아닐 비非 자를 잘못 쓴 것일 것이다.[247] 대구對句에서 '진시타향지객盡是他鄕之客'[248]이라고 했으니, 시是 자와 비非 자가 대를 이루는 것이다."

어린아이의 견해가 몹시 명석하였으니 옛사람들도 밝히지 못했던 것을 밝혔다고 이를 만하다.

(261) 채정의 고문론

채정蔡禎은 선대先代의 유사로 고문古文을 좋아하였다. 자신은 비록 고문을 잘 짓지 못하였지만 고문을 논함에는 뛰어난 곳이 있었다. 일찍이 그가 말했다.

"사마장경司馬長卿의 「장문부長門賦」는 하루 동안의 일을 기록한 것이다. 난대蘭臺에 올랐다가 난대를 내려왔으며, 아침에는 도박 도구를 다스리고 저녁에는 군왕을 꿈꾸었으며, 낮에는 흐리고 밤에는 밝으니 서글픈 심사가 지극하였으며, 필畢[249]이 높이 떠 두

246 '관산(關山)은 넘기 어려우니, 누군들 길 잃은 사람을 슬퍼하리.'

247 아닐 비(非) 자로 쓰일 경우 그 의미는, '누군들 길 잃은 사람이 아니리'임.

248 '모두 다 타향의 객이로다.'

려워했으나 다시 새벽이 밝았으니, 이는 모두 하루 동안의 일이다. 한 해로 헤아려서는 감히 연결시키지 못할 것이다."

이는 절묘한 논의이다.

또 「무학부舞鶴賦」를 논함에 있어 맑고 차가움을 극진하게 말하였다.

"얼음은 긴 물을 막고, 눈은 온 산을 뒤덮었는데, 별은 은하수를 돌며 번뜩이고, 새벽달은 지려 한다. 겨울이 가장 춥고 새벽이 가장 맑으니, 옛사람들이 뜻을 나타냄이 후세인들보다 훨씬 뛰어났음은 문자文字를 통해 가히 상상할 수 있다."

어떤 사람이 이백과 두보의 우열을 묻자 그가 대답하였다.

"이백의 시에서는 '버드나무 색은 황금싹이요, 배꽃은 백설향香이도다(柳色黃金嫩, 梨花白雪香)'라고 하였고, 두보의 시에서는 '붉음 들어오니 복숭아꽃 피우고, 푸르름 들어오니 버들잎 새롭네(紅入桃花嫩, 靑歸柳葉新)'라 하였다. 꽃과 버드나무로 부賦를 지은 것은 한 가지이나 이백의 시는 자연스럽고 두보의 시는 열심히 다듬었으니 그들의 우열을 쉽게 판가름할 수 있을 것이다."

또 간재簡齋의 시를 논하여 말하였다.

"'동정의 동쪽 강물의 서쪽(洞庭之東江水西)' 아래에서는 마땅히 누대의 뛰어난 경치를 묘사해야 하는데, '발과 깃발 움직이지 않

249 필(畢): 별자리의 이름. 서방(西方)에 있음.

으니 해 더디 지네(簾旗不動夕陽遲)'로 뒤를 이어 말의 뜻이 잘 연결되지 않는 듯하다. 이미 '올라갔다' 하고서는 다시 '배회한다'고 하고 또 '위태롭게 기대어 멀리 바라보았다'고 한 것은 어세語勢가 서로 겹쳤으니 이 글은 격이 몹시 낮다."

또 말하였다.

"뭇 사람들의 머리에 쓰는 관冠과 두건을 『예기禮記』에서는 비단으로 만들고 금옥金玉으로 장식하였다고 했는데, 명나라 이후부터는 말꼬리로 망건網巾을 만들었다. 꼬리는 말 엉덩이에 있어 몹시 더러운 것이니 옛사람들의 본래 뜻과는 어긋난다."

위와 같은 그의 말들은 모두 지극히 조리 있다.

(262) 정현의 부용당 현판 시

정현이 해주 목사가 되었을 때 부용당芙蓉堂 현판에 쓰인 시들을 모두 가져다 객사의 방자幇子[250]에게 주면서 말했다.

"쪼개 땔감을 만들어 뒷물 데우는 데나 써라."

그리고는 한 절구를 스스로 지어 대들보 위에 붙였다.

250 방자(幇子): 조선조 때 지방의 관청에서 심부름하던 남자 하인.

연꽃의 향기와 달빛이 맑은 밤에 어울리는데,
게다가 어떤 사람 옥퉁소를 즐겨 부네.
열두 굽이의 난간에서 잠들지 못하니,
벽성碧城의 가을 시름은 진실로 아득하네.

이 시는 그 당시 많은 사람들의 입에 회자되었는데 어떤 사람은 그가 교만하다고 해서 몹시 싫어하기도 했다.

그 후 임진란 때 왜적이 해주에 들어와 부용당 현판에 쓰인 시들을 모두 부숴 버렸으나 오직 정현과 김성일金誠一[251]이 쓴 것만은 남겨 놓았다. 김성일은 비록 시에 능하지는 못했지만 일본에 통신사로 갔을 때 그의 강직함을 일본 사람들이 높이 평가했기 때문이었고, 정현의 시는 왜적 또한 그것이 절창인 줄 알았기 때문이었다. 왜적이 또 강릉에 이르러서는 관부의 현판을 보고 다른 시편들은 모두 남겨 두었지만 오직 임억령[252]의 고시 장편만을 취

251 김성일(金誠一: 1538, 중종 33-1593, 선조 26): 문신·학자. 자는 사순(士純), 호는 학봉(鶴峯). 1590년 통신부사(通信副使)가 되어 정사(正使) 황윤길(黃允吉)과 함께 일본에 건너가 실정을 살피고 귀국, 일본의 침략을 경고한 서인(西人) 황윤길의 보고에 동인(東人)으로서 당파심에만 급급하여 침략의 우려가 없다고 보고했다. 성리학에 조예가 깊었다.

252 임억령(林億齡: 1496, 연산군 2-1568, 선조 1): 문신. 자는 대수(大樹), 호는 석천(石川). 1545년 을사사화 때 금산 군수(錦山郡守)로서 동생 백령(百齡)이 소윤의 일파에 가담하여 대윤의 많은 선비들을 추방하자, 자책을 느끼고 벼슬을 사퇴하였다. 그 후 백령이 원종공신(原從功臣)의 녹권(錄券)을 보내오자 분격하여 이를 불태우고 해남(海南)에 은거했다.

하여 배에 싣고 돌아갔으니, 왜인들 또한 시를 볼 줄 아는 것인가!

(263) 한결같은 시인의 생각

내가 왕년에 송천정사松泉精舍에서 잠을 잤는데 잠에서 깨어 보니 비 오는 것 같은 소리가 들리기에 놀라 절의 중에게 비가 오느냐고 물었더니 중은 폭포 소리이지 빗소리는 아니라고 대답하였다. 내가 드디어 그것을 입으로 읊조려 보았다.

삼월산三月山 추위에 소쩍새 드물고,
나그네 구름과 잠드니 모든 것이 조용하네.
한밤중에 숲에 내리는 빗소리인가 착각하였더니,
중이 폭포가 돌 씻어 내리는 소리라 하네.

후일 어떤 객이 와서 다음과 같은 송강 정철의 시 한 절구를 말해 주었다.

빈산에 나뭇잎 지는 소리
성근 빗소리로 착각하고서
중을 불러 나가 보게 하니

달이 시냇가 남쪽 나무에 걸려 있다네.

지난해 8월 14일 저녁에 홍경신洪慶臣이 풍악산에 유람 갔다가 표훈사에서 묵었는데 한밤중이 되자 함께 갔던 거문고 연주자 박생朴生이 비가 오는가 보다고 말하였다. 홍경신이 그 소리를 듣고 놀라 일어나니 밝은 달이 창에 그득하여 창문을 열고 보니 하늘에는 구름 한 점 없었고, 다만 처마 밖 속이 파진 나무에 모여 있던 샘물이 바람이 불어오자 포말을 날리며 비 오는 소리를 내고 있었다. 홍경신이 웃으면서 입으로 한 절구를 읊었다.

낭떠러지의 산사 티끌 없어 가을 기운 맑은데,
온 창 가득한 밝은 달에 잠 깨어 놀라네.
온 골짜기에 가득한 바람에 날리는 샘물 소리를,
앞산에 내리는 밤비 소리로 착각하였네.

속담에 '시인의 생각은 한결같다'고 하더니 진실로 맞는 말이다.

(264) 중국에서 극찬 받은 유몽인의 시

중국의 문사들은 글을 보는 눈이 매우 밝다. 중국 사신 주지번朱

之蕃이 말했다.

"조선은 비록 작은 나라이지만 재상을 쓸 때면 반드시 문장에 가장 능한 자를 뽑으니 영의정 유영경[253]의 문장이 가장 뛰어나다."

그의 시를 볼 때마다 주지번은 매번 안상을 치며 "동방에서 제일가는 문장이다."라고 칭찬하였다. 그때 영상 유영경은 매번 동지同知 최립에게 명하여 시를 지었으니 『황화집』에 유영경 이름으로 되어 있는 시는 사실 모두 최립이 지은 것이다.

일찍이 최립이 재상이었을 때 다른 두 재상과 더불어 연명連名하여 요동에 글을 올렸는데, 그 당시 요동 도어사都御使 고양겸顧養謙이 가마 위에서 시첩을 펼쳐 보다가 세 재상의 시를 앞으로 끌어당기며 말했다.

"뛰어나도다. 뛰어나도다! 이것은 누구의 문장인고?"

"제 이二 재상의 것입니다."

고양겸은 그 시를 자세히 보더니 손가락으로 시첩 위에 비점[254]을 찍으면서 말했다.

"이 글은 비록 중국 사람이라 할지라도 짝할 자가 드물 것이다."

---

253 유영경(柳永慶: 1550, 명종 5–1608, 광해군 즉위): 문신. 소북(小北)의 영수. 자는 선여(善餘), 호는 춘호(春湖). 1572(선조 5)년에 춘당대문과(春塘臺文科)에 병과로 급제, 여러 청요직을 역임했고, 우의정·좌의정·영의정에까지 오름. 선조 말 영창대군(永昌大君)을 광해군에 대신하여 세자로 옹립하여 했으나, 1608년 선조가 죽고 광해군이 즉위하자 정인홍(鄭仁弘)·이이첨(李爾瞻) 등의 탄핵을 받고 경홍(慶興)에 유배, 이어 사사되었다.

254 비점(批點): 시문의 묘하게 된 곳에 찍는 점.

내가 일찍이 중국 조정에 갔을 때, 우리나라에 국상國喪이 있었기 때문에 연회에의 참석을 면제해 달라고 간구하는 글을 예부에 올렸는데 예부에서는 굳게 물리치며 허락하지 않았다. 일곱 명의 낭관郞官들이 그 글을 돌려보더니 서로 돌아보며 얼굴빛이 변하였다. 역관이 아침부터 날이 저물녘까지 뜰에 서 있었는데도 그들은 흑백黑白을 가려주지는 않고 다만 서너 차례 돌려볼 뿐이었다. 역관이 그 문첩을 돌려줄 것을 청하니 낭관이 "예부에 남겨 두어라."라고 말하였다.

그해 정경세[255]가 예부에 글을 올렸는데 낭관들이 그 글을 보고 칭찬하며 면연免宴의 청을 윤허해 주면서 말했다.

"이 일은 무척 어렵지만 사신의 문장이 아름다워 특별히 그 청을 윤허해 주는 것이오."

여러 낭관들이 지극히 칭찬하며 서로 더불어 말하였다.

"이 문장이 비록 좋은 문장이긴 하지만 전에 왔던 사신 유 아무개의 문장만은 못하다. 그의 문장은 이보다 배는 품격이 높고 예스러웠지만 일의 형편이 마땅치 않아 그때는 청을 들어 주지 못했는데…… 동방에는 진실로 문사들이 많구나!"

---

255 정경세(鄭經世: 1563, 명종 18-1633, 인조 11): 문신·학자. 자는 경임(景任), 호는 우복(愚伏)·일묵(一默)·하거(荷渠). 류성룡의 문인. 1582(선조 15)년 진사가 되고, 1586년 알성문과(謁聖文科)에 을과로 급제, 승문원 부정자(副正字)로 등용된 뒤 여러 관직을 거쳐 이조판서, 대제학까지 오름. 성리학에 밝아 김장생(金長生)과 함께 예학파(禮學派)로 불리었으며, 시문·글씨에도 뛰어났다.

모년에 내가 영평부永平府에 있는 만류장萬柳庄을 지났는데 그 농막은 홍려鴻臚[256]의 승丞 이완李浣의 별장이었다. 내가 칠언율시 16운韻을 희게 분칠한 벽 위에 지었다. 그때 날이 이미 저물어 등잔불을 밝히고 시를 짓는데 어떤 한 늙은 수재秀才가 와서 보고는, "가작입니다! 정말 가작입니다!"라고 말하였다. 어사 한응경韓應庚은 이완의 처남인데 이웃에 살고 있는 문사 백한白韓 임유林瑜와 함께 와서 보고 좋다고 칭찬하며 그 시를 판에 새겨 벽에 매달았다. 자고로 중국의 문사들은 우리나라 사람들을 하찮게 여겨 수백 년 동안 수천 리 되는 연해沿海에 우리 시가 한 편도 벽에 걸린 적이 없었는데, 중국에서 우리 시를 현판에 새겨 걸게 된 것이 나로부터 시작되었으니 이 또한 영광스러운 일이다. 그 후에 정문부鄭文孚가 서울에서 왔는데 이완의 집에서 그 집안에 소장되어 있던 「절효편節孝篇」을 정문부를 통해 나에게 부쳐 주었다. 이 「절효편」은 한 어사의 누이 한씨韓氏의 일을 적은 것이다. 내가 조정의 사대부들로 하여금 그녀의 절효를 읊게 하여 그에게 보답하였다.

만류장萬柳庄에 써 놓은 시들을 보니 전후 수백 편이었고 내가 지은 시 또한 그 시들과 크게 별다른 것이 없었다. 그런데도 중국인은 오직 내 시만을 벽에 걸어 두었으니 글을 보는 그들의 감식

---

256 홍려(鴻臚): 통례원(通禮院)의 별칭. 조회(朝會)·제사에 관한 의식을 맡은 관아. 합문(閤門)·통례문(通禮門)·장례원(掌隷院)으로 고침.

안은 우리나라의 문사들과는 또한 다르다.

내가 행산杏山을 지나다가 주인집에서 방언方言으로 시 한 편을 읊었는데 후에 우리나라의 사신이 그곳을 지나니 주인이 사롱紗籠을 들어 보이며 그 시의 아름다움을 자랑하였다고 한다. 애초에 그 주인집이 몹시 가난하여 벽에 흙손질을 하지 못하였는데 그때에 이르러서는 시를 쓴 글자 사이에 분칠하고 사롱紗籠으로 가려 보관해 두었던 것이다.

(265) 선조와 중국 문인이 아꼈던 유몽인의 시문

선조께서 재위하고 계셨을 때 내가 홍문관에 들어가 근무하였는데 5일 동안에 네 차례나 경연經筵을 열어 그때마다 문장의 뜻이 어려운 곳을 해가 저물녘까지 토론하였다. 당시 함께 경연에 참석했던 사람들이 모두 이상하게 여기며 말했다.

"요 몇 년 동안, 전하의 학문이 워낙 고명高明하신지라 강론하는 관리를 즐겨 돌아보지 않으셨고 게다가 조정에 일이 많아 지극히 드물게 경연을 열었는데, 요즈음에는 아침저녁으로 강론하는 일이 자주 있으니 여기에는 반드시 이유가 있을 것이다."

내가 승지承旨가 되었을 때 조정 백관들이 임금에게 존호尊號를 올렸는데 승정원에서 별도로 계啓를 올림에 나에게 그 계를 지어 바치도록 하였다. 그에 대한 비답批答에서 다음과 같이 말씀하셨다.

"내가 비록 서까래 같은 붓을 휘두른다 해도 그대를 좇아갈 수 없겠도다."

그때 백관들이 날마다 세 차례씩 계를 올렸는데도 그 계에 대해서는 모두 아무 말씀이 없으셨고 모든 계가 들어가자마자 곧바로 되돌려 나왔는데, 유독 내가 지은 계만은 그다음 날 내려왔으니, 이는 대궐에 두시고 자세히 음미하려고 하신 때문이었다.

그 후 선왕(선조)께서 승하하시자 특명으로 인해 서적 몇 질을 함께 묻었는데 유종원柳宗元·한유韓愈·좌구명左丘明·장자莊子 등의 책은 손때가 까맣게 끼여 있었으니, 이는 모두 두 번 세 번 거듭 읽으셨던 때문이었다. 그 책들을 본 연후에야 비로소 임금님께서 문장에 깊은 뜻을 두고 계셨던 사실을 알게 되었다.

내가 옥당에 들어간 후 교리校理를 거쳐 응교應教 전한典翰에 올랐는데, 그때 간헌諫憲의 아장亞長 자리에 수망首望으로 주의注擬되었던 것이 거의 10여 차례였다. 그런데 그때마다 선왕께서는 "전한 유몽인은 교체할 수 없느니라."라고 하교하셨고, 또 "홍문관 전한을 교체할 수 없느니라."라고 하교하셨던 까닭에, 나는 거의 1년 동안이나 옥당에 있다가 당시 사람들의 의론을 거역함으로 말미암아 병이 있다고 아뢰고서 물러났다. 내가 평생 얕은 재주만 가지고 있으면서도 늘 세상이 알아주지 않는다고 탄식했으나, 이처럼 무능했어도 마침내 고관대작의 반열에 오르게 된 것은 전후 임금님의 학문이 크게 밝아서 그런 것이 아니겠는가?

만류장萬柳庄에 썼던 시는 다음과 같다.

나의 하거[257] 덮어 가리고서 옥경[258] 향하니
가없는 제천諸天이 삼청三淸[259]이네.
아침부터 길 잃어 푸른 안개 끝없고
물외物外에서 옷 적시니 흰 이슬 생기네.
길의 괴석은 늙은 호랑이가 웅크린 듯하고
성곽에 울리는 맑은 종소리는 큰 고래 울음소리 같네.
모룡[260]은 꼬리 펴 푸른 시내에 얽혀 있고
요학[261]은 나래 펴 화려한 기와와 겨루네.
해 지니 서늘한 기운 작은 주점을 감싸고
하늘에 닿을 듯한 버드나무 평야에 가득하네.
바람에 간들간들 가지런히 드리운 실오라기요

---

257 하거(河車): 도사가 연단(鍊丹)하는 원료인 납.

258 옥경(玉京): 천궐(天闕) 혹은 옥황상제를 가리킴.

259 삼청(三淸): 옥청(玉淸)·태청(太淸)·상청(上淸), 즉 신선이 거주하는 선경(仙境)을 가리킴.

260 모룡(茅龍): 신선이 탔다는 신령한 짐승.

261 요학(遼鶴): 정령위(丁令威)라는 사람은 본래 요동인(遼東人)인데, 영허산(靈虛山)에서 도를 배워 후에 학으로 변하여 요동으로 돌아왔다고 함. 여기서는 학을 아름답게 표현한 것인 듯함.

높이 빙 둘러 어지러이 심겨진 빼어난 기둥이네.
부드러운 잎은 베 짜는 여인이 짠 것 같고
새로 난 가지는 무더기로 기울었네.
발개진 얼굴로 말 매어 놓고 꽃다운 홍취 찾으며
옥같이 흰 손으로 가지 부여잡은 이별의 정 슬퍼하네.
길에는 흰 방석 깐 듯 버들 꽃 날리고
푸른 장막 펼친 문엔 꾀꼬리 날아드네.
서리 내리자 딱다구리 가을 소리 재촉하고
낙엽 시드니 쓰르라미 저녁 울음 가볍네.
만 리 길 세 번 유람했건만 아는 사람 없으니
높고 넓은 이 천지에 나 어디로 가겠는가!
표연한 신선이 바로 이 몸이니
산과 바다 아득하여 하늘을 다니는 듯하네.
화려한 집의 붉은 문은 화창한 대낮에도 닫혀 있고
썰렁한 숲의 시든 풀에는 저물녘에 까마귀 우네.
바람 연기는 담담하여 산 빛에 시름하고
가곡은 유유히 물소리에 실려 보내네.
학 등에 앉아 내일 아침에는 북극에 닿을 것이고
오두[262]로 돌아가는 길에는 동해가 아득하리.

262 오두(鼇頭): 한림원에 들어가는 것을 지칭하기도 하고 과거에서 장원(壯元)하는 것을 지칭하기도 함.

연파[263]의 꿈 노룡새[264]에서 끊어지니
고을 찾는 손님들은 응당 옛 이름 찾겠지.

「방언탄方言歎」에서 말하였다.

창 앞이 어찌 이리 소란한고
구경꾼들 사방에서 모여서라네.
어떤 자는 내 두건과 하의를 살피고
어떤 자는 내 삿갓을 가리키네.
배 두들기며 가슴을 치기도 하면서
문 앞에 벌려 서서 담을 두른 듯 서 있네.
여러 사람 말을 하니 마침내 떠들썩하니
희롱하고 웃으며 서로 수작하네.
오음五音 빠르기가 마치 바람 같아
분변하고자 해도 나는 미칠 수 없네.
모두 문자文字에 종사하여 왔으므로
청탁清濁이 어우러져 한숨짓네.

263 연파(烟波): 안개 같은 것이 끼어 부옇게 보이는 물결.

264 노룡새(盧龍塞): 노룡 지방에 설치한 요새. 노룡은 중국 하북성(河北省) 당산(唐山) 승덕(承德) 일대를 가리키는 옛 지명. 명청(明淸) 대에는 영평부(永平府)의 치소(治所)이기도 하였음.

여자아이 소리는 꾀꼬리가 지저귀는 듯하고

장부 소리는 개구리 울음처럼 다급하네.

노인네 말은 저물녘 까마귀 요란 떠는 듯하고

어린아이 말은 매끄럽지 않은 제비 소리 같네.

온화할 때는 율려律呂에 맞으나

싸움하고 성낼 때는 서로 지껄일 뿐이네.

나는 번역할 줄 알아

역관의 일 힘들게 여기지 않았었네.

그런데도 귀막이로 귀 막은 듯

백에 열도 알아들을 수 없네.

가을 이슬에 매미 우는 소리 배우고자 하여

만나는 사람마다 입으로 서로 맞춰 보네.

각단[265]은 팔방八方의 말 하고

진길[266] 또한 재재거리네.

나만 유독 통역의 말을 빌리니

온갖 일에 패합[267]을 듣네.

---

265 각단(角端): 하루에 1천8백 리를 가고 사방 오랑캐의 말을 안다는 짐승 이름.

266 진길(秦吉): 진길료(秦吉了) 혹은 료가(了歌), 길료(吉了)를 지칭하는 듯. 진길료는 새 이름인데, 이 새는 새장 안에서 오래 기르면 능히 말을 할 줄 알아 통하지 않는 말이 없었다고 함.

267 패합(捭闔): 전국시대 귀곡자(鬼谷子)가 주장한 변론술로, 귀곡자는 패합은 도의 큰 변화이고 학설의 변화이니 반드시 미리 그 변화를 살펴야 한다고 주장함. 그 변론의 개폐(開閉), 억양(抑揚), 허실(虛實)이 끝없으므로 패합이라 함.

귀신의 말을 듣느라
무당과 자주 접하는 듯하네.
천지에는 스스로의 성정이 있어
멀고 가까움에 따라 기氣와 익힘이 다르네.
학과 물고기는 각자 슬퍼하고[268]
소와 말은 서로 간섭하지 않네.
오제五帝는 다스림을 답습하지 않았고
삼왕三王도 법을 같이하지 않았네.
고루하도다, 어찌하면 좋을까!
예의만은 나도 모자라지 않네.

면연정문免宴呈文은 다음과 같다.

가만히 생각해 보니 중국 조정에서는 저희 작은 나라를 비루하게 여기지 않고 수고롭게 온 자들을 매우 정성스럽게 접대하여 만국萬國의 예수[269]에 등급을 더해 주었습니다. 우리 작은 나라에서 상여를 받들었던 신하가 해마다 네 차례씩 무리

268 이 구절은 『장자(莊子)』의 학장부단(鶴長鳧短)에서 연유함. 즉 '물오리의 다리는 비록 짧으나 이으려고 하면 근심하고, 학의 다리는 비록 기나 자르려고 하면 슬퍼한다(鳧脛雖短 續之則憂 鶴脛雖長 斷之則悲)'는 것으로, 각자 자연에 따라야지 억지로 손익을 가해서는 안 된다는 뜻임.

269 예수(禮數): 신분에 의하여 각각 다른 예의 대우.

지어 이곳에 이르면 의식에 따라 회동관會同館에서 잔치가 베풀어졌습니다. 또 상마연[270] 하마연[271]의 연회를 베풀어 맞이하고 전송해 주셨습니다. 이에 거친 음식만 먹던 배를 중국 조정 주방에서 베푸는 예에 따른 술과 음식으로 포식하였으니, 어찌 비루하고 천한 저희들만 외람되이 베풂을 입는 것이겠습니까? 우리 작은 나라에도 또한 큰 영광을 베푸신 것입니다.

그런데 지금은 상마연 하마연에 대해서 지극히 바라는 바가 있습니다. 우리나라의 선왕先王이 돌아가셔 삼년상이 아직 끝나지 않았습니다. 배신陪臣들이 소복을 입고 있어 대상 소상 기년상과 다름없으며, 다음 달 봄이면 바야흐로 상이 끝납니다. 우리나라에서는 매월 초하루와 보름 및 명절날에는 모두 상복을 입고 곡을 하였습니다. 나라의 의례로 지금 상국에 들어왔으니, 비록 상제의 몸으로 혼례를 치른다 한들, 검은 옷을 입는 예를 보이겠습니까. 이 또한 부득이한 데서 나온 것입니다. 만약 저희로 하여금 연회를 받아들여 공부公府에서 관冠에 꽃을 꽂고 풍류를 듣도록 하게 한다면, 이는 비단 마음속으로 차마 하지 못할 바가 있을 뿐만 아니라 또한 예의에도 어긋나는 바입니다.

---

270 상마연(上馬宴): 사신이 길을 떠날 때 베푸는 잔치.

271 하마연(下馬宴): 사신이 도착했을 때 베푸는 잔치.

배신이 상국에 왔을 때가 상국에서 소중히 여기는 성절[272]이었습니다. 몸으로 아름다운 음악 아홉 곡을 연주하며 손발을 움직여 춤추면서도 남에게 뒤질까 두려웠으므로 감히 사사로운 상喪으로 사양하지 않았습니다. 천조天朝에서 저희 배신들을 사치스러운 연회에 참석하라고 하신다면 저희같이 미약한 신하는 응해야만 할 뿐입니다. 한번 받고 한번 면하는 것이 천조에게야 어찌 경중이 있겠습니까? 지금 예전에 항상 행하여 온 전례에 어긋날까 두려워하여 억지로라도 꼭 행하여야 한다면, 이 어찌 진정으로 예를 행하는 의리일 수 있겠습니까? 지난 임진년에 우리나라가 변을 만나 군신과 사직종묘가 파천하였습니다. 이때부터 배신이 본부에 사사로이 진술하여 잔치를 면해 받은 것이 거의 10여 년이었습니다. 하물며 임금의 상이야 더 말할 나위 있겠습니까? 지난해 성절과 동지冬至의 배신들도 일찍이 연회를 취소해 줄 것을 본부에 상소하여 연향을 면제받아 이미 정식이 되었습니다. 나라의 상이 아직 끝나지 않았으므로, 예의상 길한 일에 나아갈 수 없음은 지난해와 금년이 무슨 차이가 있겠습니까? 대저 임금과 아버지는 한 몸입니다. 삼년상을 치르는 것은 옛 성현께서 남기신 제도이니, 우리나라가 비록 변방에 치우쳐

272 성절(聖節): 중국 황제의 생일.

있어 작고 비루하나 일찍이 대국의 훈도를 받아 옛 선왕의 제도에 종사하였으므로, 무릇 친상이 있을 때에는 반드시 채소를 먹고 최복衰服 입어 27개월이 지난 뒤에야 길복으로 바꿔 입었으며, 국휼國恤이 있으면 사방에서 음악을 폐지하고 마치 부모상을 만난 듯 삼년상을 마쳤으니 이것이 나라의 역사가 있어 온 이래 떳떳한 법전이 되어 왔습니다. 오늘 일개 배신이 망령되게 연회를 받을 수 있는 바가 아니옵니다. 진실로 상을 치르는 데 떳떳한 제도를 있게 하려면 연회를 사면받아 임시변통의 예를 갖추는 것이 최상책입니다.
삼가 바라건대 높으신 각하께서는 배신의 누추한 정성을 자세히 살피시고 우리나라가 2백 년 이어온 떳떳한 예를 참작해 주십시오. 또 본부에서 임진년 뒤부터 근래까지 행해 온 예와 지난해 우리나라가 국상을 만난 후 행해진 새로운 규약에 의거하여 이러한 뜻을 구중궁궐에 아뢰어 주십시오. 그리하여 연향례宴饗禮를 그치는 명령이 내려 배신의 간청을 이룰 수 있게 하여 실로 정리와 예의에 어긋남이 없게 해 주소서. 몸이 떨리고 땀이 흐르는 것을 견딜 수 없나이다.

면연免宴은 윤허되지 않았다.

윤승훈尹承勳[273]이 사직을 요청하는 글월을 올렸는데 그 비답교서批答敎書는 다음과 같았다.

왕은 다음과 같이 말하노라. 내가 경을 세워 재상을 삼은 이후로 날마다 기쁘게 여긴 것은 재상을 제대로 임명했기 때문이었다. 바야흐로 백 가지 서무를 고치고 여러 공적을 이루어 우리 국세를 정려鼎呂[274]로 만들기 바랐는데, 어찌 갑자기 병으로 사직하겠다고 알리는 것이오. 내가 경을 수고롭게 하는 것은 국사를 걱정하고 근심하기 때문이오. 아침저녁으로 편안치 못함이 있으면 진실로 그같이 될 수밖에 없는 것이오. 그러나 병에도 경중이 있기 마련이고 일에도 크고 작음이 있기 마련이거늘 경은 어찌하여 이를 헤아리지 않고 '사직하고 쉬어야겠다'고만 하는 것이오? 머리도 아직 검고 몸도 건강한데 '몸의 조섭을 잘못하여 이제 몸을 양생養生해야겠다'는 말만 하는 것이오? 약을 먹거나 미음을 먹으며 한 달여 동안 병을 치료하는 것도 무방할 것이오. 그렇지 않고 만약 나에게 실덕失德이 있어

273 윤승훈(尹承勳: 1549, 명종 4-1611, 광해군 3): 문신. 자는 자술(子述), 호는 청봉(晴峯), 본관은 해평(海平). 1573년 식년문과에 급제, 여러 관직을 거쳐 1603년 좌의정이 되고 이듬해 영의정에 이르렀으나 선조에 대한 존호 결정에 소홀했다는 좌의정 유영경(柳永慶)의 모함으로 한때 파직되었다가 곧 신원되고 영중추부사(領中樞府事)가 되었음.

274 정려(鼎呂): 고대 중국에서 삼대의 보물인 구정(九鼎)과 주(周)나라 종묘의 큰 종인 대려(大呂)를 가리키는데, 국가의 중요성을 상징한다.

그리하는 것이라면, 경이 들어와 나에게 고하여 바로잡음이야 무슨 흠이 되겠소. 내가 이토록 간구하는데도 경이 만약 '나에게 병이 생겼으므로 이 지위와 이 정사를 면해야겠습니다. 비록 제 한 몸이 아니라도 어찌 합당한 사람이 없겠습니까?'라고 말한다면, 그것은 절대 그렇지 않소. 오직 경만이 민첩하고 억세며 충량하고 엄격하며 강직하고 성실한지라 일에 임하여 결단력이 있소. 험난함을 피하지 않고 처하는 곳마다 바쁘게 움직이고 복잡하게 얽힌 일을 맡겨 봐도 여유 있게 하니, 이는 간략함으로 마음을 삼고 주는 것으로 일을 삼았기 때문이오. 내가 경의 마음을 깊이 이해하고 경을 사헌부司憲府 사간원司諫에 두었으며 내 곁을 벗어나지 못하게 한 지가 거의 10년이오. 마침 국가가 난리를 만나 온 나라가 크게 흔들리고 사람들은 어육魚肉이 되었소. 이에 경에게 여러 번 지방을 맡기니, 경은 군사와 나라의 크고 작은 일들이 아무리 실처럼 얽혀 있고 머리카락처럼 어지럽혀 있다 할지라도 반드시 잘 다스려 정돈하였소. 경을 병조판서에 임명하자 병권을 근본으로 하는 것이 나의 마음과 맞지 않음이 없었으므로 내가 몹시 가상히 여겼소.

지방 감사에게 물어보고 대신들에게 물어봐도, 모두들 '지금 재상으로 앉힐 만한 사람은 경이 아니면 없다'라고 대답하였으므로, 이미 여러 차례 경을 상공의 지위에 앉혔소.

나는 경이 국가의 기강을 떨치고 사론士論을 인도하며
시정時政을 바르게 하고 변방의 근심을 안정시키며 힘 없이
쓰러짐을 붙잡아 이끌고, 쇠퇴함을 격앙시켜 중흥 복고의
치적을 이루어 줄 것을 바랐다오. 그런데 뜻하지 않게도 한
하찮은 병으로 인해 큰 계기를 버려 나로 하여금 일의 실마리를
풀지 못하게 하고 헤아리면서도 단정을 내리지 못하게 하여
마침내 일이 흩어져 수습할 수 없는 지경에 이르게 하였으니
내 마음이 슬프고 슬프다오.
경은 지금의 국사와 민생이 어떻다고 생각하오?
기강이 어떻다고 생각하오? 조정이 어떻다고 생각하오?
변방이 어떻다고 생각하오?
이런 모든 일의 관리에 대해서 어떻게 생각하오?
나 한 사람이 혼자서 처리할 수 있다고 생각하오?
전쟁이 일어난 8, 9년 동안 전쟁에서 입은 상처가 아직 치유되
지 않았고 황폐해진 땅도 전지로 개간하지 못했소. 까치나
토끼처럼 흩어진 자들이 집을 갖지 못했고 의지할 곳 없는
굶주린 자들도 양식을 구하지 못한다오. 법과 기무들이
피폐해져 회복되지 못하였고 변방에서는 싸움이 아직도
진압되지 않아 갑옷을 벗지 못했소. 남해에는 왜적선이 조만간에
이를지도 모르는 일이고 북쪽 요새에는 오랑캐들이 틈틈이
아침저녁으로 정찰하오.

나는 모르겠소. 지금이 과연 어떤 때이오? 재상은 자신
몸으로 백 가지 사무를 대응해야 하는, 모든 관원의
우두머리오. 그 채무가 어떠한 것인데 이것을 누구에게 미루고
돌아보지 않으려 하는 것이오? 병이 나면 혈육도 면하게 하기
어려운 바가 있지만, 약을 쓰지 않고도 절로 낫는
기쁜 일도 있음을 진실로 알고 있소.
옛사람이 어찌 나를 속이겠소? 하물며 지금 이른 봄에
윤달이 들어 바람이 아직 수그러들지 않고 소소함이랴!
비록 한가로운 가운데 있는 사람이라도 이런 때가 이르면
따뜻함을 향하여 스스로 고쳐질 것임이 틀림없으리니 또
무엇을 개의하는 것이오? 내의內醫에게 명령하여 경을
진찰하고 그 병 증세에 대한 약을 지어 주도록 할 것이오.
이미 발생한 질병이라도 곧 치유될 것이니
부디 다른 염려는 하지 마시오.
나의 구구함을 견딜 수 없소. 아! 나라가 잘되고 못되는 것은
경의 한 몸에 달려 있소. 경이 만일 대사를 걱정하지 않고
자신의 몸을 보호하기에만 힘쓴다면 마치 열기가 나라를
보호하는 것처럼 되어 병을 치료하는 것이 옮겨져 나라를
치료할 수 있으리니, 몸조리에 더욱 힘쓰고 나의
소의한식[275]은 중히 여기지 마오. 그 외에 나에게 허물이 있거든

275 소의한식(宵衣旰食): 임금이 정사(政事)에 근로(勤勞)함을 이르는 말. 날이 새기

경은 규명할 수 있으며, 시정時政에 결함이 있거든 경은
보충할 수 있을 것이오. 아무개가 나오지 않으면 경이 후원할 수
있을 것이오. 아무개가 물러나지 않으면 경이 물리칠 수 있을 것이오.
아무 아무 일이 경의 마음에 들지 않으면 경은 하나하나
지적해 말해야 할 것이오. 경이 직책상 맡은 책임을 다하며
일개 질병 때문에 스스로 물러나지 않는다면 국사에는
무척 다행이겠소. 관직 사퇴는 의당 윤허할 수 없소.

위의 두 시와 두 문장은 혹은 도로상에서 붓을 휘둘러 쓰기도 했으며 혹은 공적인 자리 사적인 자리에서 예例에 따라 쓰기도 했으므로 모두 거칠고 고루하여 후세에 전하기에는 부적당하다. 다만 하나는 중국의 지우[276]가 있었고, 하나는 천자의 고명한 은혜가 있었던 까닭에 아울러 기록한다. 망가령亡家嶺 현판에 써 붙였던 20운韻도 흑사롱[277]을 더했으나 기록하지는 않는다.

전에 일어나 옷을 입고 밤늦게야 저녁 식사를 하는 것.

276 지우(知遇): 자기의 성품, 재능 등을 알아 잘 대우하는 일.

277 흑사롱(黑紗籠): 현판(懸板)에 먼지가 앉지 못하게 덮어 씌우는 검은 깁으로 만든 베.

(266) 학질을 치료한 유몽인의 시

옛날 연산連山에 임시 거처할 때 집안의 아이 종이 학질을 앓았다. 내가 재미로 사운 율시 한 수를 지어 그의 등에 붙여 주었더니 학질이 곧 나았다. 그 시는 다음과 같다.

토백[278]의 서린 몸 아홉 겹 접혀 있고
늠름한 쌍각雙角은 창천에 걸려 있네.
용지龍脂가 천 길 깊이의 가마솥 안에서 어지러이 끓고
호극虎戟이 번갈아 만 명의 무장한 신神을 따르네.
딱 벌어진 부리로 들이마셔 발해渤澥에 먼지 일으키고
주먹으로 쳐부수어 곤륜산을 가루로 만드네.
가련한 수제水帝 잔약한 아이 귀신은
성화같이 바람처럼 달려 땅 밖으로 빠지네.

대개 학질 귀신은 수신水神이고 토土가 수水를 이기기 때문에 「초사楚詞」에 나오는 '토백'이라는 어의를 사용한 것이다.

그 후 집안에 학질을 앓는 자가 있으면 이 시의 파지破紙를 가져다 서로 등에 붙였는데 그때마다 곧 효험을 보았다. 이로부터

278 토백(土伯): 땅 속의 괴물. 곧 땅속 제후(諸侯)의 장(長)이라는 의미이다.

이웃 마을에 학질을 앓는 자가 있으면 글을 베끼어 가 학질을 치료했으니 온 고을이 다 그렇게 했고, 심지어는 은진恩津·석성石城·부여夫餘·공주公州·진잠鎭岑·금산錦山에서도 서로 그 글을 전해 주어 비록 몇 해 동안 묵은 학질이라도 그 한 장의 종이로 효험을 보지 않음이 없었다.

이제 들으니 충청도와 전라도 등의 지역에서도 지금까지 10여 년간 이 글을 얻어 학질을 치료한 사람이 이루 헤아릴 수 없이 많았다고 한다. 무척 가소롭다.

(267) 사혼과 통하는 비문

진사進士 박제생朴悌生이 나에게 그의 작고하신 장인어른 신 공申公의 묘 비문을 써 달라고 부탁하기에 내가 그 글을 써 주었다. 신 공 선인들의 세계世系와 자손의 이어짐은 상당히 상세하나 신 공이 서거한 지 이미 오래여서 본래 비문에 빠트린 것이 많았다. 그 것들을 모두 수록하여 글을 다 짓고 난 뒤 해서楷書로 베껴서 박제생의 집으로 보냈다. 그날 밤 꿈에 손님들이 찾아왔는데 모두 해골이었다. 문을 가득 메우더니 방문을 밀치고 들어와 나를 향해 무척 정성스럽게 감사를 표했다. 잠에서 깨어난 나는 부지불식간에 정신이 번쩍 들고 머리카락이 곤두섰다.

또 일찍이 죽은 사위 최은구崔衙具 묘의 비문을 지었다. 내가 음기[279]를 쓰고 석공石工에게 그 글을 새기게 하였더니 석공이 종에게 말했다.

"작년 꿈에 한 나이 어린 유생이 맑고 아름다운 모습으로 찾아와 나에게 묻기를 '너는 어떤 사람이냐?'라고 하기에 '아무개 지방 사람 아무개라는 사람이오'라고 대답하였지요. 그러자 그 유생이 또 '이 돌의 품질이 어떠한가?'라고 묻기에 '아주 좋다'고 하였더니 '하루에 몇 자 정도 새길 수 있는가?'라고 물어 '수십 자를 팔 수 있다'고 대답했지요. 그랬더니 '자네의 새김이 아주 좋으니 모름지기 서둘러 새길 것이며 게으름 피우지 말게'라고 하였습니다. 다음 날도 똑같은 꿈을 꾸었는데 사람의 생김새도 똑같았지요."

종이 그 사람 생김새가 어떠하더냐고 묻자 여차저차하게 생겼노라고 대답하였는데 그 생김새는 실로 죽은 사위의 모습이었다. 이 이야기를 들은 온 집안 식구들은 모두 슬피 울었다.

아! 슬프도다! 죽은 사람을 위하여 하는 일이여. 비록 죽은 사람이라 할지라도 반드시 황천에서 감동하고 기뻐하는 것이다. 고인들이 예문禮文을 지음에 축문祝文과 제문祭文을 짓고 술가術家들이 부적과 주문 등을 썼는데, 이는 허황된 글이 아니라 신도神道

279 음기(陰記): 비갈(碑碣)의 등 뒤에 새긴 글.

를 능히 아는 사람이 베풀어 설치한 것이다.

(268) 주인의 원수를 갚은 유인숙의 계집종

유인숙[280]이 역적逆籍에 올라 억울하게 죽자 그의 노비들은 공신功臣의 집에 하사되었다. 그때 정순봉[281]이 수훈을 세웠기 때문에 유인숙 집안의 노비들 가운데 많은 수가 그에게 사패[282]로 귀속되었다. 그들이 처음 유인숙의 집에서 왔을 때 모든 계집종들은 얼

---

280 유인숙(柳仁淑: 1485, 성종 16-1545, 명종 즉위): 문신. 자는 원명(原明), 호는 정수(靜叟). 1507(중종 2)년 진사시·생원시에 합격, 1510년 식년문과에 병과로 급제. 관직은 공조·호조·이조 판서에까지 이름. 1545년 명종이 즉위하자, 대윤 윤임(尹任)의 일당으로 명종의 즉위에 반대하고 계림군(桂林君)을 옹립하려 했다는 소윤(小尹) 윤원형의 탄핵을 받아 무장(茂長)에 유배된 뒤 사사되었고 이어 부관참시되었다.

* 역사적 사실에 따르면 본 이야기의 해당 인물은 유인숙이 아니라 유관(柳灌)이다. 정순봉에 관한 아래 주 참조.

281 원문에는 정순명(鄭順明)으로 되어 있으나 그것은 오기(誤記)이다. 정렴과 정작의 부친 이름은 정순붕(鄭順鵬)이기 때문이다.

정순붕(1484, 성종 15-1548, 명종 3): 문신. 자는 이령(耳齡), 호는 성재(省齋). 1504(연산군 10)년 별시문과에 정과(丁科)로 급제. 1545(인종 1)년 대사헌을 거쳐 지중추부사(知中樞府事)가 되었을 때 인종이 죽고 명종이 즉위하자 소윤(小尹)으로서 윤원형·이기(李芑) 등과 함께 윤임(尹任)·유관(柳灌) 등 대윤을 제거하는 데 적극 활약, 을사사화의 원흉(元兇)이 되어, 보익공신(保翼功臣)이 되었고 우의정에까지 올랐다. 1548년 유관으로부터 빼앗은 노비 중 주인의 원수를 갚으려던 비(婢) 갑이(甲伊)에 의해 열병이 전염되어 죽었다.

282 사패(賜牌): 궁가(宮家)나 공신에게 나라에서 산림, 토지, 노비 등을 내려 줌.

굴을 가리고 슬프게 오열했지만 그중 자태와 용모가 아름다운 한 계집종만은 낯빛이 득의양양하며 전혀 슬퍼하는 기색 없이 다른 계집종들을 돌아보며 질타했다.

"우리들이 옛 주인을 잃은 것은 하늘이 한 것이다. 누군들 너희 주인이 아니겠느냐? 마땅히 섬기기나 할 것이지 신·구는 왜 가리지?"

그녀가 유독 성의를 다하여 새 주인을 모시자 정순붕도 그녀를 믿고 가까운 곳에서 시중들게 하여 곁을 떠나지 못하게 하였는데, 여러 해 동안 매 맞을 만한 실수도 저지른 적이 없었다.

하루는 정순붕의 꿈속에 어떤 귀신이 나타나 그의 머리와 얼굴을 누르는지라 소리를 지르고 깨어났다. 그 이후로 그와 같은 꿈을 빈번하게 꾸었고 마침내는 고질병을 앓아 일어날 수 없게 되었다. 부인이 신들린 무당을 찾아가 물어보니 그녀가 말했다.

"베개 속에 요귀가 있소."

베개 속을 헤쳐 보니 과연 그 안에 해골 하나가 있었다. 유인숙의 집에서 온 계집종이 했을 것이라고 의심하고 잡아 심문하자 그 계집종은 매 한 대 맞지 않고도 스스로 사실을 자백하였다.

"우리 주인님이 무슨 죄가 있기에 당신 집 늙은이가 죄를 날조해 죽였소? 내가 겉으로는 당신 집에 마음을 붙이는 것처럼 했지만 속으로는 오장육부가 썩고 꼬인 것이 여러 해였소. 이 때문에 몰래 시중드는 아전과 간통했는데 그가 처음에는 두려워하며 허락하지 않았지만 내가 애써 꼬이자 마침내는 서로 정성을 다하게 되어 내가 말하는 것을 모두 따르게 되었소. 그래서 몰래 죽은 사람의 해골을 찾아오게 하여 베개 속에 넣었던 것이오. 이제 이미 내 주인님의 원수를 갚았으니 죽은들 무슨 한이 있겠소. 속히 나를 죽이시오."

정순붕의 자제들은 마침내 그 계집종을 빈소殯所 옆에서 때려 죽인 뒤 그 일을 숨기고 끝내 누설하지 않았으므로 당시에는 그 사실을 알고 있는 사람이 없었다. 정순붕의 막내아들 작碏이 나이 70이 넘어 임종하게 되었는데 그때 비로소 남에게 말하였다.

"우리 집안에서 깊이 숨겨 왔던 것이니 남에게 말하지 마시오. 살아오는 동안 내내 그 계집종의 절개와 의리를 기특하게 여겼으므로 죽음에 임해 비로소 말하는 것이오. 아! 유인숙 계집종의 의열은 비록 예양[283]의 의열이라 할지라도 그보다 더하지는 못할 것이오. 다만 그 요사스러웠음이 한스러울 뿐이오."

정순붕의 두 아들 렴磏과 작碏은 모두 다 뛰어난 재주가 있으면서도 당시 세상에서 출세하려는 뜻이 없어 모두 도가와 불가 무리 속에서 방탕하고 허탄하게 지내며 몸을 감춘 채 세상을 마쳤다. 부친이 사림을 죽인 큰 죄인이었기 때문에 비록 효자의 마음

---

283 예양(豫讓): 중국 전국시대의 제(齊)나라 사람. 그는 주군(主君) 지백(智伯)이 조양자(趙襄子)에게 죽자 그의 원수를 갚기 위하여 몸에 옻칠을 하고 문둥이처럼 행장을 꾸미고 양자를 죽이려 했으나 마침내는 잡혀 죽음.

이 무궁할지라도 도저히 씻어낼 길이 없으므로 수치스러운 분노를 가슴에 품은 채 끝내 불우하게 지내다 죽은 것이 아니겠는가? 그 마음 또한 슬퍼할 만하도다.

(269) 이후백의 성품

이후백李後白이 벼슬길에 오르기 전에 관찰사의 행차를 범하여 영문營門에 끌려갔다. 이후백이 자신은 유생이라고 말하자 관찰사가 운韻을 불러 주며 시를 짓게 하였다. 그때 지은 시는 다음과 같았다.

끊어진 다리에 해 비끼니 동편인지 서편인지 아찔하고
얼굴 때리는 모래 먼지 북풍이 말아가도다.
실수로 아정[284] 침범했음을 후회하지 않노니
낭선[285]은 이로 말미암아 한공韓公을 알았도다.[286]

---

284 아정(牙旌): 아기(牙旗). 임금이나 대장이 있는 곳에 세우는 기.

285 낭선(浪仙): 가도(賈島)의 자. 가도는 당나라 때 시인. 일찍이 중이 되어 무본(無本)이라 했으나 한유(韓愈)에게 그의 시가 알려져 환속하여 장강(長江)의 주부(主簿)가 되었음.

286 퇴고(推敲)의 고사와 관련됨. 즉 가도(賈島)가 '승고월하문(僧敲月下門)'이라는 시구를 얻고 '퇴(推)' 자를 쓸까 '고(敲)' 자를 쓸까 하는 생각에 잠겨 길을 가다 당시 경조윤(京兆尹)이었던 한유(韓愈)의 행차를 범필함으로 말미암아 '고(敲)' 자를 쓰라는 한유의 지도를 받았다는 고사.

관찰사는 크게 기뻐하며 상을 내렸고 마침내 서로 친하게 되었다. 뒷날 급제한 후 호남을 살피는 어사가 되어 남원부에 이르렀다. 남원 부사가 기생 말진末眞으로 하여금 수청들게 하였는데 자못 견권한 정을 맺었다. 기생과 이별하고 가다 곡성谷城에 이르렀을 때 비를 만나 3일 동안 체류하면서 시를 지었다.

> 어사 풍류는 목동이 길 가는 것 같으니
> 청루靑樓는 어제 대방帶方을 지나다 들렀네.
> 춘심春心은 늙어도 다 없어지기 어렵나니
> 푸른 소매 새벽에 눈물로 젖으려 하네.
> 무정한 강물엔 화방[287] 떠가니
> 뿔피리 소리 원망스럽게 원정기遠征旗를 전송하네.
> 곡천谷川에서 3일간 이 사람 마음 잡아 두니
> 가소로워라, 천공天公께서 일 지체됨 보고 계시거늘!

대방은 남원의 옛 호칭이고, 곡천은 곡성의 별호이다.

후에 이조판서가 되어서는 일체 공평한 도를 펼쳐 다른 사람들이 관직을 구하여도 그들의 청탁을 들어주지 않았다. 어떤 사람이 그에게 관직을 구하러 갔더니 공이 사적인 장부를 꺼내서 보

---

287 화방(畵舫): 색칠하여 화려하게 꾸민 유람선.

여 주며 말하였다.

"처음에 나는 공에게 관직을 제수하려고 기록하였다오. 그런데 그대가 관직을 구하다니 애석하구려!"

드디어 붓을 들어 기록해 두었던 곳을 한번에 지워 버렸다. 이로부터 사사로이 관직을 구하는 자가 없게 되었으므로 공의 문과 뜰은 몹시 적막하여 거마車馬의 드나듦이 없었다.

함경도 관찰사가 되었을 때 변장[288]이 군졸들을 침탈하는 것을 싫어하여 군졸들이 그 장수를 고소할 경우 그때마다 불법으로 장수에게 벌을 주니, 이로부터 군율이 해이해지고 기강이 땅에 떨어졌다.

이제신李濟臣이 북도 병사兵使가 되었다가 이탕개尼湯介 적을 만나게 되었다. 오랑캐들이 우리 사졸로 변장하였는데 이제신은 그들의 장수와 절제사[289]가 누구인가도 묻지 않아 마침내 경원慶源이 함락되었다. 결국 이제신은 귀양가 의주義州에서 죽었는데 북도의 백성들은 이후백은 허물하면서도 이제신에 대해서는 애석하게 여겼다.

288 변장(邊將): 변방의 장수.

289 절제사(節制使): 절도사(節度使)의 관리에 딸린 거진(巨鎭)의 정3품 벼슬.

(270) 구영준의 천선

구영준具英俊은 대사헌大司憲 구수담[290]의 아들이다. 구수담은 당시의 명재상이었으므로 그 당시 사람들은 그를 의지하고 믿었다. 구영준은 의금부에 속해 있는 계집종을 몹시 사랑한 나머지 젊어서 배우기를 게을리 하였고 사람들이 비웃고 업신여기는 것도 개의치 않았다.

의정議政 이준경李浚慶은 구수담의 벗이었는데 영준을 보고 몹시 꾸짖으며 말했다.

"너는 명문 집안 자식으로 앞길이 창창하다. 들으니, 네가 사람들이 비웃고 업신여기는 것도 부끄러워하지 않고 의금부의 나이 어린 계집종에게 빠져 네 부친이 담당하고 있는 아문衙門에서 나졸들과 섞여 논다더구나. 그것은 자식 된 도리로 절대 할 짓이 못 된다."

영준은 부끄러움을 느낀 나머지 자신이 불민했음을 삼가 사죄하며 말했다.

"이제부터는 마땅히 상국님의 가르침을 좇아 그녀와 관계를 끊

290 구수담(具壽聃: 1500, 연산군 6-1550, 명종 5): 문신. 자는 천로(天老). 1519(중종 14)년 생원이 되고, 1528년 식년문과에 병과로 급제. 관직은 대사헌(大司憲)에까지 이르렀으나 권신 이기(李芑)를 논박했다가 갑산으로 유배되었고, 1550년에 앞서 유관(柳灌)을 변호했다 하여 양사의 탄핵을 받고 사사되었다.

고 다시는 내통하지 않겠습니다."

그는 다음 날 마침내 그 계집종과 관계를 끊었다.

그 후 구영준이 상국을 알현하니 상국이 말했다.

"자네가 지금도 이전에 했던 말을 실천하고 있는가?"

영준이 대답했다.

"소생이 상국 어르신의 한마디 말씀을 소중히 여겨 마침내 그와 관계를 끊었지만 매일 한 가지 생각 때문에 마음을 안정시킬 수 없어 밤새도록 잠들지 못하다가 시 한 구절을 썼습니다."

상국이 말했다.

"그 시를 듣고 싶네."

그 시는 다음과 같다.

백년해로의 약속을 깨뜨리니,

밤새 흘린 피눈물은 배도 띄우겠네.

상국이 크게 칭찬하며 말했다.

"남자는 이 같아야 하느니라."

구영준은 음관蔭官으로 나가 관직이 직장直長에 이르렀는데 손가락 하나의 손톱이 빠져 있었으므로 어떤 사람이 그 까닭을 물으니 말했다.

"부친이 갑산甲山에 귀양 갔다가 사사賜死되었습니다. 부친께서

사약을 마실 때 제가 양 손으로 땅을 움켜쥐었는데 손톱이 하나 빠져나간 사실도 깨닫지 못했습니다."

아! 영준은 처음에는 비록 하고 싶은 대로 하여 법도에 어긋났지만 마침내는 어른의 가르침을 받들어 하루아침에 천선遷善하였으니 군자라도 실천하기 어려운 것이다. 기록할 만하도다.

(271) 목란수

공주 관아 뜰에 나무 한 그루가 있었는데 향이 강렬하고 잎이 넓었으며 꽃 색은 연한 자줏빛이었고 가지와 줄기가 모두 아름다웠다. 관리들이 나무를 아끼고 사랑하며 북돋워 증식시키면서도 예부터 꽃 이름이 무엇인지는 몰랐다.

만력 무오년(1618)에 명나라에서 표류해 온 사람들이 공주를 지나가자 어떤 사람이 그들에게 나무 이름이 무엇인지를 물으니 그들 모두 '목란수木蘭樹'라고 대답하였다. 또 그 나무를 재배하여 심는 방법을 물으니 "가지만 잘라 심어도 모두 산다."라고 대답했다. 이로부터 공주 사람들이 비로소 그 나무가 목란임을 알게 되었다.

아! 목란은 중국의 아름다운 나무이다. 처음부터 이곳에서 자생한 것인지, 다른 곳에서 옮겨 심은 것인지, 아니면 전조前朝에서 배로 중국과 통행할 때 강남에서 옮겨온 것인지는 모르겠다. 그 나무는 뜰 가운데 서서 오랜 세월을 지냈는데 우리나라 사람들이 그것을 익히 보았으면서도 목란임을 살피지 못했다. 세상에 보기 드문 뛰어난 선비가 뜰에 서 있는데도 알지 못하는 사람이 어찌 한정이 있으리오. 우리나라 사람들의 눈은 고깃덩어리인가 아니면 밀랍인가. 오직 중국 사람들만이 능히 알아보도다.

(272) 패가망신한 시정배 박계금

박계금朴繼金은 시정 상인의 아들이다. 감사監司 홍춘년洪春年에게는 첩에게서 난 딸이 있었는데 결혼 적령기였다. 어떤 사람이 박계금을 거론하니 홍춘년의 조카 승지承旨 홍천민洪天民이 말했다.

"사대부가 어찌 시정인과 더불어 혼인을 합니까?"

홍춘년이 말했다.

"천녀賤女인데 뭐 나쁠 것 있나?"

마침내 첩에게서 난 딸을 박계금의 처로 삼아 주었다.

박계금은 가업이 무척 부유한데도 일본과 교역해서 이익을 취하고자 하여 동평관[291]에 묵고 있는 일본인을 찾아갔다. 그러자

291 동평관(東平館): 일본 사신이 와서 머무르는 객관(客館). 감호관(監護館)을 두어 관리하게 하였음.

일본인이 야광주 한 개를 자랑하는데 그 크기가 달걀만 했다. 밤중에 시험해 보니 밝은 것이 마치 등잔불 같아 방이 온통 환하였다. 그래서 마침내는 그것을 저자에서 팔려고 흥정해 보니 그 값이 수백천금이었다. 그 값을 1백 배로 늘릴 수 있는 방법은 연경燕京에 가 채색비단으로 바꾸는 것이 최고라고 생각하고 뇌물을 써서 부경사[292] 일원으로 충당되기를 구하였다.

요동遼東 회원관懷遠館에 이르러 상자를 열고 보니 정채롭던 광채가 조금 손상되어 있었다. 옥하관玉河館에 이르러 밤을 틈타 살펴보니 컴컴하여 아무 광채도 없는 보잘것없는 하나의 둥근 돌일 뿐이었다. 그것을 연경의 저자 사람들에게 보이며, "이것은 야광주요."라고 말하니, 저자 사람들이 모두 크게 웃고 그의 얼굴에 침 뱉으며 말했다.

"이것은 구워 만든 가짜 진주요."

날이 오래되니 광채가 없어져 연석[293] 유의 옥보다도 못하여 필경에는 빈손으로 집에 돌아왔다. 이로부터 저자에 빚을 진 것이 천금을 넘어 집을 팔아도 다 갚을 수 없었고, 전원을 팔아도 다 갚을 수 없었으며, 서울과 지방에 있는 노비를 팔아도 다 갚을 수 없었다.

계책이 궁하고 형세가 급박하자 몰래 이부吏部의 아전과 도모

---

292 부경사(赴京使): 조선조 때 명나라 · 청나라로 보낸 사신.

293 연석(燕石): 옥 같으면서도 옥이 아닌 돌. 전(轉)하여 가치가 없는 것의 뜻.

하여 이미 죽은 종실宗室의 고신[294]과 녹패[295] 문서를 발급받았고, 태창[296]의 아전과 모의하여 문서에 준해 3품 종실의 녹을 해마다 네 차례씩 태창에서 받아 마치 조정의 벼슬아치인 것처럼 하였다.

이같이 몇 십 년 하여 빚을 갚았는데 후에 일이 발각되어 그에 연루되었던 아전들은 감옥에서 죽었다. 해당 관부에서 그들 시체를 3일 후에 감옥에서 꺼내 보니 쥐가 양쪽 눈을 모두 파먹어 구멍이 뚫려 있었다.

아 슬프다! 재화를 중히 여기는 마음 때문에 처음에 실패하자 급히 구하고자 하는 꾀가 뒤를 이어 싹터서 끝내는 죽음을 자초하는 계책에 이르고 말았다. 일의 시초에 스스로 억제하지 못하다가 흉화에 걸려 쥐가 그 눈을 파먹어 구멍을 냈으니, 그 사람은 책망할 것도 못되지만, 사대부가 시정배의 아들을 택하여 딸을 시집보냈으니 그 집안에 추함을 끼친 것 또한 마땅하지 아니한가. 홍 승지洪承旨의 말이 진실로 귀감이로다.

294 고신(告身): 조선조 때에 벼슬아치로 임명된 사람에게 주는 사령장(辭令狀). 4품 이상은 교지(敎旨), 5품 이하는 이조(吏曹)의 봉교(奉敎)로 임명함. 직첩(職牒).

295 녹패(祿牌): 녹(祿)을 받는 이에게 증거로 주는, 종이로 만든 표.

296 태창(太倉): 조선조 광흥창(廣興倉)의 다른 이름, 즉 벼슬아치의 봉급을 맡아서 관리하는 호조에 딸린 관청. 태조 원년(1392) 서울 서교(西郊) 와우산(臥牛山) 아래에 창고를 세웠음.

(273) 자린고비의 재산 지키는 법

큰 부자 고비高蜚는 충주 사람으로 성품이 인색하고 재화를 중시하였다. 재물을 쌓고 물건을 교환하여 장사하는 데 능해 무척 많은 재산을 이루었다. 그는 창고에 있는 궤짝들을 봉하는 것도 반드시 자신이 직접 하였고 보리싸라기나 겨처럼 아주 미미한 것들이라 할지라도 천금과 같이 중하게 여겼다.

일찍이 멀리 나갈 일이 있었는데 그는 자신이 돌아오는 날짜를 계산해서 처와 첩들이 쓸 양식 몇 말 몇 되를 내준 뒤 창고를 모두 봉해 놓고 가려고 하였다. 모든 것을 다 봉하고 난 다음 막 길을 떠나려고 하는 찰나에 밀가루 몇 말이 담긴 한 항아리가 창고 밖에 있는 것을 보게 되었다. 그런데 갈 길 또한 급해서 그것을 창고에 넣을 겨를이 없었으므로 결국 얼굴로 밀가루에 도장을 찍어 표시한 뒤 말하였다.

"너희들이 혹시라도 이 밀가루를 먹어 내 얼굴 도장에 흔적이라도 남기면 그 방종한 죄는 죽어 마땅할 것이다."

그가 돌아오면서 도중에 비를 만나 내를 건널 수 없었으므로 결국 돌아오기로 한 날보다 며칠이 늦어졌다. 처와 첩은 내어 준 양식을 다 먹은 뒤 배고픔을 참을 수 없어 서로 모의하여 말했다.

"이래도 죽고 저래도 죽기는 매한가지리니 차라리 먹고나 죽읍시다."

드디어 밀가루를 절반 먹고 아내가 음부로 남은 밀가루에 도장을 찍었다.

고비는 집에 돌아오자마자 창고에 봉해 둔 것은 살필 겨를도 없이 먼저 밀가루 단지부터 살피더니 주변 사람들을 찬찬히 바라보면서 말했다.

"내 수염이 왜 이처럼 꼬부라졌는고? 내 코가 왜 입 가운데 있는고? 너희들이 밀가루를 훔쳐 먹은 게 틀림없다."

마침내 몽둥이를 꺼내 아내와 첩을 구타하였다.

고비가 늙자 그 마을 사람이 고비에게 부자 되는 방법을 배우기 청하자 고비가 말하였다.

"아무 날 성 위에 있는 소나무 사이에서 나를 기다리시오. 내 가르쳐 줄 것이 있소."

마을 사람이 술과 안주를 준비하여 장막을 펼쳐 놓고 고비를 기다렸더니 고비가 왔다. 마을 사람이 늘어서서 고비에게 절을 올리고 물었다. 고비는 성 위에 있는 소나무 가지가 멀리 성 밖으로 뻗어 있고 그리고 성 밑에는 낭떠러지인 것을 보더니 마을 사람으로 하여금 그 나무에 올라 가지를 붙잡아 몸을 늘어뜨리고 한 손은 놓고 한 손만으로 가지를 붙잡게 한 뒤, 주위 사람들을 모두 물리치고 은밀하게 말하였다.

"당신의 재화 지키는 것을, 손으로 이 나뭇가지 잡고 있는 것처럼만 하면 충분하오."

한마디 말도 더하지 않고 가 버렸다.

(274) 밴댕이를 자른 노식

유생 6, 7인이 과거 볼 날이 가까워지자 동작강銅雀江 정자에 나가 과거공부를 하였다. 그때 예조좌랑禮曹佐郎인 벗이 있었는데 유생들이 재미로 말하였다.

"우리들이 집을 나와 강변 집에 임시 거처하는데 풍경이 비록 좋아도 홀아비 신세여서 즐거움이라곤 없으니 어찌 할까. 이름난 기녀들을 골라 우리를 위해 잠자리를 모시도록 해 줄 수는 없을까?"

예조좌랑이 "좋다."라고 대답하였다.

다음 날 유생들이 정자에 앉아 멀리 모래강변을 바라보니 곱게 단장한 미녀 30여 명이 배를 부르고 있었다. 이윽고 그들이 이르러서 보니 그들은 모두 예조좌랑이 보낸 기생들이었다. 이에 유생들이 몰래 의논하였다.

"전에 장난삼아 한 말인데 이처럼 많은 기생들이 몇 십 리길을 걸어왔으니 한잔 술로 우리들을 위로해 주지 않겠는가? 대단히 무안하다. 쌀을 모아 밥을 지어 대접하는 것이 나을 것 같다."

한 아이를 시켜 밥을 짓게 하였는데 그 나머지는 부릴 사람이 없어 유생들 중 나이 어린 자를 택했는데 그 일을 맡게 된 자가 곧 노식盧植이었다. 반찬거리를 찾아보니 밴댕이 10여 마리만 있을 뿐이었다. 그가 몰래 부엌 뒤로 나가 나무를 엎어놓고 밴댕이를 자르고 있는데 한 기생이 그 광경을 엿보고는 다른 기생들에게 말하는 바람에 그들이 손뼉을 치면서 웃는 소리가 마루에 떠들썩했다. 이를 부끄럽게 여긴 노식은 달아나 버렸다.

뒷날 노식이 장원급제하여 청포[297]를 입고, 계화桂花를 꽂고, 두 개의 일산을 펼치고, 홍패[298]를 나열하고, 많은 악공들이 음악을 연주하였으니, 그를 뒤따르는 무리가 길을 가득 메우고 장악원[299] 앞길을 지났다. 그날 장악원에서는 음악시험이 있어 많은 기생들이 모두 모여 있다가 나와 그 행렬을 바라보았다. 한 기생이 자세히 바라보더니 크게 놀라 말했다.

"이 신래[300]는 접때 강가 정자에서 밴댕이를 자르던 자 아니오?"

기생들은 서로 바라보며 감탄하였으나 노식은 부끄러운 나머지 급히 말을 채찍질하여 지나갔다.

---

297 청포(靑袍): 푸른 빛깔의 도포. 종3품에서 6품까지의 품관의 공복(公服). 정3품 이상은 홍포(紅袍)임.

298 홍패(紅牌): 문과(文科) 회시(會試)에 급제한 사람에게 내어주는 붉은 종이에 쓴 교지(敎旨).

299 장악원(掌樂院): 음악의 교육과 교열(校閱)에 관한 사무를 맡은 관사(官司).

300 신래(新來): 과거에 새로 급제한 사람.

(275) 간략한 짐

한 서생이 당나귀를 타고 어린 종 하나를 거느리며 길을 가다 시냇가에서 점심을 먹고 있는데, 어떤 벼슬아치가 준마를 타고 무거운 짐을 싣고 또 몹시 많은 종을 거느리고 왔다. 그 벼슬아치 또한 시냇가에서 점심을 먹었는데 그의 종은 서생의 행장이 초라한 것을 보고 교만하게 바라보았다.

서생이 작은 자루를 열더니 조그마한 우산을 꺼내 펼치고 다리가 네 개 달린 붉은 소반을 내놓았다. 그 소반에는 싱싱한 생선국과 구운 고기와 회, 두부와 소양을 넣은 순채탕 그리고 녹두면이 있었으며, 녹두죽과 맛좋은 술도 약간 있었다. 또 다른 소반에 앞서 차려 놓은 것과 똑같이 차린 음식을 벼슬아치 앞에 내놓았다. 식사를 마치자 물건들을 수습했는데 동자의 등에도 가득 차지 않았다.

며칠간 동행하면서 몰래 살펴보니, 작은 표주박에 구멍을 뚫어 콩가루를 흘려보내 가는 면 가닥을 만들고, 꿀 가루와 붉은 팥으로 죽을 만들었으며, 양膁을 잘라 산초와 섞어 볕에 말리고, 두부 거품에다 소금과 산초를 더해 밥과 떡을 만들고, 고기는 종이조각 모양으로 떠서 말렸으며, 순채는 솜처럼 겹겹이 풀어서 말리고, 술은 두꺼운 종이에 세 번 걸렀으며, 기름장을 잘라 탕에 넣었다. 계산에 맞도록 양식을 구했으며 소반은 포개서 다리를 접었으니 이는 얇은 청동으로 된 첩 반상기였다. 이와 같은 것들은 작은 행랑도 다 채우지 못했다. 그릇들은 빛나고 정갈했으나 간략함에 힘쓴 것이 남달랐으니 벼슬아치의 종은 크게 부끄러워했다.

대개 중국은 은량을 사용하여 천 리 길에 나귀 한 마리로 길을 떠나며 모든 기구가 길가 점사에 갖추어져 있으나 우리나라의 경우는 1백 리 여행길에 꾸리는 장비가 몇 짐으로도 충족시키지 못하니, 서생은 비록 비루하고 자잘한 것 같지만 간략히 함에 힘써 풍속을 바로잡는 자이도다!

(276) 혜성의 징험

만력 35년 선조대왕께서 병환을 앓으신 지 이미 여러 개월이었다. 이때 혜성이 자미원[301]에 출현하여 상태성으로부터 중태성을 거쳐 하태성[302]에 이르러 희미해지더니 이윽고 사라졌다. 임금께서는 일관日官을 시켜 그 현상에 대해 나타나는 모든 징후를 살펴 아뢰도록 하였다. 그러나 유사有司는 옥체玉體가 바야흐로 편치

301 자미원(紫微垣): 옛날 중국 천문학에서 하늘을 삼원이십팔숙(三垣二十八宿)으로 나눈 가운데, 태미원(太微垣)·천제원(天帝垣)과 더불어 삼원의 하나인 별자리. 천제(天帝)가 거처하는 곳이라고 전해 옴.

302 삼태성(三台星): 자미원(紫微垣)을 지킨다고 하는 세 별, 곧 상태성(上台星)·중태성(中台星)·하태성(下台星).

않으셨기 때문에 나라에 상이 있을 것이라는 한 조목만은 기록에서 빼 버리고 아뢰지 않았다.

상께서는 학문이 고명하시어 좌우의 신하들에게 말씀하셨다.

"이 재앙의 징조가 내 몸에 있을 것이니 내가 아마도 일어나지 못할 것이다."

이듬해 임금께서 승하하셨으며, 당시의 영의정 유영경이 사사되었고, 좌의정 허항許項은 삭출당했으며, 우의정 한응인韓應寅은 파면당했으니 하늘에서 보여 준 상象이 징험된 것이로다.

(277) 운명

정언각鄭彦慤은 집이 몹시 가난하였는데 어렸을 적에 글을 잘 지어 신동이라고 칭해졌다. 판서 신제申濟의 집에 장가들었으나 여러 차례 과거에 낙방하여 나이 40에도 여전히 포의布衣 신세여서 입고 먹는 것을 모두 판서 부인에게 의지했기 때문에 판서 부인은 이를 몹시 괴롭게 여겼다. 판서 집에서는 작은 딸을 위해 사위를 택하려고 하는데 마땅한 사람을 구하기가 어려웠다. 그래서 정언각에게 평소 알고 지내는 사람 중에 어진 인재를 추천하라고 하였더니 그가 말하였다.

"내 친구 원손元遜이라고 하는 사람은 대대로의 문벌 집안 사람으로 재주 있다는 명성이 있으며 성품이 단아하고 생김새도 옥 같습니다. 지금은 비록 가난하지만 그것이 어찌 오랫동안 지속되겠습니까?"

판서가 말하였다.

"좋군. 빨리 중매쟁이를 보내 날을 잡도록 하지."

부인이 말하였다.

"그렇지 않습니다. 재주라고 하는 것은 믿을 만한 것이 못됩니다. 애초에 진사進士는 신동이므로 틀림없이 일찍부터 큰 명성을 이루리라 생각하여 그가 가난한 것도 꺼리지 않고 사위로 맞아들였는데 반평생을 가난하고 초췌하게 보내 부귀를 기약할 수 없습니다. 그러나 둘째 사위인 유생(柳生: 나의 할아버지)은 가계가 몹시 부유하고 심지가 무척 관대하여 벗과 함께 공부함에 그 집에서 다 받들어 사흘에 소를 한 마리씩 잡으니 그가 비록 급제하지는 않았어도 나는 그가 좋습니다. 지금 원생이 비록 재명이 있다 할지라도 만약 다시 진사와 같이 된다면 내가 겪을 온갖 어려움을 어찌합니까?"

마침내 원생을 사위로 맞아들이지 않고 윤필상尹弼商의 손자인 희로希老를 사위로 선택하였다.

바야흐로 혼례를 치름에, 정언각의 친구 중 한 사람인 승문 정자正字가 공적인 일을 아뢰려고 판서의 집에 왔다가 혼례가 치러지고 있으므로 명함도 전하지 못하고 정언각의 처소에 머물러 있었는데, 멀리 신랑이 오는 것을 보더니 그가 크게 놀라며 말하였다.

"자네의 장인어른 상국 어르신께서 어디서 굶어죽을 아이를 얻어 오셨는고? 후일 구렁에 구르다 죽을 사람은 반드시 이 아이일 것이다."

정언각이 크게 웃으며 말하였다.

"이 아이는 동방의 갑부라네. 나는 굶어죽는다 할지라도 이 아이는 굶어죽지 않을 것이네."

후에 희로는 공부는 하지 않고 주색에 빠져 30여 개의 큰 집, 천여 명의 노비, 그리고 만경萬頃에 이르는 좋은 전토를 다 팔아먹고, 세족世族[303]의 종들이 기거하던 행랑채에 붙어 살며 춥고 굶주렸으나, 원손은 후에 이름을 혼混으로 고치고 관직이 1품관에 이르렀으며 92세의 나이로 세상을 마쳤다.

부인은 종실 호산군湖山君의 딸로 비단옷을 입고 생장하여 다시 경상卿相에게 시집와서 일생 동안 부귀를 누리고 가난의 고통을 겪어 본 적이 없었으나, 판서의 말을 따르지 않아 마침내 사랑하는 딸로 하여금 잘못되게 하였으니 가히 탄식할 만하다. 빙인월승[304]은 어두운 가운데에서 일찍 정해져 버리는 것이니 부인이라 한들 운명을 어찌 하였으리오?

---

303 세족(世族): 대대로 국록(國祿)을 타먹는 집안. 제후, 왕 등의 집안.

304 빙인월승(氷人月繩): 월하노인(月下老人)과 빙인(氷人)의 끈이라는 뜻. 월하노인과 빙인은 모두 혼인을 중매하는 신(神)임.

윤희로는 성품이 어리석고 공부를 하지 않았다. 어떤 사람이 그에게 말했다.

"그대는 어찌하여 판서에게 응패두[305]를 구해 보지 않는가? 그 자리는 몹시 한가로우면서 녹봉도 많다네."

이 말을 들은 희로가 크게 기뻐하며 정언각에게 물어보니, 그가 말하였다.

"응패두가 한가하고 녹봉이 많기는 하나 묘패두猫牌頭만은 못할 걸세. 그러니 장인어른께 묘패두를 구해 보지 않겠나?"

희로가 더욱 기뻐하며 판서에게 가 묘패두를 구하자 판서가 크게 웃으며 말하였다.

"이는 필시 정 진사가 자네를 속인 것일세."

(278) 심수경의 거문고와 궁녀

상국 심수경沈守慶은 어렸을 때 풍채와 거동이 아름다웠고 음악에 통달하였다. 일찍이 청원군淸原君 집의 외청에 숨어 임시 거처하고 있었다. 가을밤 달이 중천에 뜨자 연못에 가서 거문고를 타고 있는데 나이가 어리고 자태가 아름다운 어떤 한 궁녀가 안에

---

305 응패두(鷹牌頭): 매를 기르는 관서의 십장.

서 나와 절을 올렸다. 상국이 그녀를 맞이해 올라오게 하여 자리에 앉히니 그녀가 말하였다.

"첩은 홀로 빈 궁을 지키면서 멀리 그대의 맑은 거동을 바라보고는 마음으로 늘 사모하였습니다. 오늘 아름다운 거문고 가락의 운치가 매우 고상한 것을 듣고 감히 나와 절을 올리나니 다시 한 곡조 들을 수 있기를 원하옵나이다."

상국은 몇 곡조 타며 즐겁게 논 뒤 이내 거문고를 안고 나왔다. 그로부터 다시는 그 방에 거처하지 않았고 그 여자는 상사병으로 노심초사하다 마침내 병들어 죽었다.

(279) 재앙의 전조

만력 신묘년(1591)에 한효순韓孝純이 표表를 받들고 연경에 조회하러 가니 중국 사람이 말하였다.

"무기고의 병기들을 여러 해 동안 닦지 않았는데, 요즘에 이르러서 광채가 10배나 나 마치 새로 병기를 만들어 숫돌로 간 것 같소. 이는 중국이 군사를 움직일 징조이니 식자識者들이 많이 근심하고 있소."

이듬해에 과연 우리나라에 왜변이 있었으니, 중국에서는 병사를 보내어 우리나라를 구원해 주었다.

신묘년간에 우리나라 군기시軍器寺의 못물이 스스로 끓어올라 담장을 넘어가니 늙은 아전들이 근심하며 말하였다.

"지난 을묘년에 이와 같은 변고가 있은 뒤 남쪽 변방에 왜변이 생겼었는데……."

과연 임진년에 이르러서 크게 왜란이 있었다.

가야산 해인사의 팔만대장경 칠판漆板 하나하나가 모두 땀을 흘리더니 이듬해에 과연 전염병이 돌았다. 제독 동일원董一元이 왜를 정벌하려고 군대를 성주星州에 주둔시키고 새로 흙으로 된 관왕關王 상을 만들었다. 이 관왕 상에서 저절로 땀이 흘러 바닥에 떨어지자 온 군인들이 두려워하였다. 한 달도 못되어서 과연 사천泗川의 참패가 있었으니 경계할 바를 미리 보여 주었음에도 어찌 대비하지 않았는가?

(280) 남사고와 정신의 당파 예언

아계 이산해가 격암 남사고[306]를 송정松亭에서 만나 지난날을 회상하는 정담을 나누었는데, 남사고가 서쪽의 안령鞍嶺과 동쪽의 낙봉駱峯을 가리키면서 말했다.

306 남사고(南師古): 조선 명종 때의 예언자. 호는 격암(格菴). 풍수(風水)·천문(天文)·복서(卜筮)·상법(相法)의 비결을 알아서 예언을 잘했다 함.

"후일 조정에는 반드시 동서 분당이 있을 것입니다. 낙駱은 각마各馬이니 마침내는 뿔뿔이 흩어질 것입니다. 안鞍은 변혁이 있은 후 안정된다는 것이고, 또 성 밖에 있으므로 그 당은 때를 많이 놓치겠으며 틀림없이 시사時事의 변혁으로 인하여 부흥할 것이나 마침내는 반드시 마멸할 것입니다."

그 후 서西로 이름했던 당은 때를 많이 놓쳤다가 명종이 왕위에 오름으로 인해 비로소 심의겸 무리가 크게 일어났으며, 정철이 정여립의 변을 평정하고서 크게 흥하였고, 윤두수[307] 무리는 파월[308]의 변을 만난 후에 흥하였으며, 또 약간의 사람들은 지금 임금께서 즉위하신 초년에 흥하였다.

동東으로 이름한 자들은 나뉘어 남·북南北 대·중·소大中小 골·육骨肉이라 이름하였으니 남사고의 말이 모두 징험되었다.

옛 정正[309] 정신鄭愼은 성력[310] 점을 잘 쳤다. 그래서 그가 천체의 현상을 보고 점을 치면 모두 적중했다. 일찍이 그가 말했다.

"지금 동서의 분당은 중국의 낙洛당 촉蜀당처럼 거처하는 지역으로 이름을 삼은 것은 아니지만 일단 방위로 이름을 세웠으니

---

307 윤두수(尹斗壽: 1533, 중종 28-1601, 선조 34): 문신. 자는 자앙(子仰), 호는 오음(梧陰). 대사간·대사성·형조판서 등의 벼슬을 거쳐 좌의정·영의정에 이른 서인(西人)의 거두임. 문장이 뛰어났고 글씨에도 능했음.

308 파월(播越): 임금이 도성(都城)을 떠나 다른 곳으로 피난함.

309 정(正): 종친부·돈령부 등등의 정3품 벼슬.

310 성력(星曆): 성도(星度)를 기준으로 하여 만든 역법(曆法).

하늘의 운수에 연계될 것이다."

처음 동당의 논의가 바야흐로 극성하고 서인이 모두 풍미風靡되었을 때는 동방의 기운이 서방의 기운을 뛰어넘어 그로 인해 동쪽의 왜구가 크게 이르러 우리나라의 기운을 몰아내다 압록강에 이르러서야 그쳤다. 지금은 서론西論이 크게 이기고 동인은 모두 쓰러져 흩어진 때라 서방의 기운이 동방을 뛰어넘었고 그로 인해 중국 병사가 서쪽으로부터 와 우리나라의 기운을 몰아 동래東萊에 이르러서야 다하였으니, 정신의 점 또한 확론確論이도다.

(281) 정유길의 춘첩자

내가 소싯적에 한강의 몽뢰정夢賚亭에 놀러 갔는데 몽뢰정은 상국 정유길鄭惟吉의 정자였다. 그때 상국은 많은 날들을 강호江湖에 나가 한가하게 보내고 있었으므로 창문과 문에 모두 춘첩자春帖子[311]가 있었다. 그중의 한 춘첩자에는 다음과 같이 쓰여 있었다.

공무 한가로워 일신이 늘어지면 세상 누군들 성낼까?

몽뢰정 안의 백발노인은

311 춘첩자(春帖子): 입춘(立春)날 대궐 안 기둥에 써 붙이던 주련(柱聯). 연잎과 연꽃의 무늬를 그린 종이에 써서 붙였음.

조정의 일 없음에 힘입어
한강에 일엽편주 띄워 봄을 낚도다.

또 다른 춘첩자는 다음과 같았다.

매화 막 단장하고 버들 점점 시드니
맑은 강물에 떠도는 얼음 푸르러 반짝이도다.
노신老臣은 더불어 안위安危할 일 없으니
오직 궁궐 향해 만춘萬春을 축원하노라.

또 다른 춘첩자는 다음과 같았다.

선왕 대의 백발 노 판서
한가롭고 바쁨을 분수에 맡기고 편안히 거처하네.
어부는 봄 강물이 따뜻해졌음을 알리느라
꽃소식이 이르기도 전에 쏘가리를 바치네.

내가 소싯적에 항상 이 춘첩자를 기억하여 암송하였고 늙어서도 잊지 않아서 읽을 때마다 상국의 풍치를 상상할 수 있었다.

(282) 김계휘의 총명

김계휘[312]는 무척 총명하여 책을 읽음에 10행을 한번에 죽 지나치기만 해도 문자의 뜻을 대강 알았다. 일찍이 전라 방백이 되었을 때 소송 문서 수천 장을 글 잘 읽는 아전 수십 명에게 매미가 울어 대듯 벌이 윙윙대듯 일시에 읽어 가게 한 뒤 문서를 엎어 놓게 하였다. 아전들이 소장을 다 고하자 문서의 본래 취지를 물어보지 않고 판결문을 써서 돌려주게 하였는데 글의 뜻이 모두 마땅하여 하나의 착오도 없었다. 만약 거듭 소송문을 올리는 자가 있으면 그의 이름만 듣고도 그의 간계를 적발해 내니, 백성들이 무척 기이하게 생각하고 모두 그를 신처럼 여겼다.

그가 중원에 갔을 때 통주通州 길에서 『십구전사十九全史』를 팔고 있는 한 사람을 만났는데 전사全史 6백 권을 한번 보고는 마치 등잔불 비치는 것처럼 환히 파악하였으므로, 아무 곳이나 닥치는 대로 뽑아 물어보아도 마치 눈앞에 있는 것처럼 분명하게 응답하지 않음이 없었다.

또 저자 사람을 끌어들여 저자에 있는 이서異書를 사고 싶다고 선언하니 많은 사람들이 수레에 연달아 싣고 와 여관에 날라 놓았다. 김계휘는 하룻밤 사이에 그 책들을 모두 다 본 뒤 그다음

---

312 김계휘(金繼輝: 1526, 중종 21-1582, 선조 15): 조선조 선조 때의 대사헌(大司憲). 자는 중회(重晦), 호는 황강(黃康). 식견이 높고 박학하여 만사에 통달하였음.

날 속이어 말했다.

“값 때문에 살 수 없소. 도로 저자로 가져가시오.”

저자 안에 있는 책들을 열흘 사이에 거의 다 읽어 사람을 대하여 논설함에 자질구레한 것까지도 모두 망라하여 꿰뚫고 있었다.

(283) 이덕형의 뛰어난 기억력

이덕형이 제독 이여송의 접반사가 되었을 때 군중軍中의 이야기가 수백 가지 쓰여 있는 비밀문서를 제독의 문지기가 몰래 보여주었다. 덕형이 몹시 급하게 한번 죽 살펴보자마자 문지기가 서둘러 그 문서를 빼앗아 가 버렸다. 덕형이 즉각 그 비밀문서를 글로 써서 행재소에 아뢰었는데, 후에 그 문서의 진본을 찾아 참조해 보니 한 글자도 어긋남이 없었다.

(284) 강종경의 뛰어난 기억력

강종경[313]은 외워 암송하는 것을 잘했다. 그의 처남 신숙申橚이 잡

313 강종경(姜宗慶: 1543, 중종 38-1580, 선조 13): 문신. 자는 중업(中業), 호는 매서(梅墅)·청서(青墅). 1570(선조 3)년 성균시를 거쳐 1572년 별시문과에 병과로

다한 문자 수백 자를 모아 그 가운데 1백 글자는 모두 잘라낸 뒤 어지럽게 섞어 문리가 통하지 않게 하고서 강종경에게 그것을 한 번 보게 하고는 그가 다 읽자 곧 가져가 버린 뒤 강종경으로 하여금 다른 종이에 그것을 쓰게 하여 본지本紙와 참조해 보니 한 글자도 착오가 없었다.

(285) 수진방의 의미

개국 초에 한양을 수도로 처음 열 때 정도전鄭道傳으로 하여금 방坊의 명칭을 정하게 하였다.

방의 명칭 중에 수진방守眞坊이라고 하는 것도 있었는데 후에 정도전이 그곳으로 이사하고 난 뒤 죽으니, 당시 사람들이 모두 "소위 수진守眞이라고 하는 것은 목숨이 다했다는(壽盡) 뜻의 수진이로군."이라고 말하였다.

급제, 학유(學諭)에 이르렀다. 유학자들과 친교가 많고 특히 성혼과 가까이 지냈다. 역학·서화에 능했다.

(286) 이준민의 처와 문익성의 처

이준민[314]과 부사 문익성[315]은 집안 대대로 정의가 깊었고 양가의 부인들 또한 서로 왕래하며 교분이 두터웠는데 두 부인은 모두 질투심이 많고 잔인하였다. 그들이 서로 만났을 때 문익성의 처가 말했다.

"우리 집 영감이 하루라도 집 밖에서 자고 오면 나는 곧 식사를 끊고 오직 냉수만 마십니다. 그렇기 때문에 우리 집 영감은 감히 한눈을 팔지 못하지요."

후에 이준민이 집 밖에 첩을 두자 부인이 이 말을 듣고 밥을 먹지 않은 채 냉수만 마시다 그로 인해 병들어 죽고 말았다.

이준민이 몰래 문익성의 집을 탐지해 보니 익성의 처는 비록 겉으로는 밥을 먹지 않는 체했지만 신임하는 계집종과 몰래 약속하여, 측간에 간다고 이야기하면 계집종은 큰 밥그릇에 밥과 맛있는 반찬을 비벼서 매우 짜게 만들어 하루면 두세 차례 올렸다. 그렇기 때문에 익성의 처가 목이 말라 물을 마셔도 집안 사

---

314 이준민(李俊民: 1524, 중종 19-1590, 선조 23): 문신. 자는 자수(子修), 호는 신암(新菴). 벼슬은 이조·예조·병조 판서를 거쳐 좌참에까지 이르렀다. 당파싸움을 증오하여 동·서인의 조정에 나선 이이(李珥)의 태도에 경복, 죽은 뒤의 이이를 공격하는 무리들을 자신의 원수처럼 미워했다. 시문에 뛰어났다.

315 문익성(文益成: 1526, 중종 21-1584, 선조 17): 학자. 자는 숙재(叔裁), 호는 옥동(玉洞). 벼슬은 승문원 저작(承文院著作)으로부터 내외직을 역임한 뒤 헌납(獻納)에 이르렀다.

람들은 그 사실을 알지 못했다. 이준민이 이 말을 듣고 곡하며 말했다.

"요사하도다! 늙은 여우 같은 계집년. 우리 안사람에게 먹지 않는 것은 가르쳐 주면서도 어찌하여 측간에 가 짜게 먹는다는 사실은 가르쳐 주지 않았는고!"

이준민이 곡하며 슬프게 흐느껴 울자 듣고 있던 사람들은 모두 입을 가리고 웃었다.

(287) 보우와 고승

보우普雨는 요승妖僧이다. 경전을 많이 알고 시에도 능했으며 글도 잘 지었다. 춘천의 청평산에 거주했는데 원근의 중들이 그를 존경하고 믿었다. 가정嘉靖 연간에 문정왕후文定王后가 수렴정치를 할 때 봉선사奉先寺와 봉은사奉恩寺에 교선教禪 양종을 설치하고 봉선사에서 무차대회無遮大會[316]를 베풀어 쌀을 수백 가마니 쪄서 중들을 먹이니 사방의 중들이 구름같이 모여들었는데, 아름다운 비단으로 지은 가사를 입은 보우를 뭇 중들이 무리지어 옹호하여 상좌上座에 모셨다.

316 무차대회(無遮大會): 성범(聖凡)·도속(道俗)·귀천(貴賤)·상하(上下)의 구별 없이 일체 평등으로 재시(財施)와 법시(法施)를 하는 대법회(大法會).

덕지덕지 기운 중 옷을 입고 안색이 마른나무 같은 한 노승이 석장에 의지하여 맨 마지막으로 도착하자, 보우가 그 노승을 멀리서 바라보더니 달려 나가 절을 올리고 머리를 땅에 대고서 감히 고개를 들어 바라보지 못하였으므로 좌우에 있던 사람들이 두 사람을 힐끗힐끗 쳐다보았다. 보우의 두 눈에서 눈물이 흘러나와 땅에 떨어졌고 한참 동안을 엎드린 채로 있으면서 일어나지 못하니 노승이 꼿꼿이 서서 지팡이를 두드리며 말하였다.

"아! 네가 이렇게까지, 이렇게까지 하리라고는 생각도 못하였다."

노승은 결국 보우와 한마디 말도 나누지 않고 가 버렸다. 보우는 그 후 여러 날 동안 쓸쓸한 모습으로 즐거워하지 않았으므로 사람들이 모두 이상하게 여겨 그 중의 법호法號를 물어보니 지행智行이라고 하였다.

보우는 고승 일선一善이 도가 있다고 생각하여 두터운 예를 갖추어 맞이하고자 하였는데 묘향산에 심부름꾼이 이르자 일선은 한마디도 말하지 않고 큰 글자를 써서 주었다. 그 글은 다음과 같다.

구름 진령秦嶺을 가로지르니 집은 어디 있는가?
눈 쌓인 남관藍關을 말은 나가려 하지 않도다.[317]

---

317 당(唐) 한유(韓愈)의 시 「좌천지남관시질손상(左遷至藍關示姪孫湘)」의 한 구절임.

일선은 끝내 일어나지 않았다.

후에 일이 어그러져 보우는 추운 계곡의 산 암굴 속에 도망가 있다가 붙잡혀 제주에 유배되었다. 제주 목사가 보우로 하여금 객사를 모두 쓸고 닦게 하고 또 날마다 힘이 센 무인 40인으로 하여금 각각 주먹으로 보우를 한 대씩 때리게 하는 것을 상례로 삼았으므로 보우는 마침내 주먹질에 맞아 죽었다.

일선은 묘향산에 있으면서 종신토록 입정[318]하며 걸상 아래로 내려오지를 않았고, 비록 대관들이 왔을지라도 문밖으로 나가 그들을 영접한 적이 없었다. 이량李樑은 권세 있는 귀인이었는데 묘향산에 놀러갔다가 일선을 존경하여 비단옷을 벗어서 그에게 입혀 주었다. 이량이 산을 내려가자마자 일선은 곧 옷을 벗어 그를 따르는 사람에게 주며 말하였다.

"내가 어찌 이 옷을 입겠는가?"

보우가 죽은 뒤 그의 시집이 세상에 돌아다녔다.

(288) 장갑의 무복

선비 중에 장갑張甲이라는 자가 있었는데 한성 남쪽 성곽에 살고

318 입정(入定): 불교 용어로, 선정(禪定)에 들어감을 의미함.

있었다. 밤중에 어떤 사람이 두 사람을 죽인 뒤 시체를 장갑의 집 문 앞에 버렸다. 장갑은 나라의 법을 생각해 보니, 사람이 죽어 옥사가 일어나면 반드시 가까운 이웃을 먼저 국문하여 일단 엄한 형벌을 가한 뒤 진짜 범인을 잡아 법률로 다스리는지라, 그는 자신의 집이 먼저 그 화를 당하게 될까 두려웠다. 그래서 몰래 노비를 시켜 시체를 말 한 마리에 싣고 교외의 외진 곳에 가 버리게 하였다. 북이 다섯 번 울리고 성문이 열리자마자 노비는 출발하였다. 마침 어두운 안개가 도성 10리를 가득 메우고 있었는데 산곡에 미처 이르기도 전에 안개가 별안간 걷혀 동방이 밝았고 행인들이 길에 두루 있었으므로 노비는 말을 버린 채 창황히 달아나고 말았다. 날이 이미 밝자 말은 스스로 집을 찾아 두 구의 시체를 싣고 돌아가니 야경꾼이 뒤를 밟고 좇아와 문에 이르러 그 시체를 얻게 되었다. 드디어 선비 장갑을 가두고 참혹한 형벌을 가하자 그는 고통을 이기지 못하여 장차 무복[319]하려고 하였는데, 마침 진범을 잡았는지라 그 일이 끝나게 되었다.

(289) 화를 면한 허종과 이장곤

허종許琮은 연산조의 의정議政이다. 처음 대간의大諫議가 되었을

319 무복(誣服): 강제를 당하여 없는 죄를 있다고 자복하고 형벌을 받음.

때 선왕先王[320]께서는 왕비 윤씨를 폐하여 서인庶人으로 삼으려고 하였고 조정의 의론도 모두 왕비를 폐하자는 데로 돌아가고 있었다. 허종이 조만간에 대궐에 달려가 그 사실을 왕에게 아뢰려고 하였는데 가는 길에 누이의 집을 지나게 되었다. 누이는 경사經史에 박식하여 통달하지 않은 책이 없을 정도였는데 특히 주자강목朱子綱目에 가장 정통하였다. 누이가 허종을 보고 말했다.

"공은 어찌해 근심스러운 기색이 있으며, 또 무엇 때문에 아침 일찍 왔소?"

"조정의 의론이 이미 왕비를 폐하기로 결정되었는데 저의 직책이 언관의 우두머리이므로 오늘 그 일을 말해야만 합니다. 그래서 근심스럽습니다."

"전 시대의 일들을 낱낱이 살펴보면, 아들이 뒤를 이어 임금이 된 뒤 그의 어머니를 폐한 책임을 따짐에 그 화가 언관에게 미치지 않은 경우가 있었소? 결단코 가지 마오."

허종이 크게 깨달았으므로 중도에 이르렀을 때 일부러 말에서 떨어져 기절하니, 아전이 분주히 달려가 승정원에 그 사실을 고한 뒤 의원을 불러 약을 쓰고 수레에 실어 그의 집으로 돌려보냈다. 조정에서는 그날로 새로 간의諫議 이李 아무개를 내어 마침내 그 일을 성사시켜 왕비 윤씨를 서인으로 삼았다.

320 선왕(先王): 이전의 왕. 여기서는 성종(成宗)을 가리킴.

후에 연산군이 즉위하여 그 당시 언관의 일을 맡고 있었던 자들을 모두 죽였다. 간의 이 아무개는 벌을 받아 멸족되는 데 이르렀으나 허종은 죽음을 면하였다.

그때 홍문관 교리弘文館校理 이장곤李長坤은 망명하였다. 조정에서 그를 급히 체포하려고 하자 이장곤은 초라한 옷차림으로 변장하고 걸어서 달아나다 너무 피곤하여 길가에서 잠이 들었는데, 그를 쫓던 아전배들이 이장곤의 짚신이 지극히 큰 것을 한참 바라보더니 이상하게 여기며 말하였다.

"발이 큰 것은 이장곤과 흡사하나 베옷을 입고 초립을 썼으니 아니다."

그들은 이장곤을 버려 두고 갔다. 이장곤은 도중에 배가 고파 더 이상 갈 수가 없었다. 그때가 여름 달이었는데 냇가를 보니 똥 속에 보리밥이 절반가량 있었다. 그는 그 보리밥을 손으로 집어 물에 씻어 삼키니 눈이 다시 열리고 기운이 소생하는지라 엉금엉금 기어 민가에 이르러 그곳에 은거하며 백정의 사위가 되었다.

이장곤은 허우대는 컸으나 일을 잘 못하므로 백정 집에서는 이를 몹시 괴롭게 여겨 말했다.

"저와 같이 키가 커 베도 많이 드는데 해야 할 일을 하지 않고 게으르니 이 일을 어떡하나!"

연산군이 폐위되었다는 소식을 듣자 이장곤이 장인에게 청하여 교생校生에게 홍의紅衣를 빌려 입고서 장차 읍 수령을 뵈려고 하니 이웃사람들이 웃으며 말하였다.

"백정의 사위가 외람되게도 읍 수령을 뵈려고 하다니! 실례하여 곤장을 맞고 싶은가!"

마침내 이장곤이 읍 수령에게 명함을 들이자 읍 수령이 옷을 뒤집어 입고 신발을 거꾸로 신은 채 허둥지둥 달려 나와 그를 맞이해 객사의 중심 되는 곳에 거처시키고 음식을 입맛에 맞도록 요리하여 대접하니 읍 사람들이 몹시 이상하게 여겼다. 드디어 사실이 조정에 알려지고 임금께서 이장곤을 부르시는 명령이 나는 듯이 전해져 이장곤은 서울로 돌아가 대관이 되었으며 이상二相에까지 올랐다.

(290) 곽태허 처의 중과의 음분

영변寧邊 교생校生 곽태허郭太虛는 정로위[321] 김무량金無良의 사위로 부처 섬기기를 좋아하였고 많은 중들과 교제하였다. 곽태허가 외출하자 그의 아내가 중과 사통하였는데 태허가 밖에서 들어오니 중이 태허를 내리누르고 그의 가슴에 걸터앉았다. 곽태허는 힘이 약하여 빠져나오지 못하고 있는 차에 중이 검을 뽑아 들었

321 정로위(定虜衛): 야인(野人)의 침입을 막기 위하여 변방에 설치한 군대.

다. 태허가 손으로 검을 쳐 바닥에 떨어뜨리니 중이 태허의 아내에게 말했다.

"그 검을 가지고 와!"

아내는 차마 손으로 가져다 주지는 못하고 발로 점점 앞으로 밀어 주었다. 그때 개가 곁에 누워 있었는데 곽태허가 분개하여 말했다.

"강아지야, 강아지야. 네가 만약 내 마음을 안다면 그 검을 당장에 가지고 가 버려라."

개는 곽태허의 말을 듣고 별안간 일어나더니 검을 입에 물어 밖에 버린 뒤 다시 들어와 중의 목을 물어뜯어 중은 마침내 죽었다.

곽태허는 그 사실을 처갓집 식구들에게 말한 뒤 개를 끌고 그곳을 떠났다. 그가 이미 들판을 건너 고개를 오르는데 그의 아내가 태허를 다급하게 부르며 돌아오라고 소리쳤다. 태허는 그에 응하지 않고 뒤돌아보니 처갓집 식구들이 처의 목을 나무에 매달아 놓고 큰 몽둥이로 그녀의 가슴을 때리고 있었다.

(291) 계집종 덕분에 도적 잡은 목사

가정 연간에 나주 목사—그 사람의 성명을 잊어버렸다—가 임기가 차서 돌아가는데 수레에 실어 옮기는 재화가 몹시 많아 수십

리에 뻗쳤으므로 간악한 도적들이 훔치려는 마음을 가졌다. 목사는 큰길 가에 있는 원院[322]의 점사에 묵으면서 다른 여행객들은 같은 점사에 묵지 못하도록 하였다. 도적의 무리들이 서로 모의하여 사기그릇을 진상한다고 거짓 칭하고 억지로 같은 객관에 들여보낸 것이 1백 롱籠[323] 가까이 되었다. 진상을 담당한 아전이 사기 롱 앞으로 사람과 말이 가까이 접근하지 못하도록 훈계하면서 말하였다.

"진상하는 공물인 사기를 깨트리면 마땅히 그 값을 치러야 할 것이오."

이 말을 들은 나주 목사의 종복從僕들은 사기 롱 앞으로 감히 접근하지 못하였다.

날이 장차 저물어 갈 무렵 계집종이 그 롱 곁에서 오줌을 누다 문득 방귀소리를 내고 말았는데 잠시 후 두 사람이 낄낄거리며 웃는 소리가 그 롱 안에서 흘러나왔다. 계집종은 재빨리 달려가 주인어른에게 그 사실을 아뢰었다. 주인어른은 몰래 나주의 아전을 불러 모의하였다.

"한 롱 안에서 두 사람의 웃음소리가 났으니 1백 롱 안에 2백 명이 숨어 있을 것이오. 그들이 깊이 잠든 틈을 타서 모두 사로잡으려고 하는데 어떤 계책을 내야 할 것 같소?"

---

322 원(院): 조선조 때 역(驛)과 역(驛) 사이에 두었던, 출장하는 관원을 위한 관영 여관.
323 롱(籠): 대로 만든 그릇.

나이 든 아전이 앞으로 나와 귀에 대고 말하였다.

"소인이 거짓으로 술주정을 부리며 소위 담당 아전이라는 자와 서로 다툴 것이니 대인大人께서는 짐짓 노한 체하시어 저와 아전배를 아주 단단하게 결박하십시오. 그러면 저놈은 작은 죄로 결박을 당한 것이기 때문에 순순히 벌을 받고 감히 거역하지 못할 것입니다. 그런 다음 이어 사람들을 모아 롱을 쌓아 놓고 다시 거듭 묶어 화살을 쏜다면 그 자리에서 사로잡을 수 있을 것입니다."

마침내 그 계책을 썼더니 괴수와 졸개들은 과연 결박에도 저항하지 않았다. 또 사기그릇 롱을 단단히 묶고 말하였다.

"내가 마땅히 사기그릇을 모두 부숴 버리고 서울에 가서 복죄[324] 할 것이다."

사기그릇 롱을 모아 놓고 쏘게 하였더니 1백 개의 롱이 뜰에서 높이 뛰어 오르고 유혈이 땅바닥에 흘러내려 2백 명이 모두 사로잡혔다. 괴수를 결박한 뒤 읍에 고하여 저자에 기시棄市[325]하였다. 방백이 이 사실을 조정에 알려 목사에게는 한 등급의 품계가 더하여졌고 그 계집종에게는 베 5백 필이 상으로 내려졌다.

---

324 복죄(伏罪): 법에 복종하여 죽을 죄에 대하여 목숨을 내놓음.

325 기시(棄市): 죄인의 목을 베어 죽이고 그 시체를 시가(市街)에 버려둠.

(292) 정희량이 점친 조원기의 일생

이상 조원기[326]가 아직 현달하지 않았을 때 정희량과 사귀었다. 정희량이 한림이 되자 조원기는 그를 찾아가 머무르며 함께 잠을 잤다. 다음 날 아침 이름난 벼슬아치, 현달한 벼슬아치들이 벽제하며 길을 가득 메우고 이르렀는데 이루 다 기억할 수 없을 정도로 많았다. 객들이 간 후 정희량이 말했다.

"명류로서 나를 방문하러 오는 자들의 발길이 끊이지 않는데 그대가 마음속으로 저들을 부러워하고 있소?"

조원기가 말했다.

"한미함이 이 같으니 일개 문지기도 나보다는 낫소. 하물며 저 한림원의 선비들이야……."

정희량이 말했다.

"부러워하지 마오. 저들은 단지 아침 이슬일 뿐이오. 당신 같은 사람은 궁窮 사십에 달達 사십이리니 수명이 그 가운데 있소."

그 뒤 얼마 안 있어 조원기가 한강을 건너는데 배가 뒤집혀 물속으로 빠졌다. 그는 문득 정희량이 했던 말을 생각하고 말했다.

---

326 조원기(趙元紀: 1457, 세조 3-1533, 중종 28): 문신. 자는 이지(理之), 호는 돈후재(敦厚齋). 1495(연산군 1)년 식년문과에 병과로 급제. 사관(史官)으로 재직 중 왕의 생존 시에는 아무도 열람할 수 없게 되어 있는 사초(史草)를 연산군이 보고자 제출을 명하였으나 불응했다. 인조반정 후 청백리에 녹선되었고, 벼슬은 형조판서·판중추부사(判中樞府事)에까지 이름.

"강절康節이 어찌 나를 속였겠는가!"

포복하여 건너편 언덕에 이르고자 했으나 물속에서는 양쪽 언덕을 분별할 수 없었다. 그래서 머리를 풀어 헤쳐 물이 흘러가는 방향을 보고 곧바로 물 밑을 가르며 눈을 감고 가서 건너편 언덕에 이르게 되었는데도 육지에 다다른 것을 깨닫지 못하였다. 길 가는 사람들이 그를 보고 괴이하게 여기며 말했다.

"팔과 다리로 걸어가고 있는 저자는 누구야?"

마침내 눈을 뜨고 보니 이미 모래밭에 이르러 있었다.

이후 40년간 현달하여 벼슬이 찬성贊成에 이르렀고 80이 넘도록 장수하였다.

(293) 기이한 노승과 이하

이하李賀라는 자는 경산[327]의 중이다. 젊었을 적에는 삼각산 승가사僧伽寺에 있었는데 항상 객실에 거처했으니 이는 기이한 중이 오는지 살피려는 의도 때문이었다. 그러던 어느 날 떨어진 중 옷을 입은 노승이 문득 나타났는데 생김새가 맑고 기이했다. 그 노승은 매일 한밤중이면 밖으로 나가 오줌을 누는 척하다가 얼굴을

327 경산(京山): 서울 근교에 있는 산.

씻고 양치질을 한 다음 집 뒤로 가서 북쪽을 향해 절하였다. 이하는 마음속으로 이상하게 여기고 그가 보통의 인물이 아닐 것으로 생각하고서 아들이 아버지를 섬기듯 종이 주인을 섬기듯 섬기면서 잠시도 그의 곁을 떠난 적이 없었다.

노승은 승가사의 객사에서 허다한 날들을 머무르다 하루는 새벽 종소리가 울리기도 전에 바리를 메고 떠나갔다. 이하가 멀리 떨어진 채 바라보고 뒤를 따라 가면서도 노승으로 하여금 알아채지 못하도록 하였다. 그는 온종일 곧장 서쪽을 향해 가더니 천마산의 지족암知足庵으로 들어갔다. 이윽고 노승이 자리를 정하자 이하가 들어가 절하였다. 노승이 놀라 괴이하게 여기며 물었다.

"네가 어디에서 왔는고?"

"빈도貧道[328]는 제자 되기를 원하오니 감히 어르신 곁을 떠날 수 없습니다."

노승이 몹시 싫어했다. 그럼에도 불구하고 이하는 정성과 예를 다하여 이전처럼 복역하였다. 이렇게 여러 날이 지난 뒤 노승에게 절하며 다시 청하였다.

"빈도가 객사에 있을 때 어르신을 살펴본 적이 많습니다. 대사께서는 반드시 남다르시리라는 것을 알고 있습니다. 감히 가르침 받기를 원하옵나이다."

---

328 빈도(貧道): 중 또는 도사의 겸칭.

노승이 발끈 성을 내고 낯빛을 붉히며 말하였다.

"나이 어린 사미승이 어찌 그리 망령된고! 나에게 무슨 남다름이 있다는 것이냐?"

가르침을 청할 때마다 노승은 완강하게 거절하였다.

많은 날이 지나가자 노승은 비로소 이하의 의지가 더욱 굳어짐에 감동하여 복서卜筮[329]를 가르쳐 주었다. 이하는 문자를 조금 아는데다 천성적으로 유달리 총명했기 때문에 힘들이지 않고 깨우쳤다. 매번 한 가지 일을 점칠 때마다 그 추측하여 결정내리는 것을 시험해 보았고, 좋음과 좋지 않음을 살펴 바로잡아 조악한 곳에서부터 점점 정밀한 곳으로 나아가니, 마침내는 백에 하나도 틀리지 않는 경지에 이르게 되었다.

또 대수大數를 더 가르쳐 달라고 청하니 노승이 말하였다.

"네가 비록 여기에서 그친다 해도 일생 동안 입고 먹는 문제는 충분히 보장될 것이다. 그 이외 다른 것은 나도 모른다."

노승은 지족암에서 몇 개월 머물러 있다가 밤을 틈타 이하에게 말도 하지 않고 떠나 버렸다. 이하가 일어나 그의 족적을 찾아보았으나 간 곳을 알 수 없었으므로 마침내 통곡하고 돌아왔다. 이후부터 일이 있으면 그때마다 점을 쳤는데 맞는 것이 마치 부절符節처럼 들어맞으니 그의 명성이 사방에 떨치게 되어 멥쌀(稻)을

329 복서(卜筮): 길흉(吉凶)을 알기 위하여 점을 침. 또는 그 점.

품고 찾아오는 자들로 번거로운 지경에 이르렀다. 이하는 마침내 중 옷을 벗고 환속하여 벼슬아치들 사이에서 노닐었다.

그의 이웃에 사는 한 서생이 종을 잃어버리고 이하에게 물으니 그가 말하였다.

"혼자서 노둔한 말을 타고 남쪽을 향해 가시기만 하면 반드시 얻을 것입니다."

서생이 그의 말대로 노둔한 말을 타고 종들은 거느리지 않고 혼자 갔다. 말이 피로하여 앞으로 나아가지 않으므로 말에서 내려 관목灌木 숲속으로 들어가 가지를 꺾어 채찍을 만들었다. 그런데 도망갔던 종이 바로 그 관목 숲 아래 엎드려 있었으므로 마침내 종과 함께 돌아왔다.

홍주洪州 목사가 말을 보내 이하를 맞아오게 하여 함께 밥을 먹었는데 밥을 다 먹기도 전에 이하가 갑자기 수저를 내던지며 놀라 말하였다.

"일이 생겼으니 급히 돌아가기를 청하옵나이다."

목사가 그 연유를 힐문하자 곧 대답하였다.

"저의 명이 오늘 오전이면 끝나오니 집으로 돌아가 죽을 수 있도록 해 주십시오."

말을 마친 뒤 소매를 털고 일어났다. 그때 홍주 판관이 재삼 그를 붙잡아 굳이 머무르게 하고 함께 술을 마셨다. 때는 바야흐로 한여름이었는데 그들은 소주를 마셨다. 이하는 평소 술을 즐기는 편이어서 연이어 대여섯 그릇을 마셨는데 그로 인해 이하는 그 자리에서 불을 토하고 죽었다.

혹자는 "이하의 스승이었던 노승은 바로 정희량이다."라고 말하였다.

(294) 김형의 추수

김형金詗이 처음 생원이 되어 남쪽에서 와 태학太學에 거처하였는데 복서를 섭렵하여 그 당시에 이름을 날렸다. 종실 사람 중에 송사련[330]의 사위가 된 사람이 있었는데 집이 남부리南部里에 있었다. 김형이 점을 잘 친다는 말을 듣고 와서 물으니 김형은 말을 많이 하지 않고 다만 붓을 적셔 다음과 같이 써 주었다.

사랑하는 저 사람이 한번 서북西北으로 떠나니,
먼 곳 바라보고 슬피 우는데 바람은 맑고 달은 밝도다.

330 송사련(宋祀蓮: 1496, 연산군 2-1575, 선조 8): 신사무옥(辛巳誣獄)의 밀고자. 미천한 가문 출신으로 벼슬할 기회를 살피다가 안당(安瑭)과 사이가 좋지 않은 권신 심정(沈貞)에게 아부하여 관상감 판관(觀象監判官)이 되었다. 안처겸·안당 등이 심정·남곤 등의 대신을 제거하려고 한다고 무고하여 신사무옥을 일으켜 많은 사람들에게 화를 일으키고 자신은 당상(堂上)에 올라 30여 년간 세력을 잡았다. 죽은 후 1586(선조 19)년 안처겸 등의 무죄가 밝혀져 관작이 삭탈되었다.

종실이 그렇게 쓴 연유를 물었으나 김형은 웃기만 할 뿐 대답해 주지 않았다. 그해 가을 조정에서 논의가 크게 일어나 송사련의 거짓된 훈공을 삭제하고 안당安瑭[331]의 억울함을 신원해 주었다.

이에 앞서 송사련이 정승 안당 집안의 노비를 시켜 모역사건을 무고하여 안당을 죽이고 첨지중추僉知中樞에 올랐는데, 이때 이르러 삭훈되었고 종실의 처는 도리어 안씨 집의 계집종이 되도록 하였다. 안씨 집 자녀들은 그녀를 잡아들여 계집종으로 삼아 가마 뒤를 따르게 하고 남부로부터 서북의 장의동壯義洞으로 향했다. 종실 집안에서는 다른 계집종으로 대신해 줄 것을 청했지만 허락하지 않았다. 종실은 가을바람이 부는 밝은 달밤에 먼 곳을 바라보면서 눈물을 흘렸으니 김형의 말과 한결같았다.

김형은 급제하였을 때 죄를 지어 의금부에서 장차 형벌을 받게 되었다. 함께 갇힌 자들이 모두 고문을 받아 차례가 김형에 이르자, 김형은 몰래 점쳐 보았는데, 정오에 응당 임금의 사면이 있을 것이었다. 그래서 김형은 곧바로 측간에 가기를 청하였고 측간에 가서는 일부러 오래도록 일어나지 않았으며 옥졸은 서서 감시했

331 안당(安瑭: 1460, 세조 6-1521, 중종 16): 문신. 자는 언보(彦寶), 호는 영모당(永慕堂). 1481(성종 12)년 친시문과(親試文科)에 병과로 급제, 벼슬이 우의정·좌의정에까지 이르렀다. 1521년 아들 처겸(處謙)이 기묘사화를 일으킨 남곤·심정 등을 제거하려다가 동생 처함(處諴) 및 서고모(庶姑母)의 아들인 송사련 등의 무고로 처형당할 때 함께 사사되었다.

다. 정오가 되자 과연 형벌을 그만두라는 특명이 내려 형벌을 면할 수 있었다.

후에 김형이 그의 사촌 이모를 찾아뵈었다. 사촌 이모의 집안은 매우 부유하였는데 가난한 친족이 계집종을 보내어 이모의 기거를 살피도록 하고 있었다. 김형 또한 그 가난한 집안과는 같은 친척이므로 안부를 물으니 계집종이 말했다.

"작은 주인님께서 오늘 해산하여 딸을 낳았습니다."

김형이 물었다.

"어느 시에 낳았느냐?"

계집종이 대답했다.

"아무 시입니다."

김형은 아무 말 없이 계산하더니 사촌 이모에게 말했다.

"그 아이는 반드시 귀하게 될 것입니다. 이모님 집안은 이 아이의 힘을 입어 종내에는 큰 복을 받게 될 것이니 원하옵건대 지금 이 아이를 거두어 기르십시오."

이모도 본래 김형의 점이 신이한 것을 알고 있었기 때문에 즉시 사람을 보내 그 아이를 기를 것을 청하니 그 여자아이 집에서는 이를 반겨 허락하였다.

그 아이는 마침내 상국 유전柳琠의 부인이 되었고 김형의 이모는 종신토록 그녀의 봉양을 입었다. 이모는 70세를 넘기고 죽었고 죽은 지 몇 개월 후 유전 또한 죽었다.

김형이 감옥에 있을 때 이기李芑 또한 김안로에게 잡혀 같은 감옥에 있었는데, 김형이 그의 운명을 점쳐 보고 그가 끝내는 상국이 될 것이라는 사실을 알아 마침내 그와 더불어 친교를 맺었다고 한다.

(295) 음양 선생의 점술

조위曺偉는 이름난 선비이다. 호는 매계梅溪인데 연산조에 연경에 조회하러 갔다 돌아오기도 전에 조정에서는 그의 죄를 논하여 사형시키기로 정하고, 그가 돌아오기를 기다렸다가 압록강을 건너면 죽이려고 하였다.

조위가 요동의 음양 선생陰陽先生에게 자신의 길흉에 관해 물으니 선생이 조위에게 글을 써 주었는데 다음과 같다.

"천 층 물결 속에서 몸이 뒤집어 나오나, 모름지기 바위 아래에서 3일 밤을 묵어야 하리."

조위는 그 의미를 깨닫지 못했는데, 조위가 귀국하자 조정의 의론이 조금 풀어져서 먼 변방으로 유배 보내어 그곳에서 죽어 영둔지[332]에 보내 묻혔는데, 조정의 의론이 다시 일어나 부관참시

332 영둔지(營屯地): 조선조 때 각 영문(營門)에 급전(給田)으로 사급(賜給)한 곳.

한 뒤 그 시신을 밖으로 드러내 놓고 3일 밤을 지낸 후에야 다시 매장하였다. 그의 시신이 드러내어져 있었던 곳에 바위가 엎어져 있었다.

(296) 꿈을 믿다 당한 재앙

옛사람들 가운데는 견우牽牛가 되는 꿈을 꾸고 죽은 자가 있었으며, 큰 역귀疫鬼 꿈을 꾸고 그해의 햇곡식을 맛보지 못하고 죽은 자도 있었으며, 아름다운 옥 꿈을 꾸었다고 말했는데 해가 저물자 죽은 자도 있었다. 꿈이라는 것은 몽몽夢夢[333]하여 명확하지 않다는 뜻이다. 꿈을 믿은 사람치고 다치지 않은 자 없었다.

옛날에 경상 좌수사左水使가 황해도 감영에 있는데 왜적이 우리의 경계를 지나갔다. 좌수사는 병선兵船을 수리하고 수졸을 선발하여 길을 막아 왜적을 잡았다. 그때 수영水營에서 노니는 걸객이 있었는데 활을 끼고 깃을 등에 진 채 병선에 올랐다. 수사가 그를 저지하며 말했다.

"싸움은 흉한 일이고 바다는 위험한 곳이오. 나야 나랏일을 감히 피할 수 없지만 객은 무엇 때문에 병선에 오르시오?"

333 몽몽(夢夢): 똑똑하지 않은 모양.

객이 말했다.

"제가 어렸을 적 양쪽 귀밑에 금 관자[334]를 붙이고 수사水使가 되는 꿈을 꾸었습니다. 제가 큰 공을 세우고 높은 벼슬에 올라 양 귀밑에 금 관자를 부착하게 되는 것은 바로 이 거사에 달린 듯합니다."

드디어 왜적을 해서海西에서 추격하여 병선이 서로 만나게 되었다. 객은 활을 잔뜩 잡아당기고 선두에 서더니 왜적을 향하여 함성을 지르면서 병졸들을 지휘하였다. 그때 문득 왜적선 안에 푸른색 연기가 언뜻 일어나더니 포성이 뒤를 따라 일어났으며 철환鐵丸 한 개가 객의 좌측 귀밑으로 들어가 우측 귀밑으로 나왔고, 객은 마침내 물에 빠져 죽게 되었다. 지금도 수영水營에서는 그 이야기를 전하여 웃음거리로 삼는다.

부평富平의 어떤 백성이 은립銀笠을 쓰고 은 정자[335]를 붙이는 꿈을 꾸었는데 얼마 안 있어 강을 건너다 얼음이 함몰하여 물에 빠져 죽었으니, 이 또한 위와 같은 유의 꿈인 것이다.

---

334 관자(貫子): 망건에 달아 당줄을 꿰는 작은 단추 모양의 고리. 신분에 따라 금(金), 옥(玉) 따위의 재료를 사용하였음.

335 정자(頂子): 전립(戰笠) 따위의 위에 꼭지처럼 만든 꾸밈새. 품계에 따라 금·은·옥·석의 다름이 있음. 증자(鏳子).

(297) 장원 잣나무

성종대왕이 성균관에서 선비에게 시험을 보였는데, 밤에 용 한 마리가 성균관 서쪽 뜰에 있는 잣나무에 똬리를 틀고 있는 꿈을 꾸었다.

꿈에서 깨어난 대왕은 이상하게 여기고 대궐의 종을 시켜 가만히 가서 살펴보게 하였더니, 과연 한 선비가 잣나무 아래에서 행랑을 베고 누워 발을 나무 위에 걸쳐놓고 잠을 자고 있는지라 그의 모습을 익히 보고 기억해 두었다.

선비를 뽑고 보니 장원으로 급제한 사람은 바로 최항崔恒이었는데 그의 모습을 본즉 바로 예전의 그 사람이었다. 이로부터 그 잣나무를 장원 잣나무라 칭하였다. 최항은 후에 관직이 상국에 이르렀다.

(298) 묘술의 전수

사람들의 크고 작은 기예는 자신들이 사사로이 업으로 한 것이라서 남에게 전해 주지 않는다. 옛사람 재경[336]의 악기 틀(簴)과 윤

336 재경(梓慶): 춘추시대 노(魯)나라의 큰 장인(匠人). 성은 재(梓) 이름은 경(慶). 일설에는 재는 관명이라고도 함.

편[337]의 수레바퀴(輪), 대마[338]의 추구[339]와 송인宋人의 병벽광[340] 등이 다 그런 유이다.

우리나라 서울의 사면絲麪, 송도松都의 메밀(蕎麪), 전주全州의 백산자,[341] 안동安東의 다식茶食,[342] 성주星州의 백자병柏子餠, 인동仁同의 기름먹인 가죽 말다래(油皮障泥),[343] 의주義州의 누철등자[344] 등은 모두 그 신묘한 기예를 자신들 사이에서만 사사로이 전수하고 다른 읍에 전해 주지 않았던 것이다.

옛날 용인현龍仁縣의 종이 오이지를 잘 담아 그 술법을 대대로 전하였다. 이웃 읍에서 그 술법을 본받아 배우려고 했으나 전수받을 수 없었다. 금천衿川 현감이 용인에 특사를 보내 용인 현령에게 그 술법을 배울 수 있도록 해 달라고 간청하였다. 그러자 용인현의 종이 뜰에 엎드려 말하였다.

---

337 윤편(輪扁): 춘추시대(春秋時代) 제(齊)나라 사람. 수레바퀴를 잘 만들었다. 『장자(莊子)』「천도편(天道篇)」에 그에 관한 이야기가 나옴.

338 대마(大馬): 관명(官名). 사마(司馬).

339 추구(捶鉤): 달구어 두들겨 만든 허리띠.

340 병벽광(洴澼光): 표백솜.

341 백산자(白散子): 산자(散子)는 연례나 제례에서 필수 음식으로 쓰이는 과정류의 하나. 백산자는 산자의 한 종류로, 쌀로 만든 백당을 묻혀 눈처럼 희고 소담하게 만든 것이다.

342 다식(茶食): 녹말·송홧가루·승검초가루·황밤가루·흑화자가루 등을 꿀에 반죽해서 다식판(茶食板)에 박아낸 과자(菓子).

343 장니(障泥): 말다래. 말을 탄 사람의 옷에 흙이 튀지 않도록 하기 위하여, 말의 안장 양쪽에 늘어뜨려 놓은 기구. 가죽 따위로 만듦.

344 등자(鐙子): 말을 탈 때 디디고 올라가는 제구.

"우리 읍에는 다른 특이한 반찬이라곤 없고 오직 오이지 하나만 이름났을 뿐입니다. 그런데 이제 그 술법을 다른 읍에 전해 주고자 하신다면 죽더라도 사절하겠나이다."

현령은 그에게 강제로 하게 할 수 없었다.

평산平山 사람으로 말의 옴을 치료할 수 있는 자가 있었는데 그는 그 비방을 감추고 남에게 전수해 주지 않았다. 태수 박엽朴燁이 위엄이 있어 위세로 겁주었지만 그래도 그 묘법을 전수해 주지 않았다.

오직 여산礪山에만 호산춘壺山春이라는 술이 있어 맛이 최고였는데 이웃 읍에서도 그 술 빚는 법을 배울 수 없었으나 그 군의 계집종이 무인 나준동의 첩이 되었고 나준동이 삭주朔州 군수가 되어 그 술 빚는 법을 삭주에 전수해 주어, 지금 삭주의 술은 진한 향기가 호산춘과 마찬가지이다.

아! 이웃 읍은 10리 거리에 있었는데도 그 묘법을 흉내 낼 수 없었고 오직 2천 리나 떨어진 삭주에서만 그 묘법을 소유할 수 있었다. 이로 미루어보건대, 적송자[345]의 술법을 가까운 시대에 존재했던 장량張良이 전수받지 못하고 천 년 후에야 동빈[346]이 그 술법을 배웠으며, 공자의 도를 유약有若[347]이 접근하지 못하고 천

345 적송자(赤松子): 고대 신선의 이름.

346 동빈(洞賓): 당말인(唐末人). 저명한 도사이다. 신선술을 터득한 후에 항상 호상악악(湖湘鄂岳) 사이에서 노닐었다.

347 유약(有若): 춘추시대 노(魯)나라 사람. 자는 자유(子有) 또는 유자(有子). 공자의 제자로 사람됨이 강식(彊識)하고 옛 도를 좋아하였으며, 모습이 공자와 비슷

년 후에야 정자程子와 주자朱子가 얻을 수 있었으니, 귀중한 것은 심득心得에 있는 것이다. 어찌 지역이 다르고 시대가 멀다는 것을 핑계 댈 수 있겠는가?

(299) 죽합과 토화

만력 무술(1598)·기해(1599) 연간에 명나라 장수가 경성을 가득 메웠다. 남이신南以信은 그때 예방승지禮房承旨[348]였는데 한 명나라 장수가 집안의 종을 시켜 승정원에 말하였다.

"한창 봄이 무르익는 이 달에 이 나라에서는 죽합이 많이 나며 맛도 가장 좋으므로 장군님께서 그것을 맛보고 싶어 접대도감接待都監에 말해 보았으나 접대도감에서는 굳이 피하며 제공해 주지 않으니 청하옵건대 국왕에게 이 사실을 아뢰어 주십시오."

남이신이 말했다.

"죽합은 우리나라에 없는 물건이니 도감인들 어느 곳에서 그것을 찾아낼 수 있었겠소?"

하였다. 공자가 죽자 제자들이 그를 사모하여 스승으로 섬겼다.

348 예방승지(禮房承旨): 승정원(承政院)의 예방을 맡아 보는 승지. 곧 우승지(右承旨)를 말함. 예방은 승정원 6방 중의 하나로 예전(禮典)에 관한 사항을 관장하여 다스리며 우승지가 총괄하였음.

그러고 나서는 임금에게 아뢰는 것을 막았다. 그러자 명나라 장수의 종이 크게 노하여 발을 구르며 말하였다.

“죽합은 당신 나라에서 아주 흔하게 나오는 산물인데 어찌하여 황당한 말로 막으시오?”

“만약 우리나라의 산물이라면 어찌 감히 명나라 장수를 위해 드는 적은 비용을 아까워하겠소? 재삼 생각해 보아도 들어본 적이 없소. 그래서 사실대로 고한 것이오.”

명나라 장수의 종은 더욱 더 화를 내며 말하였다.

“저잣거리에 많고 많은데 어찌하여 끝끝내 나를 속이려 하오?”

“그렇다면 그것을 가지고 와서 나에게 보여 주지 그럽니까?”

그 종이 곧장 저자로 달려가 한 자그마한 물건을 가지고 와서 말하였다.

“이것이 죽합 아니오?”

이신이 그것을 자세히 바라보니 그것은 바로 토화土花[349]인지라 크게 웃으며 말하였다.

“우리나라에서는 이것을 토화라고 하지 죽합인 줄 모릅니다. 이것이라면 우리나라에서 흔하게 나오는 산물이지요.”

도감으로 하여금 원하는 양만큼 먹이도록 하고, 인하여 대궐에 들어가 임금에게 이 일을 아뢰었다.

---

349 토화(土花): 땅에서 나는 굴조개의 총칭.

(300) 농어와 순채에 대한 와전

우리나라 사람들은 순채蓴菜와 농어가 정확히 어떻게 생겼는지를 자세히 알지 못한다. 대개 입이 크고 비늘이 잘고 크기가 농어만 한 것으로 시속에서 생선이라고 할 수 있는 것을 농어라고 한다. 혹자가 말했다.

"은구어銀口魚 또한 입이 크고 비늘이 잘면 농어이다. 옛날 술사 좌자반중左慈盤中이 송강[350]에서 낚은 아가미 셋인 농어가 농어이다. 지금의 은구어銀口魚 또한 세 개의 아가미를 가졌다."

어떤 사람이 말했다.

"요좌에는 은구어가 많은데 요동 사람들은 그것을 추생어秋生魚라고 이르지 농어라고 이르지 않는다."

중국 사신 양유년梁有年이 우리나라에 왔는데 그는 송강松江 사람으로 민어民魚 같은 것을 보여 주자 말했다.

"진짜 농어이다."

수순水蓴을 보여 주자 말했다.

"순채가 아니다. 중국에도 이 채소가 있는데 이름을 소수련小水蓮이라고 하며 중국 사람들은 이것을 좋아한다. 만약 진짜 순채라면 육지에서 나지 수초가 아니다."

---

350 송강(松江): 중국 강소성(江蘇省)에 있는 강으로 이곳에서 나는 농어가 맛좋기로 유명함.

내가 『문선文選』을 살피니, 포명원鮑明遠의 「무성부蕪城賦」에서 말하였다.

"택규澤葵가 샘에 의지하고 있다."

주에서 말했다.

"택규澤葵는 순채蓴菜이다. 순채는 맛이 미끄러운 것이 택규 같으며 잎 또한 비슷하고 못에서 생겨난다."

고시에서 말하기를, "순채의 미끄럽기가 은선銀線과 같다."고 했다. 우리나라에서 순채라고 하는 것이 진짜 순채가 아니고 무엇이겠는가? 생각해 보건대 이름과 실제의 그릇됨이 어찌 옛과 지금인들 다르겠는가. 양 사신의 말은 착오이다.

(301) 민제인의 백마강부

민제인閔齊仁은 젊은 나이에 슬기롭고 뛰어났으며 아름다웠다. 「백마강부白馬江賦」를 짓고 마음으로 자부하며 선배에게 질정을 구하였는데 차중次中[351]의 평가를 내리자 마음속으로 불만스럽고 불쾌하게 여겼다. 꽃과 버드나무가 온 성에 가득한 봄날 남쪽 성곽을 산보하다 숭례문 위로 올라가 자신이 지은 「백마강부」를 낭

351 차중(次中): 시문(詩文)을 평하는 등급의 하나로 넷째 등급 가운데 둘째 등급을 가리킴.

랑하게 읊으니 그 소리가 누각의 대들보를 진동시켰다.

그때 장안의 명기 성산월星山月은 묘령의 아가씨로 아름다웠다. 성문을 나서 사인舍人[352]이 베푼 강 위 놀이에 가려고 하는데 그 읊는 소리를 듣고 성루에 올라가 보니 나이 어린 한 유생이 두건을 벗고 이마를 드러낸 채 부를 읊고 있는 것이었다.

성산월이 다 들은 뒤 민제인에게 물었다.

"어떤 서생이시기에 가사歌詞를 이처럼 맑고 낭랑하게 읊조리시는지요?"

"이 부는 내 자신이 지은 것이오. 마음속으로 늘 좋아했지만 선배에게 모욕을 당했으므로 입으로 읊어 보고 있을 뿐이오."

"서생과는 말을 나눌 만하겠습니다. 원하옵건대 함께 저희 집으로 가시지요."

"사인 벼슬아치의 호령이 몹시 엄한데 명령을 어겼다가 매질을 당하면 어쩌려고 그러하오?"

"꾸짖음은 저에게 돌아올 것입니다. 선비께서 어찌 근심하십니까?"

드디어 함께 집으로 가 사흘 밤을 머무른 뒤 민제인에게 말했다.

"지난날 읊었던 부를 한 본만 써서 저에게 주십시오. 제가 벼슬

352 사인(舍人): 의정부의 정4품 벼슬.

아치들에게 자랑해 봐야겠습니다."

성산월이 그 부를 얻어 사인의 잔치 자리에서 부르자 좌중을 가득 메웠던 벼슬아치들이 일제히 감탄하여 칭찬하느라고 부채 머리가 모두 부서졌다. 그들은 "네가 어디에서 이런 절창絶唱을 얻어 왔느냐."라고 물으니, 성산월이 사실을 실토하였다.

"이 부는 첩의 마음속에 있는 사람이 지은 것입니다."

이로부터 「백마강부」가 동방에 널리 전파되었다. 처음에는 「백마강부」 편말篇末의 노래가 없었는데 어떤 한 문사가 뒤를 이어 놓았다. 그때 마침 중국의 학사學士가 있었는데 「백마강부」를 보고 탄복하며 말했다.

"애석하다. 이 노래는 부를 지은 사람의 솜씨가 아니다. 이 부분이 없다면 더욱 좋겠구나!"

지금 그 부는 인가에서 소유하고 있으므로 여기에서는 기록하지 않는다.

(302) 이율곡의 10만 양병설

이율곡 선생이 병조판서가 되었을 때 북쪽 변방에서 이탕개泥湯介의 난이 있어 서울에서 전사를 선발하여 변방을 방어하였다. 난이 평정되자 선생은 경석經席[353]에서 의견을 아뢰었다.

“자고로 나라에서 일단 군사를 쓰면 싸움이 그치지 않는 법입니다. 나라가 백 년간 평안하여 백성들이 싸움을 몰랐는데 이제 군사를 쓰기 시작했으니 지금부터는 싸움이 그치지 않을 것입니다. 청하옵건대 팔도에서 미리 정예병 10만을 선발하여 뜻밖에 닥칠 재난에 준비하시기 바랍니다.”

좌우에서 아무도 그의 말에 동조하지 않았다. 어떤 사람은 선생이 보잘것없는 무리를 한번 보고 겁을 내어 10만 군사를 비축하려고 한다고까지 생각하였다. 그 후 임진년에 큰 난리가 있어 싸움이 7, 8년간 끝나지 않았다.

의정議政 서애 류성룡이 말했다.

“후세에 나는 소인이라는 명칭을 면할 수 없을 것이다. 평화 시에 숙헌[354]이 10만 군사를 준비해 놓자고 청하는 것을 나는 우활하다고 여겼는데, 지금은 크게 후회한다. 숙헌은 높은 식견을 가졌던 것이니 우리들은 부끄러워 죽을 지경이다. 애석하도다! 그 당시 내가 경석에 참여했으면서도 그의 말을 찬양하지 않았음이여.”

353 경석(經席): 임금에게 경서(經書)를 강의하는 좌석.

354 숙헌(叔獻): 이율곡, 즉 이이의 자.

(303) 정지승의 금강산 시 평

내가 젊었을적에 시인 정지승을 장인 신여량의 집에서 만나 물어 보았다.

"정사룡이 금강산을 유람하였어도 잘된 작품이라곤 없었는데 절구 한 편만은 절창이라고 하던데 참말입니까?"

"고인故人[355]이 풍악산을 읊은 작품 가운데 풍악산의 진면목을 본떠 형상한 것은 없었소.

만이천 봉 대략 알고 돌아오니,
쓸쓸한 누런 잎 여행객의 옷을 때리네.
정월의 차가운 비에 향불 사르는 밤,
거원[356] 바야흐로 40년의 잘못을 알았네.

정사룡의 위 같은 시도 진실로 잘 지었지만 향림사香林寺나 정토사淨土寺에서라도 지을 수 있는 시이지요. 향림사와 정토사는 경산京山의 속찰俗刹이오. 다만 권근權近의 시 두 구,

355 여기서는 정사룡을 가리킴.

356 거원(蘧瑗): 자는 백옥(伯玉). 위(衛)나라 영공(靈公) 때의 현대부(賢大夫). 공자(孔子)가 위나라에 갔을 때 그의 집에 머물렀다 함. 그는 나이 50에 49년의 잘못을 알았다고 함.

깎은 듯 높이 서 있는 천만 봉우리,

바다 구름 속에서 옥부용玉芙蓉이 나온 듯하구나.

는 바로 금강산의 진면목을 썩 잘 형용한 것이지요."

지금 생각해 보니 정지승은 진실로 이른바 '함께 시를 논할 만한 자'이다.

(304) 믿을 수 없는 사서

고려 왕씨로 왕위를 이었던 자들은 모두 왼쪽 겨드랑이 아래에 금색 비늘 세 개가 있었다. 신우辛禑는 강화江華에서 죽었고 신창辛昌은 강릉江陵에서 죽었는데 모두 이러한 표식이 있었다.

차식車軾이 고성高城 군수가 되었을 때 양사언楊士彦의 장인 이시춘李時春을 뵈었는데 그때 그의 나이는 70여 세였다. 이시춘은 매일 말하였다.

"나의 증조모께서 강릉에 거처하셨는데 나이 90여 세였을 때 말씀하시기를, '내가 12세에 그곳에서 전조의 왕이 처형당한다는 말을 듣고 가서 보니 처형에 임박하여 사람들에게 일러 말하기를, 우리 왕씨는 본래 용의 자손으로 왼쪽 겨드랑이 아래에 반드시 금색 비늘이 있었으니 세상에서는 그것을 표식으로 삼았다고 하면서 마침내 옷을 벗어 사람들에게 보여 주었는데, 겨드랑이 아래에 과연 엽전 크기만 한 세 개의 금색 비늘이 있었으므로 사람들이 모두 놀라고 비통해하였었지'라고 하셨다."

세상에서 전하기를, 고려 공민왕은 후사가 없었고 서울에서 연소한 남자들을 선발하여 도령都令이라고 호칭하여 궁중에 거처시켰으며, 왕비와 신돈辛旽이 정을 통하여 두 아들을 낳았으므로 우禑와 창昌은 왕씨가 아니었던 까닭에 역사서에서는 신우辛禑, 신창辛昌이라고 쓰고 있다고 한다. 이제 강릉 사람들이 세 개의 비늘을 목도한 것으로 징험하건대 사관이 속였다는 사실을 알 수 있겠다. 어떤 사람은, 권근과 정도전이 우리 조선에 아첨하느라 후세에게 거짓과 참을 어지럽혔다고 말하기도 하는데, 그것이 사실인지는 알 수 없다.

또 차원부車原頫의 「영원기靈寃記」를 살피건대, 신숙주와 성삼문이 왕의 가르침을 받들고 붙인 주註에서 다음과 같이 말하였다.

"김부식은 간교하고 사악하여 사사로운 원한을 가지고 역사를 지어 정지상의 충정忠貞을 더럽혔다."

고려의 역사를 보면 정지상 무리가 악하고 간흉한 것으로 되어 있는데 여러 책에 한두 번 쓰여 있는 것이 아니다. 그런데 사필史筆이 모두 김부식에게서 나왔으니 그가 속이지 않았다고 어찌 믿을 수 있겠는가? 역사를 믿을 수 없음이 이와 같다.

(305) 지명의 대구

혹자가 말하였다.

"중국의 지명은 모두 문자文字를 썼으므로 시인들이 지명을 이용하여 대구를 지었소. 불야성不夜城 황우협黃牛峽 백마강白馬江, 황고저黃姑渚 백제성白帝城, 황초협黃草峽 적갑산赤甲山, 어룡천魚龍川 조서곡鳥鼠谷, 오만烏蠻 백적白荻, 봉지鳳池 인각麟閣과 같은 것들은 모두 청백青白으로 짝한 것이니, 지방에 따라 얻은 것이오. 우리나라는 지명에 모두 방음方音을 사용하여 지명을 만들었으므로 시어詩語로 하기에는 적합지 않소."

혹자의 말을 힐난하는 자가 말하였다.

"그렇지 않소. 우리나라의 지명에도 도처에 짝하는 말이 많소. 우봉牛峰 토산兎山, 청산青山 황간黃澗, 용강龍崗 어천魚川, 청암青巖 벽사碧沙, 나주羅州 금산錦山, 진산珍山 보성寶城, 두모頭毛 안골安骨, 연기燕岐 홍산鴻山, 부산釜山 발포鉢浦, 오수獒樹 계림鷄林, 노강老江 소농少農, 금정金井 석성石城, 목천木川 초계草溪, 음성陰城 양천陽川 등 이 같은 곳들을 이루 다 헤아릴 수 없소. 방언方言으로 칭한 곳은 노노항老奴項·배암동背巖洞·고령사高嶺寺·구리가求里街·당파항唐陂巷·한천동漢川洞·미조항彌助項·수리령愁里嶺 등류로 곳에 따라 산재해 있소. 다만 우리나라에는 시인이 적기 때문에 시 가운데에 이와 같은 대구가 드문 것이오."

혹자는 말이 막혔다.

(306) 올바른 구두법

중국의 선비들은 글을 읽을 때 구句를 지어 읽는데, '이而' 자, '즉則' 자, '어於' 자는 모두 아래 구의 머리에 속하게 한다. 그렇기 때문에 자고로 구는 위 구에서 끊어진다. 그런데 우리나라 선비들은 구두할 때 이들을 모두 위 구 끝에 속하게 하므로 만약 아래 구에 붙여 읽는 사람이 있으면 많은 사람들이 잘못 읽었다고 비웃는다.

「초사楚辭」에서 말하기를,

채삼수혜어산간採三秀兮於山間

이라 했고, 또 말하기를,

운용용혜재하雲溶溶兮而在下

라고 했는데, 만약 위 문장에 속한다면 어찌 '혜兮' 자를 그 사이에 두었겠는가?

우리나라 사람들이 '하즉何則'의 '즉則' 자 음을 '측側'으로 읽는 것은 어디에 근거한 것인가? 『장자莊子』의 문자에서는 '하즉何則' 두 자 사이에 '야也' 자를 많이 끼워 넣었는데 그렇다면 '하何'는 위에 속하고 '즉則'은 아래에 속한다는 것을 알 수 있다. 오로지 근래에 홍지성洪至誠만이 '이而', '즉則'을 모두 아래 구에 속하게 하였는데, 사람들이 이를 비웃으며 말하였다.

"시망망이발창창이치아동요視茫茫而髮蒼蒼而齒牙動搖[357]는 한 구인데 어째서 애써 세 구로 나누어 읽는 것인가?"

내가 어떤 깊은 산골의 중이 독경하는 것을 들으니 비록 단구短句 삼사언三四言일지라도 '이而'와 '즉則'이 만약 그 사이에 끼어 있으면 반드시 아래 구에 붙여 읽어, 나는 그것이 무척 타당하다고 여겼다. 이로부터 내가 속간의 오류를 고치고자 하여 '관이율 직이온 입즉효 출즉제 의어인 입어례寬而栗 直而溫 入則孝 出則悌 依於仁 立於禮'[358] 또한 아래 구에 속하게 하여 읽었다.

---

357 '시야는 흐릿하고 머리털은 노쇠하고 치아는 흔들린다.'

358 『논어』에 나오는 구절이다. 그 해석은 다음과 같다. '관대하면서도 엄격하고 곧으면서도 따뜻하며 집안에 들어와서는 효도하고 밖에 나가서는 공경하며 인에 의지하고 예에 선다.'

(307) 김매기요

명나라 장수 경리 양호가 왜적을 막기 위해서 한양에 머물렀다. 행군하여 청파靑坡 교외를 지나는데 이때 밭 가운데서 남녀가 호미로 김을 매며 일제히 소리 높여 노래 부르고 있었다. 경리가 통역관에게 물었다.

"저 노래도 가사가 있느냐?"

"모두 있습니다."

"들을 수 있겠느냐?"

"우리나라 세속의 말로 지었지 문자로 지은 것이 아닙니다."

"접반사 이덕형으로 하여금 번역하여 내게 하라."

이덕형이 번역한 가사는 다음과 같다.

옛날도 이 같았다면
이 몸이 어찌 지탱했으리!
수심 변해 실 되어
굽이굽이 엉켰도다.
풀고 또 풀어보려 하나
실마리 있는 곳 모르겠네!

경리가 이를 보고 좋다고 칭찬하며 말했다.

"내가 행군하여 지나가니 도로의 사람들 중에 발돋움하고 쳐다보지 않는 사람이 없었다. 그런데도 이 농부들은 모두 호미로 김매기를 쉬지 않았으니 본업에 열심이었을 뿐만 아니라 그 노래의 가사 또한 몹시 조리가 있으니 상 줄 만하도다."

드디어 분부를 내려 청포靑布 한 필씩을 각자에게 상으로 주었다.

(308) 어득강의 대구

옛날 일본 사신 등안길滕安吉이 왔을 때 성종대왕께서 어득강[359]에게 말씀하셨다.

"등은 안지 못하는데 어찌 등안길이 있겠는가?"

어득강이 이에 응해 대답하였다.

"배로 업지 않아도 백어피白魚皮가 있습니다."

방언에 '배背'는 '등滕'이라 하고 '포抱'는 '안길安吉'이라 하며, '복腹'은 '배裵'라 칭하고 '부負'는 '어피魚皮'라고 칭하니, 위 두 사람의 말은 진실로 하늘이 만들어 낸 대구이다.

359 어득강(魚得江: 1470, 성종 1-1550, 명종 5): 문신. 자는 자순(子舜)·자유(子游), 호는 관포당(灌圃堂)·혼돈산인(渾沌山人). 1549(명종 4)년 가선대부(嘉善大夫)에 올랐으며, 상호군(上護軍)을 사직한 뒤 여러 요직에 임명되었으나 모두 취임하지 않았다. 문명(文名)이 있었다.

어득강이 일찍이 밤에 밖에 나가자 임금께서는 사람을 시켜 횃불을 들고 가 그를 발로 차게 했다. 어득강이 거의 넘어질 뻔하다 도로 일어나며 말하였다.

"불현자 수유차 불락不賢者 雖有此 不樂(불 켠 자 비록 찼지만 넘어지지 않았다.)"

방언에 불밝히는 것(明火)을 '불혀다(不賢)'라 하고, 찰 축蹴을 '차다(此)'라고 하며, '락樂'과 '락落'은 동음이다. 그가 골계에 신속한 것이 이와 같았다.

(309) 황기로의 후적벽부 글씨

황기로黃耆老는 초서를 잘 썼다. 장여필張汝弼을 사모하여 일찍이 「후적벽부後赤壁賦」[360]를 써서 부엌에 걸어 놓았는데 연기의 그을음이 끼자 돌그릇을 만들어 그 안에 그것을 넣고 밭 가운데 묻었다. 농부가 밭을 갈다 그 돌그릇을 발견하고 몹시 이상하게 여겨 관청에 알렸으므로 열어 보니 그 안에서 그을음 낀 8길의 옛 종이가 나왔는데, 그 끝에 '장여필 씀'이라고 쓰여 있었다. 글씨는 용이 뛰어오르고 봉황이 나는 듯하였으나 객기가 많아 운필이 졸

360 「적벽부(赤壁賦)」: 송(宋)나라 소식(蘇軾)이 적벽(赤壁) 아래에서 배 타고 놀 때에 지은 유명한 부(賦). 전후(前後) 2편이 있음.

렬하였다. 수령은 사정을 알지 못하였으므로 진짜 장여필의 글씨라고 생각하여 대대적으로 세상에 유포시켜 지금까지도 간행되고 있다. 난리를 겪으면서도 없어지지 않았으니 가소롭다. 황기로의 노련한 필체가 어찌 이 정도에 그치겠는가? 이는 다만 어린 시절에 장난한 것일 뿐이다.

(310) 이충작의 위인

이충작[361]은 효자이다. 집이 가난하였으나 어버이 섬기기를 지극히 정성스럽게 하였다. 사마시에 합격하여 날마다 반궁泮宮에 나가 받은 원점[362]이 모두 3백이었다.

일찍이 비가 내리자 나막신을 신고 기령풀로 묶고 가다가 병조좌랑을 길에서 만나 말에서 내려 역참에 들어가 이야기를 나누었다. 저녁 점검에 맞춰 가고자 하였으나 진흙탕에서 신발 끈이 끊어졌으므로 안장 없는 말을 빌려 줄 것을 간구하였다. 그의 벗은 그것을 허락하고는 몰래 말을 끄는 종에게 명을 내려 길에서 호

361 이충작(李忠綽: 1521, 중종 16-1577, 선조 10): 문신. 자는 군정(君貞), 호는 낙실(洛實). 관직은 승지(承旨)를 거쳐 충청도 관찰사에까지 이름. 시(詩)에 능했고, 효성이 지극하여 어머니가 죽자 통곡하다가 눈이 멀기까지 했다.

362 원점(圓點): 출석 도장.

창呼唱[363]하도록 시켰다. 이충작이 맨발을 말에 내려뜨리고 가는데 하인이 곧바로 뛰어나와 길가에서 호창하니 이충작은 이를 금하지 못하고 곧바로 반궁으로 들어갔다. 그러자 반궁에 있던 벗들이 이를 바라보고 크게 웃었으나 이충작은 곁에 아무도 없는 것처럼 태연하였다.

후에 과거에 급제한 지 얼마 되지 않아 모친께서 세상을 떠났는데 충작은 밤낮으로 호곡하다가 마침내 한 눈을 실명하게 되었다. 이미 귀하게 되어서도 매번 빈천했을 때의 이야기를 할 때면 어버이의 영정을 생각하고 눈물을 흘리지 않는 적이 없었으니 이를 보는 자들 또한 모두 얼굴빛이 변하였다.

승지는 임금을 가까이서 모시는 관직이므로 옛 사례를 보면 한쪽 눈이 먼 자를 임명한 적이 없었다. 이충작은 효성 때문에 실명했으므로 그만은 유독 승지에 임명되었던 것이다.

(311) 장원 탈취

이목李穆과 김천령金千齡은 글을 잘 짓는다는 명성으로 서로 우열을 다투었다. 이목의 재주가 더욱 뛰어났지만 과거장에서는 매번

363 호창(呼唱): 호갈(呼喝). 귀인(貴人)이 외출할 때 하인이 길 비키라고 외치는 소리. 벽제(辟除)하는 소리.

서로 장원이 될 거라고 추어 주었다. 하루는 과거 시험장에서 시험 제목이 삼도부三都賦로 정해졌는데 김천령이 이목에게 시문의 첫 구를 보여 달라고 청하니 이목이 말하였다.

"나는 지엽적인 말을 없애고 간략하게 하려고 마음먹고 있소."

그 첫 구는 다음과 같았다.

하夏의 우禹왕은 십이산十二山을 맡았고
우虞의 순舜임금은 구주九州를 의탁했도다.

김천령은 이를 보고 이목이 두려웠으나 일부러 웃으며 말하였다.

"오늘 시험장에서는 공이 나에게 장원을 양보해야 하겠소. 고시관이 이러한 제목을 낸 의도는 2경京과 3도都를 읊은 웅장한 문자를 보고자 해서인데 당신은 옛 구를 답습하여 늙은 선비의 말을 짓고자 하시오?"

이목은 천령의 말을 그럴 듯하게 여겨 일필휘지로 고쳐 썼다.

오늘 밤은 어떤 밤이기에 천풍天風이 불어오는고!

김천령은 자기 자리로 돌아와 이목이 지었던 첫 구를 취해서 글을 간략히 하여 제출하였는데 이목은 1백여 구를 넘치게 지어 놓고 수습할 수 없었으므로 마침내 패하고 말아 김천령이 장원이 되었다.

임당林塘 정유길鄭惟吉과 이홍남李洪男은 글재주로 우열을 다투었다. 알성시의 표문表文이 '동국명신언행록東國名臣言行錄 편찬을 청함'으로 제목이 정해졌다. 이홍남이 먼저 첫 구를 지어 말했다.

생각하며 배우고 배우며 생각한다.
말함에 행동을 돌아보고 행동함에 말을 돌아본다.

임당은 마음속으로 놀라며 두려워했으나 일부러 웃으며 말했다.

"오늘 제목은 시험관이 군자를 들이고 소인을 물리친다는 논설을 보고자 하는 것이오. 당신은 나에게 장원을 양보해야겠소."

이홍남은 성격이 경박했던지라 곧장 고쳐 군자를 내고 소인을 물리친다는 것으로 첫 구를 삼았다. 임당은 이홍남이 버린 것을 가져다 첫 구로 삼아 마침내 장원이 되었고 이홍남은 이등이 되었다.

(312) 신선이 되려 한 곽재우

곽재우[364]는 영남 현풍玄風 사람으로 감사 곽월郭越의 아들이다.

---

364 곽재우(郭再佑: 1552, 명종 7-1617, 광해군 9): 임진왜란 때의 의병장. 자는 계수(季綏), 호는 망우당(忘憂堂). 임진왜란이 일자 의령에서 의병을 일으켜 큰 공을

어렸을 적에는 문장에 재능이 있었으나 글하는 것을 버리고 무예를 업으로 삼아 병서를 읽고 활 쏘고 말 타는 것을 수련했다. 어버이가 세상을 떠나자 문무를 다 버리고 신선이 되고자 하여 산에 들어가 벽곡[365]하면서 소나무 잎을 따 복용하였다.

만력 임진년에 왜병이 대거 침입하자 곽재우가 의병을 모아 낙동강에 이르러 진을 치니 왜구들이 감히 강을 건너지 못하고 서쪽으로 향했다. 김수[366]가 방백의 신분이면서도 군사를 거느리고 물러나와 스스로를 보전하였다는 소문을 들은 곽재우는 마침내 격문을 지어 그를 크게 꾸짖고 행재行在[367]에 표表를 올려 그를 죽일 것을 청하니, 김수는 두려운 나머지 군사를 버리고 도망가 버렸다.

영남 우도右道는 지세가 험준하여 왜적이 범하지 못하였지만 전라도가 안전했던 것은 모두 곽재우가 힘쓴 때문이었다. 조정에서는 그에게 특별히 경상 병사兵使를 제수하였다.

난리가 평정되자 조정의 의론이 그를 중하게 여겨 병사兵使를 제수했지만 그는 나아가지 않았고 감사監使를 제수하여 불렀어도

세웠음. 홍의(紅衣)를 입고 싸웠으므로 '천강홍의장군(天降紅衣將軍)'이라 불리었음. 정유재란 때 다시 의병장으로 출전하여 끝까지 의령(宜寧)을 지켰다.

365 벽곡(辟穀): 화식(火食)은 아니하고 생식(生食)만 하는 일.

366 김수(金睟: 1547, 명조 2-1615, 광해군 7): 조선 중기의 문인. 자는 자앙(子昂), 호는 몽촌(夢村).

367 행재(行在): 거둥 때에 임금이 머무는 곳.

여전히 응하지 않았다. 다시 벽곡하며 송진과 소나무 꽃가루만 먹을 뿐 훈채[368]와 고기는 먹지 않았다. 그리하여 수개월 동안 복식한 곡식이라곤 몇 되도 채 안 되는 쌀이었다.

성품이 술을 좋아하여 서너 말은 능히 마실 수 있었지만 오장육부에는 남겨 두지 않았다. 술을 다 마신 후에는 거꾸로 서 모두 땅에 쏟아 냈는데, 칠규[369]에서 마치 물 흐르듯이 저절로 쏟아져도 본인 스스로는 조금도 고통스러워하지 않았다. 서너 말을 모두 쏟아 내고서야 그쳤다.

산중에 집을 짓거나 혹 강가에 정자를 짓고서 인사人事에 참여하지도 접하지도 않았으며 부녀자를 가까이하지 않았다. 형제의 상을 당해 일을 치르느라고 벽곡하지 못하고 억지로 며칠간 밥을 먹었는데 갑자기 비바람이 일고 벼락이 치며 자색 기운이 하늘까지 뻗치다 문득 죽었으니 그때 그의 나이 66세였다. 당시 사람들이 그를 일컬어 말했다.

"신선은 배울 수 없는 것이므로 곽 공도 죽음을 면하지 못하였다."

어떤 사람은 말하였다.

"시해[370]한 것이다."

---

368 훈채(葷菜): 마늘·파 등과 같이 냄새가 나는 채소.

369 칠규(七竅): 사람의 얼굴에 있는 일곱 구멍. 곧 귀·눈·코의 각각 두 구멍과 입의 한 구멍.

또 어떤 사람은 말하였다.

"그가 죽었을 때 순수한 양기陽氣가 흩어졌기 때문에 자색 기운이 있었던 것이다."

(313) 개구멍 쥐구멍의 도둑

조윤희曺胤禧가 감찰[371]이 되었는데, 사섬시[372]에서 대관[373]에게 청하여 관아에서 장막을 내어 그것으로 창고 아래에 화장실을 지었다.

조윤희가 화장실에 가서 보니 쥐구멍에 큰 나뭇가지가 있었고 거기에 실이 매여 있었다. 마음속으로 이상하게 여기고 그 나뭇가지의 실을 끌어당기니 창고 안으로부터 나온 것이었다. 실 끝에는 끈이 매여 있었고 끈 끝에는 비단이 매여 있어 비단과 비단의 처음과 끝이 끊이지 않고 연결되어 40필疋에 이르렀다. 이는 창고지기가 창고가 열린 틈을 타서 창고에 들어가 베를 꿰매어

370 시해(尸解): 몸만 남기고 혼백이 빠져 나가거나 또는 그렇게 하여 신선으로 화하는 일.

371 감찰(監察): 사헌부(司憲府)의 정6품 벼슬.

372 사섬시(司贍寺): 조선조 때 저화(楮貨)의 제조 및 지방 노비의 공포(貢布)에 관한 일을 맡아 보던 관청.

373 대관(臺官): 사헌부의 대사헌(大司憲) 이하 지평(持平)까지의 벼슬.

이어 놓았다가 관아가 파한 후에 낚아 내려고 했던 것이었다. 그의 간악한 계책이 몹시 교묘했으므로 드디어 대장[374]에게 고하여 신문한 뒤 엄한 형벌에 처했다.

한 선비가 시험장에 들어가 개구멍에 오줌을 누었는데 개구멍 가운데에 실이 매인 나뭇가지가 있었다. 나뭇가지를 끌어당겨 종이 한 장을 얻었는데 실 끝에 해서체로 쓴 한 편의 시험 답안지가 매여 있었다. 문장이 몹시 좋았으므로 그것을 취하여 써서 마침내 괴과[375]에 합격하였다. 이는 대신해 글을 써 주는 자가 시험장에 들어간 자와 서로 약속했던 것인데 결국은 다른 사람에게 가로채인 것이다.

아! 슬프다. 사람 마음이 몹시 악하여 쥐 같은 무리들이 훔치는 모략을 일삼는 것이 이와 같도다! 담당 관리들은 엄준하게 법으로 다스려 간악한 소인배를 징계함을 끊임없이 해야 할 것이다.

(314) 시신들을 묻어 준 박엽

만력 갑오년(1594)은 병란을 겪은 이듬해이다. 온 나라 사람들이 모두 굶주려 사람들은 서로를 잡아먹었으며 굶어 죽은 송장들이

374 대장(臺長): 사헌부의 장령(掌令)과 지평의 별칭.

375 괴과(魁科): 과거에서 문과(文科)의 갑과(甲科)를 이르는 말.

길가에 서로 베고 누워 있었다.

유생 박엽朴燁이 도성 밖으로 피난하였다가 서울에 다시 돌아오니 옛집은 쑥대밭이 되어 있었으며 빈 집채만 남아 있을 뿐이어서 궁핍함과 굶주림으로 피곤하였고 마음은 허탈하였다. 마시교馬市橋 남쪽에 있는 친척을 찾아갔다가 밤을 틈타 돌아오는 길에 머리를 땋은 미녀를 만났다. 자색 비단 옷에 붉은 치마를 입고 박엽의 옷깃을 스치며 지나쳤다. 박엽은 호협한 기개를 지닌 사람이었다. 게다가 젊어서는 빗나간 행동을 더욱 심하게 하였으므로 호방하게 말하였다.

"낭자는 무엇 때문에 늦은 밤에 길을 가는 것이오?"

"기다리는 사람이 있어 주저하고 있는 것이옵니다."

"기다리는 사람이 있었다면서 왜 나를 맞이하여 가지 않는 것이오?"

"무슨 어려움이 있겠사오마는 단지 집안 사람들에게 의심을 받을까 두려우니 밤이 깊어지면 저희 집에 함께 가십시다."

그녀의 말을 따라 그녀 집에 이르니 집안에는 많은 비복婢僕들이 종횡으로 누워 자고 있었다. 여자가 말했다.

"굶주린지라 손님을 대접해 드릴 것이 없사옵니다. 이웃집에 새로 담근 술이 있으니 그것을 구해 오겠습니다."

동銅으로 만든 주발에 혼돈주渾沌酒를 가득 담아 가지고 와 함께 마신 뒤 더불어 즐거움을 나누고 밤새 단잠을 잤다.

새벽이 되어 잠에서 깬 박엽은 여자의 전신이 온통 차가운 것을 느끼고 흔들어 보았으나 깨어나지 않았으니 그녀는 곧 죽은 사람이었던 것이다. 박엽은 놀란 나머지 일어나 뛰쳐나왔는데 집 안에 누워 잠자던 사람들도 자는 것이 아니라 모두 죽은 것이었다. 박엽은 놀라서 동구 밖으로 달려 나왔다가 큰길 가에 등불이 환하게 켜 있는 것을 보고 문을 두드리며 급함을 알렸는데, 그 집은 갖바치 집이었다. 박엽은 사실을 토로한 뒤 말했다.

"놀라 전신이 떨리니 청하옵건대 술로 진정할 수 있도록 해 주십시오."

주인은 그를 가엾게 여기고, 베개 옆에 술독이 있었으므로 그것을 먹이려고 동銅 주발을 찾았으나 찾을 수 없었고 종이로 덮어 놓았던 술독의 입구도 뚫려 있었다. 박엽은 또 놀라 주발이 있는 곳을 갖바치에게 말하고 함께 그 집에 가 보았다.

그 집은 사족士族이었다. 처자가 있었는데 장성한 뒤 굶주린 나머지 병들어 죽었으며 온 집안 식구들 또한 굶어 죽어 시신들이 서로 베고 누워 있었던 것이었다. 박엽은 비통해하며 관을 구비하고 수레를 세내어 서교西郊 밖에 장사 지내고 글을 지어 제사를 지내 주었다.

박엽은 과거에 급제하여 이제는 가선대부嘉善大夫[376]로서 의주

376 가선대부(嘉善大夫): 조선조 종2품인 문무관의 품계의 하나.

부윤이 되어 있다.

(315) 모방서

옛날 여불위呂不韋[377]가 『춘추春秋』를 참람하고, 양웅楊雄이 『주역周易』을 본뜨고, 왕통王通이 『논어論語』를 본뜨고, 왕망王莽이 『주례周禮』를 모방하고, 궁예弓裔가 불서佛書를 짓고, 권근權近이 『예기禮記』를 찬술한 것 등이 모두 같은 부류이다.

(316) 임형수의 오산가

임형수[378]는 일찍부터 문장에 능하여 그 당시 사람들로부터 추대

---

377 여불위(呂不韋): 진(秦)나라 양적(陽翟) 사람. 본시 거상(巨商)으로서 장양왕(莊襄王)이 즉위하기 전에 초(楚)나라에서 질자(質子)로 고생하는 것을 진(秦)나라로 돌아가게 한 공이 있어 장양왕이 즉위하자 승상(丞相)으로 발탁되고 문신후(文信侯)로 봉후(封侯)되었음. 그가 사통(私通)하여 난 진시황(秦始皇)이 즉위한 후 태후(太后)와 간통하고 죄를 두려워하여 자살하였음. 그가 「여씨춘추(呂氏春秋)」를 찬하였다고 하나 실은 그가 재상(宰相) 때 문객(門客)을 시켜 지은 것이라고 함.

378 임형수(林亨秀: 1504, 연산군 10-1547, 명조 2): 조선 문신. 호는 금호(錦湖), 본관은 평택. 1531(중종 26)년에 진사가 되고 여러 관직을 두루 거쳐 1545(명종 즉위)년 을사사화 때 제주 목사로 쫓겨났다가 파면되고, 1547(명종 2)년 소윤 윤원형에게 대윤 윤임의 일파로 몰려 절도안치(絶島安置)된 후 곧 사사됨. 학문과 문

받았다. 글을 지음에 일단 붓을 잡으면 곧 일필휘지하여 수천마디 언어를 만들어 냈다. 사람됨이 호탕하고 기세를 잘 부렸으므로 소인배들은 그를 시기하고 미워하였다. 당시 진복창[379]이 권세를 믿고 함부로 악행을 일삼아 어진 사람들을 일망타진했다. 임형수의 재능에 대한 평판이 자신보다 나음을 싫어하여 음험한 수단으로 그를 중상하여 영북嶺北으로 귀양 보내 회령 판관會寧判官에 제수하였다. 회령은 오산鰲山이라고도 부른다. 임형수가 「오산가鰲山歌」를 지었는데 그 지방 사람들은 지금도 그 노래를 전하여 부른다. 그 가사는 다음과 같다.

오산은 하늘의 한쪽으로,
북은 고비사막 연해 있고 남은 바다이네.
싸움 몇 년에 싸움터 정벌했는고?
지금은 백골 쌓여 언덕을 이루었네.
영웅의 사업은 진실로 넓고도 크니,
가시밭 변하여 큰길 되는 것 보네.

장에 뛰어났음. 1702(숙종 29)년 나주의 송재서원(松齋書院)에 제향(祭享)됨.

379 진복창(陳復昌: ?−1563, 명종 18): 문신. 자는 수초(遂初). 윤원형의 심복으로 1545(명종 즉위)년 을사사화 때 대윤(大尹)에 속한 사림들의 추방에 크게 활약했고 마음에 들지 않는 자는 모두 죽여 사관(史官)들에 의해 독사(毒蛇)라고 기록됨. 결국에는 상전인 윤원형에게까지도 미움을 받아 파직, 위리안치(圍籬安置)되었다가 배소(配所)에서 죽음. 성품이 교활한 한편 어머니까지도 행실이 방종해 더욱 지탄을 받았으나 문장과 글씨에 뛰어났다.

영토를 이제 오랑캐 나라에서 되찾으니,
봄볕이 크게 빛나 높은 창공을 업신여기네.
끊임없이 일어나는 호걸들은 어찌도 굳센지
산하山河를 주간하는 계책은 뛰어나네.
강에 임한 정장亭障[380]은 오랑캐의 발호 제어하고,
만 리 쌓은 성은 바다 멀리 연해 있네.
우리 왕의 성덕은 요순보다 뛰어나고,
인자한 위엄은 멀리 융강戎羌[381]까지 껴안았네.
궁궐에 문안드리러 스스로 멀고 험한 길 가고,
전사들은 창을 버리고 돌아가 농사에 힘쓰네.
지난해 변방 백성들은 가뭄과 메뚜기 재앙을 만나,
노인과 아이 이끌고 가다 또 넘어졌네.
아들은 고아 아비는 홀아비 여자는 또 과부 되니,
구중궁궐에서 근심하시는 임금님 마음 아프셨네.
옛날에는 몸소 실천하여 백성의 근심 치료하였나니,
지난날 너는 흠모하고 신하는 황공해하였네.
머리 조아려 두 번 절하고 명광明光을 하직하니,
임금님 은혜에 감동하여 두 줄기 눈물이 흘렀네.
동교東郊에 군마 문득 날뛰니,

380 정장(亭障): 변방의 요새에 설치하여 사람의 출입을 검사하는 관문(關門).
381 융강(戎羌): 오랑캐. 강(羌)은 중국 서방 오랑캐의 이름. 현재의 티베트족.

허리에 찬 단검은 차가운 빛을 발하네.

이정[382]에는 수레와 말이 담을 이루고,

소매 잡고 절류[383]하며 술잔 날렸네.

양관곡[384] 가락 부르는 아리따운 아가씨여,

아름다운 시 백 편으로 행장을 요구하였네.

초가을의 물색 더욱 처량하니,

가려 하나 가지 못하고 방황하네.

관산[385]은 멀어 바라볼 수 없으나,

길 기전[386]으로 접어드니 혼백이 날았네.

어머니! 왕사王事로 겨를 없었습니다.

민둥산에 오르니 눈물이 눈에서 떨어지네.

산초나무에 수레 멈추고 연못에서 말 물 먹인 뒤,

두 고을 매진하여 회양淮陽에서 머물렀네.

험준한 철령鐵嶺은 태행[387]처럼 높고

---

382 이정(離亭): 이별하는 자리.

383 절류(折柳): 옛날에 장안(長安) 사람이 손을 배웅할 때 파교(灞橋)까지 가서 다리가의 버들가지를 꺾어 주어 재회(再會)를 축원한 고사(故事)에서 나온 말로, 송별(送別)을 의미한다.

384 양관곡(陽關曲): 원이(元二)가 안서지방(安西地方)의 사신이 되어 떠날 때, 왕유(王維)가 지어서 부른 시.

385 관산(關山): 관문과 산. 고향에 있는 산. 전(轉)하여 고향.

386 기전(畿甸): 서울을 중심으로 하여 사방 5백 리 이내의 땅. 천자(天子)의 직할 지역임.

387 태행(太行): 관(關) 이름. 즉 천정관(天井關)으로, 산서(山西) 보성현(普城縣) 태행산(太行山) 위에 있다.

백 굽이 고갯길은 수레의 횡대를 부러뜨리네.

심산에 천둥 치고 비 내려 문득 세차게 퍼부으니,

하늘과 땅 대낮에도 어두워 근심에 갈팡질팡하였네.

넓은 들판은 흐릿한데 저녁 구름에 진눈깨비 내리고,

학루鶴樓에 가을 달은 광채를 내네.

기양岐陽 어느 곳에서 주창周昌[388]을 알현할고.

용주湧珠는 천여 년 된 마을이네.

문장 높은 10실室은 길가에 위풍당당하나,

울타리 소조함은 백성들의 재물을 해쳤음이네.

쌍성雙城의 동쪽 두둑은 바다 드넓고,

고루高樓에 올라 서울을 보니 홍장[389]이 늘어섰네.

비백산鼻白山 앞에는 가을 풀이 누렇고,

학선정鶴仙亭 아래에는 행인들이 바쁘네.

함산咸山의 아름다운 기운에 울적한 홍취 왕성하고,

누대의 금벽金壁은 서로 휘황하게 비치네.

마당의 격구擊毬놀이에 용장[390]을 상상하고,

---

388 주창(周昌: b.c.?-b.c.11?): 한(漢)나라 패인(沛人). 유방(劉邦)을 따라 병대를 일으켜 중위(中尉)가 되었다. 유방이 제위에 즉위하자 어사대부(御史大夫)가 되었다가 분양후(汾陽侯)에 봉해졌다. 강직하고 과감하게 말하였다.

389 홍장(紅粧): 연지를 찍은 화장. 여자 또는 미인의 화장을 이름. 대부분 기생을 일컫는 형용어로 쓰임.

390 용장(龍章): 용의 무늬, 뛰어난 풍채, 고상한 용모.

동구에 이른 토끼와 쥐는 당랑螳螂을 애도하네.

천병天兵의 신이한 책략을 어찌 헤아리리,

서이西夷와 북적北狄 성탕[391]을 원망하네.

길 험한 함관咸關에는 여장[392]이 우거지고,

성의 두목은 세 번 거듭 영상[393]을 배설하였네.

시중侍中은 누대 위에서 배회하노니,

얼신孼臣을 어찌 해야 재앙을 척결할까.

천원川原의 초목이 은殷나라를 모두 물들이니,

이제는 창을 부러뜨려 싸움터에 묻네.

단산端山은 광채를 머금고 보옥寶玉을 감추었고,

만전萬錢에는 끊임없이 호상胡商이 왕래하네.

이령二嶺이 높이 하늘에 치솟아 있노니,

사람과 말은 엎어져 고불고불한 길을 근심하네.

산마루에서 시를 읊어 옥황玉皇을 놀라게 하니,

거령[394]은 오그라들어 산방山房에 숨네.

전후의 산융[395]들이 국경에 접하였으니,

---

391 성탕(成湯): 은(殷)나라의 제1대 왕. 하(夏)나라의 걸왕(桀王)을 치고 이를 대신하여 왕위에 올랐음.

392 여장(樟): 녹나무과에 속하는 상록수.

393 영상(營廂): 영(營)은 군영을, 상(廂)은 본채에 딸린 곁채를 의미함.

394 거령(巨靈): 고대의 신 가운데 화산(華山)을 쪼개어 연 하신(河神).

395 산융(山戎): 옛날 중국 동북부에 살던 만족(蠻族)의 이름.

세를 점유하고 진을 베풀어 관문을 경계하네.
웅성雄城은 옛날부터 백성들의 세력이 강하였는데,
근래에는 가렴주구하는 관리들 많은 장물을 취하네.
돈을 탐하여 백이 숙제 맛보도록 보내지 아니하였으니,
뜻밖의 참소하는 말이 빛나는 것 괴이하게 여기지 마오.
백산白山은 높고 험하여 천창[396]에 치솟고,
유월에도 눈발을 날려 북풍을 놀라게 하네.
동으로 임한 경부鏡府는 성황[397]에 우뚝 솟아 있고,
일만의 용맹한 무장 군사는 도끼 들고 늘어섰네.
굳센 원수元帥는 고당[398]에서 근엄한 모습으로,
객을 맞이해 술을 마련하고 생황과 피리를 베풀어 연주하네.
배회하다 높은 곳에 올라 조망하며 득실을 탄식하니,
옛 강토 의론하여 나눔에 어찌 그리 겁내는가.
용성[399]을 경계로 삼는 계책 아름답지 않노니,
누가 이를 주장하였는지 나는 모르겠네.
영산寧山 북으로 가는 길 오르락내리락,
경내에 들어 고삐를 늦추니 마음은 망망하네.

---

396 천창(天閶): 하늘의 문(門).

397 성황(城隍): 성(城)과 물 없는 해자(垓字).

398 고당(高堂): 높은 집.

399 용성(龍城): 흉노(匈奴)의 지명. 흉노의 여러 추장이 모여 하늘에 제사 지내는 곳.

아아! 문속[400]하고 유랑하는 신세 한하는데,

부로[401]들이 흔쾌하게 맞이하며 술과 음료를 베푸네.

활통 찬 수많은 기병 우렁차게 치닫고,

전도前導하는 붉은 기 바람 따라 날리네.

초루[402]의 장막은 홍상紅裳을 비추고,

장군은 출영[403]하여 칼과 창을 베푸네.

도시락 옥반玉盤에는 석어 · 방어 잘려 있고,

사슴의 태胎와 곰의 살이 섞여 있네.

문채 나는 자리에는 정연하게 거문고 연주되고,

금 술잔에서는 나부향[404]이 넘치네.

큰 은혜 멀고 깊어 은택이 넘치니,

배고픔 변해 배부르고 재앙이 상서로움 되네.

비 내려야 할 때 비 내리고 해 비쳐야 할 때 해 비치니,

밭두둑에 가득한 열매들은 가을 되어 넘실대네.

태평한 세상 백 년에 생계 풍족하고,

조두[405] 두드려 경계하는 일 없으니 백성들은 다치지 않네.

---

400 문속(問俗): 경내에 들어서면 우선 풍속(風俗)에 관해서 묻는 것을 말함. 『예기(禮記)』「곡례(曲禮)」 상(上)의 '入境而問禁 入國而問俗 入門而問諱.'

401 부로(父老): 노인. 한 마을에서 중심인물이 되는 노인.

402 초루(譙樓): 성문(城門) 위에 세운 망루(望樓).

403 출영(出迎): 나가서 맞음.

404 나부향(羅浮香): 소동파(蘇東坡)가 혜주(惠州)에서 살 때 스스로 만들었던 술 이름.

405 조두(刁斗): 구리로 만든 솥 같은 기구. 군중(軍中)에서 낮에는 음식을 만들고 밤

강물은 두만으로 세차게 흘러가고,

산은 백두로 달려와 배회하네.

나무 돌아 흐르는 물은 상수湘水를 살찌울 수 있고,

구름 위의 옛 성가퀴는 산 주변을 둘렀네.

웅건한 울타리는 옛날부터 굳게 보호하여 지켰고,

흉노족의 느린 말은 우양牛羊과 같네.

부패하여 붉게 변한 천창千倉에 다시 만상萬箱을 더하고,

칼과 창을 햇빛에 말리니 청상淸霜이 서리네.

엄연한 문묘[406]를 서상[407]이 보익하니,

재배 알현하는 패황佩璜 소리 울리네.

우리의 도가 언제 먼 오랑캐와 거리를 두었던가,

남긴 가르침 두루 미쳐 떳떳한 강상을 부지하네.

변방 군대의 말은 날마다 급히 들이닥치고,

즐겨 글 읽는 소리 다시 낭랑하네.

아전과 백성은 태수의 이름 알지 못하고,

옥황玉皇과 향안랑[408]을 더불어 이야기하네.

공봉[409]이 일찍이 곤직[410]을 광정하여,

에는 이것을 두드려 경계하는 데 썼음.

406 문묘(文廟): 공자를 모신 사당.

407 서상(序庠): 향리(鄕里)의 학교.

408 향안랑(香案郎): 옥황제를 곁에서 모시는 선관(仙官)을 일컬음.

409 공봉(供奉): 관직명. 황제의 좌우에서 봉직하는 사람.

410 곤직(袞職): 천자의 직.

원근에 우리 살리는 은파[411]가 광대하네.

아! 나는 나태한 성품에다 본래 미친 듯하니,

애타는 어머니의 기다림을 어찌 감당하리오.

일찍부터 기상이 커 배회하였으니,

감히 성조聖朝에 올라 떨치기를 기약하리.

장안의 술집에 숙상[412]을 전당 잡혀

명아주와 비름으로 배 채우니 달기가 꿀맛이네.

10년을 지금처럼 명강[413]을 저버렸으나,

천석泉石에 든 고질병을 여전히 고치지 못하네.

강과 호수는 배 띄워 타기에 꼭 알맞으니,

일생 동안 검은 돛을 따르며 살 것을 도모하네.

지하[414]로 옷지어 입고 고장[415]을 먹으며,

달빛을 싣고 시랑의 울음소리 들으리.

아니면 남쪽 밭두둑 묘로 분수를 돌려,

호미 멘 아내 데리고 가라지를 다스리리.

---

411 은파(恩波): 임금의 은혜.

412 숙상(鷫鷞): 서방을 지키는 신조(神鳥). 목이 길고 털빛이 초록이며 가죽으로 갑옷을 만든다 함.

413 명강(名韁): 명리(名利)와 강승(韁繩)의 약어(略語)로, 명리를 추구하여 그것에 속박되는 것을 일컬음.

414 지하(芰荷): 마름과 연. 그 잎을 엮어 옷을 만들어 은인(隱人)이 입었음.

415 고장(菰蔣): 포플러과에 속하는 다년생 수초(水草). 잎은 재료를 만드는 데 쓰고 어린 싹은 식용함.

늙어서는 매운 성품 계피와 생강에 맡기고,
메추라기와 더불어 즐겁게 느릅나무에서 놀리라.
남은 나이 걷어 들여 감초 창포에 의탁하고,
진세를 멀리 떠나 쓰르라미 매미처럼 울리라.
부귀를 헤아리지 않고 의정부에 올라,
요순堯舜을 위로 모시니 기린과 봉황이 오네.
팔진미八珍味를 앞에 벌려 구운 암양 통째로 먹을지라도,
화려한 의상과 옥갑玉甲은 무덤으로 돌아가리.
다만 지금의 내 혈기 강함에만 연유하여,
밝은 세상에 눈 내림 감히 노래하지 못하네.
재목 되기 어려움 스스로 부끄러워 통으로 버려지게 맡기노니,
띠쇠 만들고는 진짜 강철 같지 못함을 한하네.
외로운 거룻배를 억지로 저어 구당[416]을 건너나니,
공덕장孔德璋이 「북산이문北山移文」 지음[417]을 도리어 두려워하네.
성은으로 이리도 총애하시어 겨 같은 나 까불러 버리지 않으시니,
재주 없는 나는 오래도록 나라 곳간을 도적질하였네.
금지金墀 옥전玉殿에 방울 소리 가득하니,

416 구당(瞿塘): 험준한 협곡 이름.

417 육조시대에 주옹(周顒)이 처음에 종산(鍾山)에 고상한 처사로 있다가 부름을 받아 벼슬하였는데, 지방에 수령으로 내려가면서 고향에 한번 들르려 하니 그의 친구 공덕장이 「북산이문」을 지어 종산의 신령을 대신해 주옹을 오지 못하게 조롱하였다.

이 몸이 죽지 않았음을 어찌 감히 잊으리.

평생 시문으로 게을리 종사하여 섬겼으니,

군사의 일은 처음부터 겨를이 없었네.

시와 글로 어찌 감히 시랑豺狼을 누르리,

요행히도 우리 임금의 힘을 입어 외적을 물리치네.

노둔함을 다시 채찍질하고 계책을 서로 교류하여,

성주聖主의 큰 은혜 한번 갚기를 기약하네.

적자赤子들은 어미에게 길러지도록 하여,

함께 태평한 세상에 올라 요절하는 자 없도록 하리.

봄날에는 누에 치는 여자들 광주리 잡을 것이며,

여름날에는 농사짓는 사내 감탱나무를 잡을 것이네.

지아비는 밭 갈고 지어미는 베 짜 각자 힘쓸 것이니,

바라건대 완육[418]하여 눈병 치료하는 일 없도록 하소.

풍년이니 무왕[419]을 태우는 수고 하지 말 것이며,

조세 균등하니 습지의 괭이밥 또한 노래하지 마소.

천지의 신명이 큰 은혜 내려주셔 죽을 실컷 먹으니,

가득 찬 수레 낮은 땅도 오직 나의 풍요라네.

백성들 식량 있고 군대 또한 식량 있나니,

---

418 완육(剜肉): 완육작창(剜肉作瘡)이라는 말이 있음. 이는 일부러 살을 깎아 부스럼을 만든다는 말로, 곧 도를 탐구하여 도리어 미혹이 생기는 것을 이름.

419 무왕(巫尩): 고대 기우제를 지내던 여무(女巫)이다.

전쟁 백 년에도 문란함 없네.
열진列陣의 장수들 패[420]와 띠 나란히 하고,
원문[421]에서는 날마다 편안함 함께 즐기네.
오호[422]와 만월[423]은 천양[424]을 다투고,
은나라 땅에서는 화고畵鼓 소리 당당하네.
벽창우 이끌고 숙상[425]에 걸터앉으니,
은 안장 옥 등자 금 새긴 석장錫杖이네.
활 당겨 수리와 무수리 두루미 떨어뜨리고,
음산陰山에서 한번 쏘아 두 마리 노루 잡네.
제승정制勝亭 위에서 호상胡床에 기대니,
강과 산은 수놓은 비단을 펼친 듯하네.
달려와 버드나무에 매어 놓은 말은 날뛰고
자리를 희롱하는 홍안紅顏들은 해당화 같네.
황금미주에 살찐 고기 구워,
흠뻑 취한 가무에 악공이 연주하네.
벗 따라 이르는 곳에서는 아름다운 꽃 감상하고,

---

420 패(佩): 띠에 차는 장식용 옥(玉). 계급에 따라 옥의 종류도 달랐음.
421 원문(轅門): 끌채를 세워서 만든 문. 곧 군문(軍門). 진영(陣營)의 문.
422 오호(烏號): 황제(黃帝)가 가졌었다는 활 이름.
423 만월(彎月): 초승달.
424 천양(穿楊): 활을 잘 쏘는 자는 능히 버들잎을 뚫을 수 있음을 일컬음.
425 숙상(驌驦): 준마의 이름.

아름다운 경치 주워 모아 해랑[426]을 채우네.
어떤 사람 창 밑에는 매미 원망스럽게 울고,
향기로운 규방의 꿈속에는 원앙이 근심스럽네.
활 울리고 검 튕기며 강개하게 노래하니,
다행히도 머리털은 창랑과 같네.
기약하노니, 장차 말 기르고 식량 쌓아,
선우單于[427]를 무마하여 요지를 점령하리.
한나라 조정에서는 의지할 데 없어 왕실 궁녀 보냈고,
무기와 갑옷을 길이 씻느라 은하수 기울였네.
북궐에 돌아가 절을 올리노니,
옥패玉佩 소리가 창창하네.

이 노래는 넉넉하고 웅장하고 뛰어나게 아름다우며 압운押韻함에 전혀 궁색함이 없으니 후세에 전할 만하다. 애석하도다! 이 같은 재주를 가지고도 결국 비명에 죽었음이여. 후에 임형수는 제주 목사로부터 중로에서 사사되었으니, 글을 잘 짓는 재주 때문에 간사한 사람에게 배척당함을 스스로 분개하다가 마침내는 무고하게 죽었다. 그는 자손들에게 유언하여 책을 읽지 말도록 하였다. 그의 아들은 사람됨이 순박하고 성실하였지만 글자는 한

426 해랑(奚囊): 시가(詩歌)를 넣어 두는 주머니.
427 선우(單于): 흉노 왕의 칭호.

자도 알지 못하였으니 그의 유언 때문에 그러했던 것이다. 애석하도다!

(317) 불탑의 귀물을 만난 정백창

한림 정백창鄭百昌이 약관의 나이에 산사에서 책을 읽었는데 중들이 시끄럽게 떠드는 것을 싫어하여 항상 불탑佛榻 뒤로 가서 밤에 책을 읽었다. 불탑 뒤에는 창도 없는 빈 굴이 있었는데 그곳에 불가佛家의 의물儀物을 넣어 두고 있었다. 밤이 깊자 한 거대한 물체가 갑작스럽게 나타나 서안書案 앞에 엎드렸는데 악취가 비위를 거슬렀다. 정백창이 자세히 보니, 그 물체는 눈은 튀어나오고 코는 찌그러졌으며 입 꼬리는 귀까지 닿았고 귀는 늘어지고 머리카락은 솟았으며 마치 양 날개가 활짝 펴진 것 같았고 몸은 청홍색이었는데, 무엇인지 알 수 없었다. 정백창은 그것이 요망한 귀신인 것을 알고 놀라는 기색 없이 계속 책을 읽었다. 인하여 다리를 벌렸다 뻗었다 반복하면서 여전히 태연자약하니 그 물체도 오랫동안 나아오지도 물러나지도 않았다. 정백창이 드디어 이웃 방에 있는 중을 부르니, 밤이 깊어 모두 잠들었다가 서너 명의 중이 바야흐로 응대하자 그 물체는 도로 불탑 구멍으로 들어갔다. 정백창은 일어나 중들 방으로 들어가 술을 구한 뒤 큰 그릇으로 한

잔을 들이켜서 정신을 안정시켰다.

(318) 박식한 차천로 · 차운로 형제

노동盧同의 「월식시月食詩」에 다음과 같이 썼다.

일사태양측一四太陽側
일사천시방一四天市傍

주註가 달려 있지 않아 나는 이 시의 뜻을 알 수 없었다. 첨정僉正 차운로車雲輅는 글을 잘 아는 선비였지만 그도 무슨 의미인지 해석해 내지 못하였는데, 후에 천문서를 열람하고는 말했다.

"천시성天市星 곁에 환자성宦者星 넷이 있고 태양수성太陽守星 곁에 세성勢星 넷이 있어 부府의 형인刑人들을 주관하오. 당시의 환관들이 권력을 부려 사람들을 위력으로 복종시킴을 행사하는지라 노동이 그 뜻을 은밀하게 감추어 드러내지 않고 일컬었던 것이오."

내가 『천문유초天文類抄』를 살펴보니 과연 그 말이 옳았다.

글 읽는 자들은 읽지 않은 책이 없어야 옛사람들의 작품을 논할 수 있다.

차운로의 형 차천로도 글을 잘 아는 선비이다. 고서에 박식하여 왕발王勃의 「익주부자묘비문益州夫子廟碑文」과 유신分信의 「애강남부哀江南賦」에 주註를 달 수 있었는데 그 주가 세상에 돌아다녔다. 어떤 한 역관이 그 주를 얻어 중국의 선비에게 보여 주었다. 이 두 개의 글은 옛사람들도 주를 달지 못했던 바인지라 중국 선비가 그 주를 보고는 몹시 기이하게 여겨 문채 나는 비단 7단端을 주고 사갔다. 역관이 돌아와 술과 음식을 성대하게 갖추어 놓고 차천로를 먹여 사례하였다.

(319) 인생의 전정

나의 조카 승지 유혁柳淏이 딸을 잃고 애도하며 춘천春川에 장사지내고 밤낮으로 슬픔의 고통스러움을 이기지 못하고 있었다. 중국에서 도망쳐 온 병사 유대경劉大慶이 그의 이웃에 임시 거처하고 있었는데, 유혁의 집을 찾아와 말하였다.

“중국에 한 이야기가 있는데 이 이야기로 당신을 위로해 드리고 싶습니다. 무릇 사람이 태어나 지상에 나오면 필경 죽어 몸을 떨구는 곳이 있기 마련입니다. 우리 지방의 어떤 사람이 화살을 등에 지고 변방을 지키고 있었는데 달로적㺚虜賊들이 갑자기 쳐들어와 성이 함락되었으므로 온 군대가 모두 죽임을 당했습니다.

그러나 그 사람은 온몸을 피로 멱을 감은 채 시체 더미 가운데 끼여 적의 칼날을 피했습니다. 밤중에 한 장군이 병사를 거느리고 왔는데 어디에서 왔는지는 알 수 없었습니다. 그는 시체를 점검하며 장 아무개·이 아무개라고 호명하였는데 거기에 하나하나 응대하지 않는 사람이 없었습니다. 장군이 장부를 들고 점검하며 '아무개, 아무개'라고 호명하는 것에 응대했던 자들은 모두 이 전투에서 죽은 사람들이었습니다. 호명이 그 사람에 이르자 그 사람은 응대하였습니다. 그러자 장군이 말하였습니다.

'이 사나이는 마땅히 이곳에서 죽지 않아야 한다. 후일 석강浙江 사이에 있는 관왕묘關王廟 안에서 복통으로 죽어야 하는데 어찌하여 이 어지러운 시체들 사이에 끼여 있는고?'

잠시 후 동방이 밝아 오자 장군은 병사를 거느리고 가 버렸는데 간 곳을 알 수 없었습니다. 달로적 또한 병사를 거두고 돌아갔으므로 그 사람은 죽음을 면할 수 있었습니다.

몇 년 후 그는 여러 상인들과 더불어 여기저기 돌아다니며 물건을 팔았습니다. 한 곳에 이르러 관왕묘에 머물러 잠들었는데 갑자기 복통이 일어났습니다. 복통이 몹시 심하여 살 수 없으리라 스스로 헤아리고 그곳의 지명을 물었는데 그곳은 바로 석강이었습니다. 갑자기 이전의 신장神將의 말이 생각나 집안에 보내는 편지를 써서 집안일을 처리하고 팔던 물건은 모두 동료에게 붙여 그로 하여금 집에 전하게 한 뒤 말을 마치자 죽었습니다.

인생에는 명이 있어 이미 확정된 것이 이와 같으니 쓸데없이 스스로 아파하지 마십시오."

유혁이 그의 말을 듣고서 마음이 석연해져 위로받았다.

(320) 역적 허균의 기재

역적 허균은 총명하고 재기가 두드러지게 뛰어났다. 아홉 살에 시를 지을 수 있었는데 그 시들이 몹시 뛰어나 여러 어른들이 칭찬하며 말했다.

"이 아이는 후일 당연히 글 짓는 선비가 될 것이다."

그러나 그의 이모 사위인 간의諫議 우성전禹性傳만은 그 시를 보고 말했다.

"뒷날 비록 문장에 뛰어난 선비가 된다 할지라도 허씨 문종門宗을 뒤엎을 자는 반드시 이 아이일 것이다."

허균이 종사관이 되어 원접사 유근을 따라 의주에 도착하였을 때 영위사迎慰使 신흠申欽이 날마다 허균과 만나 허균이 고서를 입으로 외우는 것을 들었는데 유·불·도 삼가의 책을 닥치는 대로 시원하게 외어 내니 아무도 그를 당할 수 없었다. 신흠이 물러나와 탄식하며 말했다.

"그는 사람이 아니다. 생김새 또한 좋지 않으니 필시 여우·

뱀·쥐 등의 정령일 것이다."

식자의 밝은 감식안이 이와 같았다.

내가 그때 도사都司의 영위사가 되어 중국 사신 주지번을 접대하다가 이 말을 들었다. 나 또한 문장을 무척 좋아했으면서도 평생토록 한번도 그와 서로 방문한 적은 없었다.

(321) 소세양의 장지

소세양의 세 아들이 부친을 위하여 장지를 구하였는데 이웃에 지관이 있어 그 술수가 귀신 같았다. 그가 한 묘혈을 점쳐 주며 말했다.

"이는 명당입니다."

소씨 집안에서 장차 땅을 파려 하였는데 그날 밤 소세양의 막내아들이 몰래 지관의 집 안에 들어가 벽에 귀를 대고 들으니 지관의 처가 말하였다.

"오늘 소씨를 위하여 길지를 얻으셨는지요?"

지관이 몰래 말했다.

"그들 땅에 명당이 있는데 만약 그 혈을 직접 가리켜 준다면 상지相地[428]한 자가 당장 죽을 것이오. 내 그래서 남쪽으로 수척 되

428 상지(相地): 땅의 생김새를 살펴보고 길흉을 판단하는 일.

는 땅을 점쳐 주었지."

지관이 또 말했다.

"그 혈에는 세 마리의 신령한 벌레가 있어 소씨의 세 아들이 모두 높은 지위에 오를 것이오."

막내아들은 형에게 가 그 사실을 고하고 혈을 정확히 북쪽으로 수척 되는 땅으로 옮겨 썼다. 그러자 지관이 말했다.

"점쳐 준 혈을 옮기면 크게 흉할 것입니다. 결단코 옳지 않습니다."

소씨 형제는 그 말을 듣지 않으며 말했다.

"어젯밤 이미 지관께서 몰래 하시는 말씀을 들었소이다."

지관이 살려 달라고 애걸하며 말했다.

"이곳 밑에는 반드시 세 마리의 큰 벌이 있을 것이니 그들로 하여금 절대로 날아 나오지 못하도록 하십시오. 한 마리를 놓치면 한 분이 귀하지 않게 되실 것이며, 두 마리를 놓치면 두 분이 불귀해질 것이며 저 또한 반드시 죽을 것입니다. 그러니 묘혈을 여시더라도 제가 집으로 돌아가기를 기다렸다 하십시오."

마침내 지관은 말을 달려 돌아갔다. 그러자 땅을 팠는데 파놓은 혈 가운데 돌이 있었고 돌 아래 과연 세 마리의 큰 벌이 있었는데 모두 주먹만 했다. 그 벌들을 발견하자마자 곧 흙을 덮었으나 미처 덮지 못하여 한 마리의 벌이 날아 나갔다. 지관이 미처 문을 들어서지 못하였는데 벌이 그의 뒤통수를 물었으므로 땅에 쓰러져 죽었다.

그 후 소세양의 두 아들은 모두 높은 품직의 벼슬에 올랐으나 한 아들만은 끝내 귀하게 되지 않았다.

전하기를, "꾀가 부인에게 미쳤으니 그렇게 된 것이 마땅하다." 하더니, 이는 지관을 두고 이른 말이던가?

(322) 점치는 법

무릇 시기와 조수潮水를 점치는 것이 일용간에 이보다 더 긴절한 것이 없으니 책자나 비망록에 마땅히 기록해 두어야 한다. 옛사람이 고양이의 눈으로 시기를 점쳐 시를 지었다.

고양이 새끼의 눈동자 안에 주천周天[429]이 정하여 있으니,
자오子午시에는 바늘 드리우고 묘유卯酉시에는 둥글도다.
진술辰戌 축미丑未시에는 계란 같고,
인신寅申 사해巳亥시에는 살구씨처럼 모이도다.

또 이규보가 조강祖江에 있을 때 조수潮水가 왕래하는 것을 살

429 주천(周天): 해 · 달 · 별이 궤도(軌道)를 일주함.

피고 시를 지었는데, 그 시는 다음과 같다.

삼토三兎 삼룡三龍의 조수요,
삼사三蛇 일마一馬의 때로다.
양이 셋에 원숭이 또한 둘이요,
달 기운 뒤 다시 이같이 반복하도다.

해설자가 말하였다.

"무릇 밀물이 밀려옴에 있어, 1일부터 3일까지는 묘시卯時에 이르고, 4일부터 6일까지는 진시辰時에 이르며, 7일부터 9일까지는 사시巳時에 이르고, 10일만은 오시午時에 이른다. 11일에서 13일까지는 미시未時에 이르며, 14일부터 15일까지는 신시申時에 이른다. 보름 이후에는 보름 이전처럼 반복되며 매달 한 바퀴 돌아 다시 시작된다."

밀물이 묘시卯時에 이르른즉 썰물은 유시酉時에 이르러 반드시 대충對衝을 이룬다. 사해에는 모두 밀물과 썰물이 있되 우리나라 동해에만은 밀물과 썰물이 없으나 선유先儒들이 이에 대해서 말한 적이 일찍이 없었다. 중국의 동해가 어찌 우리의 서해이겠는가? 우리나라의 동해는 천하에서 지극히 깊은 곳인지라 밀물과 썰물이 미치지 못하는 곳이다. 그런데도 선유들의 견문이 이 사실에 미치지 못했던 것이다.

(323) 영변 무당

참판叅判 이택李澤은 나의 돌아가신 형 몽표夢彪의 장인이다. 가정 계해년(1563)에 평안도 절도사가 되어 가솔들을 거느리고 갔다. 감영이 영변에 있었는데 지극히 어리석고 일자무식인 영변읍의 한 백성이 신이 내려 무당이 되었다. 자칭 한漢나라 재상 황패[430]의 신령이라고 하였으며 사람들의 화복과 길흉에 대해 능히 말할 수 있었는데 반드시 증험이 있었다.

이택의 집사람이 무당을 관아에 맞아들여 점을 치는데 소리를 지르며 길을 안내하는 소리가 마치 파리 소리처럼 작게 들리더니 먼 곳에서부터 가까이 다가왔다. 소리가 처마 끝에 이르자 무당이 뜰로 내려가 땅에 엎드려 맞이한 뒤, "신에게 죄를 진 졸개가 한 명 있으니 관아 뜰에서 태형을 내리게 해 주십시오."라고 하였는데, 매를 치며 수를 세는 소리가 마치 많은 모기가 모여 내는 소리처럼 역력하게 들렸다.

그때 이택의 형수가 임신 중으로 태胎가 불안정하여 여러 날 배를 앓았는데 백약이 무효하였다. 신들린 무당이 말하였다.

"3년 묵은 토란 줄기로 죽을 쑤어 복용하면 반드시 나을 것입

---

430 황패(黃霸): 한(漢) 회양 양하인(淮陽 陽夏人). 당시 관리들은 엄하고 가혹했으나 패만은 관대하고 조화를 이뤄 명성이 있었음. 한나라에서 그 당시에 백성을 잘 다스리는 관리를 말할 때 패를 제일인자로 삼았음.

니다."

모든 사람들이 말하였다.

"민가에서는 토란을 캐 가지고 마른 채소를 만들므로 1년 지난 것도 없는데 하물며 3년 묵은 것이 있겠소?"

"어천魚川 역참의 졸개 아무개의 집 부엌에 묶여 걸려 있으니 가져올 수 있을 것이오."

사람을 심부름 보내 그 집에 가서 얻어오게 하였더니 과연 3년 묵은 것이라고 했다. 그것을 잘게 잘라 죽을 쑤어 먹였더니 곧 나았다. 또 뱃속에 든 아이가 남자아이인가 여자아이인가를 물었더니 신들린 무당이 말했다.

"밭 전 자 아래 힘 력 자(田下之力, 즉 男)이고, 그 아이는 반드시 귀하게 될 것입니다."

이듬해 갑자년에 과연 사내아이를 낳았는데, 지금 가선대부嘉善大夫 사간司諫 유숙柳潚이 바로 그 사람이다.

(324) 유숙의 선견지명

나의 조카인 부제학 유숙은 갑자년생이다. 여러 문무관과 더불어 장차 동갑계同甲契를 만들려고 하였는데 김응서[431] 또한 갑자생이

431 김응서(金應瑞: 1564, 명종 19-1624, 인조 2): 초명(初名)은 응서(應瑞)이나 경

었다. 그때 갑자생인 여러 재상들이 그가 그 계에 참여하는 것을 허락하고자 하니 유축이 큰 소리로 배척하며 말했다.

"이 사람을 보건대 조만간 반드시 역적질 할 것 같소. 동계에 참여시켜서는 안 되오."

그래도 여러 사람들이 한사코 그를 계에 참여시키자고 고집하니 유축이 말했다.

"만약 그렇다면 차라리 내가 계에서 나가겠소. 경서景瑞(개명함)와 함께는 모임에 참가할 수 없소."

그때 이괄李适이 유축의 말에 찬동하여 마침내는 김응서가 계에 참여하는 것을 허락하지 않았다.

이제 경서가 부원수副元帥로서 오랑캐에게 항복하였으니, 유축의 말이 과연 징험된 것이다. 사대부가 재상을 대접함에 역적으로 명명하는 것이 불가한데도 유축이 강하고 의연하게 직접 배척하였으니, 과연 선견지명이 있었던 것이다.

서(景瑞)로 개명함. 자는 성보(聖甫). 무과에 급제, 임진왜란 때 평양에서 무공을 세웠고, 광해주 때 명나라가 후금(後金)을 치기 위해 원병을 청하자, 평안도 병마절도사로 부원수가 되어 원수(元帥) 강홍립과 함께 원병을 이끌고 출정, 부차(富車)에서 패한 뒤 강홍립과 함께 포로가 되어 적중에서 몰래 적정에 관한 일기를 적어 보내다가 강홍립의 고발에 의해 피살됨. 우의정에 추증(追贈)됨.

(325) 금수촌의 사슴 사냥가

지난날 내가 북도의 고원高原 금수촌錦水村에 피신했는데 그곳은 산수가 맑고 궁벽지어 진실로 은자가 거처할 만한 곳이었다. 이웃에 조경趙瓊—여기汝機로 개명改名—이란 자가 있었는데 그는 여러 차례 향해鄕解[432]에서 높은 등급으로 합격하였다. 그는 산에 사는 백성들이 사슴을 잡을 때 부르던 노래를 부르기 좋아하였는데 그 가사는 다음과 같다.

휴! 없구나.
아이의 말이 틀리네.
꽃은 나무 아래 떨어지고
부위芙衛가 움직이네.
문에 이미 들어갔네.
벌에 접하였네.
큰길로 나오네.

또 다음과 같다.

432 향해(鄕解): 지방에서 치르는 과거시험.

휴! 있지 않구나.

아이 말이 잘못 되었네.

벌을 매다네.

꽃피어 바람에 나부끼니

돌아서네 돌아서네.

이것은 대개 북방 사냥꾼들이 사슴을 잡음에 먼저 집안 아이들을 시켜 새벽이 밝아 오는 틈을 타서 산에 올라 요지를 밟도록 한 것이다. 사슴은 항상 새벽이슬에 풀을 먹고 물을 마시다가 해가 나오면 곧 숲에 들어가 잠을 자기 때문에 사냥꾼들은 사슴이 사람을 보고 놀라 달아날까 두려워하였다. 거짓으로 초가樵歌를 지어 그 말을 사냥하는 것에 은유하여 사슴으로 하여금 의심하지 않게 한 것이다.

'휴嚊'는 발어성이고 '없구나'는 사슴이 없다는 것을 속여 칭한 것이다. '아이 말이 틀리네'는 아이가 사슴이 있다고 말한 것이 틀리다는 것이고 '꽃이 나무 아래 떨어진다'는 것은 사슴이 수풀 아래서 잠잔다는 것이다. '부위'는 북방에서 사용하는 우거牛車의 지칭인데 그물을 우거로 속여서 지칭한 것이다. '문에 이미 들어갔네'는 그물에 걸렸느냐는 것이고, '벌'은 화살에 맞은 것이다. '큰 길로 나오네'는 사슴을 얻어 평평한 길로 나와 죽인다는 것이고, '그 벌을 매다네'는 활을 쏘는 것이고, '꽃피어 바람에 나부끼니'는 사슴이 일어나 달아나는 것이고, '돌아서네'는 사슴을 잃고 돌아오는 것이다.

나는 자연 속에 한가롭게 살며 인간 세상에는 아무런 뜻이 없기에 장차 금수촌의 사슴 잡는 노래나 부르면서 나의 여생을 마치려고 한다. 그래서 이를 기록해 두는 것이다.

(326) 농막에서 접한 형들의 시

만력 임진왜란 때에 나는 질정관[433]으로 중국에 갔다. 돌아오는 길에 평양의 행재소行在所에 이르러 셋째 형 몽웅夢熊이 난리에 죽었다는 말을 들었다. 휴가를 내어 어머니를 찾아뵙다 풍덕豊德 노개산奴介山 강가에 있는 농막에 이르러 벽 위에 써 놓은 셋째 형의 시를 보았다.

봉항蓬巷에서 몇 차례 상서로운 말 들으니
개산介山에 연막煙幕이 거듭 오는 일 없도다.

433 질정관(質正官): 조선조 때의 임시 벼슬. 글의 음운(音韻)이나 기타 제도 등에 관한 의문점을 중국에 질문하여 알아오는 일을 맡았음. 중국에 사신이 갈 때에 함께 갔음.

둘째 형 몽표夢彪 또한 벽 위에 두보의 시를 써 놓았다.

바람 쌀쌀한 날 저녁
강 머리에는 사람 자취 없네.
시골 봄비 밖에서는 급히 내리는데
이웃의 등잔불 밤이라 더욱 밝네.
오랑캐는 어찌 그리 많은 난리 피워
어부와 나무꾼으로 이생을 기탁하게 하는가.
중원에 형제 있어
만 리에서 실로 정을 품도다.

두 형이 모두 작년에 쓴 것이었다. 나는 그것을 보자 나도 모르게 목 놓아 울고 말았다.

얼마 안 있어 화장포火莊浦의 방비가 무너지고 적병이 강을 건너왔다. 나는 황급히 달아나는 병졸들과 함께 말을 타고 북쪽으로 향하게 되었다. 몇 리를 가다 농막을 돌아보니 화염이 창천하였으니 적병이 이미 불을 지른 것이었다.

셋째 형은 가을 수확에 애쓰면서 이 시를 지었던 것인데 끝내 상서로운 일을 듣지 못하고 돌아가셨으니 슬프도다. 둘째 형이 쓴 시는, 나라에 장차 난리가 있으리라는 것을 먼저 알고서 내가 중원에서 아직 돌아오지 않은 것을 근심한 것이었다. 비록 옛 시를 써 놓은 것이긴 하지만 마음에 품은 회포를 기술함이 서로 다르지 않았다. 박지화가 죽음에 임하여 쓴 두보의 시,

서울이 구름 낀 산 밖이로다.

와 비교해 볼 때, 형이 적어 놓은 두보의 시가 가슴속에 품었던 생각에 더욱 가깝다. 내가 통곡했던 것도 이러한 회포가 적힌 기록이었기 때문이다. 박지화의 시는 제1권에 나와 있다.[434]

(327) 저승 손님

이집중李執中은 음관蔭官이다. 일찍이 사직제社稷祭를 주관하였는데 제관 아무개와 더불어 재실에서 잠을 잤다. 아무개는 아직 잠이 들지 않고 있었는데 이집중이 깊은 잠을 자다 갑자기 일어나 옷을 매는 띠를 가져다 스스로 목을 매더니 두 손을 엇갈려서 잡아당기는 것이었다. 아무개가 괴이하게 여겨 그가 하는 바를 시험 삼아 관찰하였더니 잠시 후 "캑캑"거리는 소리를 냈다. 아무개가 그를 잡고 소리쳐 부르며 목 조른 띠를 풀어 주었더니 이집중

434 제100화.

은 한참 후에야 비로소 깨어나 말하였다.

"꿈에 어떤 객이 나에게 피생彼生의 즐거움에 대해 극진하게 말해 주며 함께 그곳에 가고 싶다고 반복해 말했으므로 나도 그 말을 들을수록 마음이 즐거워져 스스로 옷 띠를 가져다 목을 매었고 객도 두 손으로 목매는 것을 도왔는데 전혀 고통스럽지 않았었소. 그대가 아니었으면 나는 아마 깨어나지 못했을 것이오."

또 내가 소싯적에 형에게 들으니, 형의 집이 낙산駱山을 등지고 있었는데 산 위에는 가로로 뻗은 가지가 달린 소나무가 있었다고 한다. 부모를 원망하며 괴로워하던 마을 아이가 그 가지에서 스스로 목을 매니 마을 사람들이 구제해 주었는데, 그 아이가 "어떤 사람이 나를 잡아끌며 피생彼生의 즐거움에 대해 극진하게 말해 주기에 그의 말에 따랐던 것인데 저 자신은 괴롭지 않았어요."라고 말하였다고 한다. 나는 항상 이 이야기를 괴이하게 여겨 왔다.

만력 기미년(1619) 겨울, 참봉 신우안申友顏은 젊은이로 해서를 잘 썼다. 정언正言 이원여李元輿의 집을 빌려 살고 있었는데 밤중에 그가 간 곳이 없자 이웃집 사람이 말했다.

"밤에 어떤 물체가 있어 형상 없는 것이 사람 같지는 않았는데 그것이 담장 밖에서 참봉을 불러 갔습니다."

이 말을 듣고 몹시 의아해하였다.

집 식구들이 그를 찾아 나섰지만 끝내 찾지 못하고 말았는데 며칠 지난 뒤 반송盤松 연못물 위에서 그를 찾았으니 자줏빛 옷을 보고 그물로 건져 낸 것이었다. 그의 본집은 도성 서소문 밖에 있었는데 고故 재상宰相 이충원李忠元의 집이었다.

이충원에게는 딸이 있었는데 어느 날 그 아이가 간 곳이 없어져 버렸다. 며칠이 지나 대천교大川橋 아래에서 찾았는데 짚자리를 덮은 채 엎어져 있었다. 거의 반절쯤 죽은 것을 집으로 데려다 놓았더니 며칠 후에 이내 죽고 말았다.

처음에 그 아이를 찾지 못하고 있었는데 어떤 선비가 다리 밑을 가르쳐 주어서 찾았다. 선비가 밤에 꿈을 꾸었더니 어떤 사람이 그에게 말하였다.

"내가 새로 아름다운 아내를 얻어 몹시 사랑하였는데 너로 인해 잃어버렸으니 내 마땅히 너의 아내로 교체해야겠다."

선비가 깨어나 보니 아내가 이미 온데간데 없었다. 며칠 지나자 그 사람이 다시 와서 말하였다.

"처음에는 네가 나의 아내를 빼앗은 것에 노하여 너의 처를 빼앗았다만 지금은 다시 아내를 얻었으니 네 처를 다시 돌려보낸다."

선비가 사람을 시켜서 이씨 집을 탐색해 보게 하였더니 그 집 처자는 이미 죽었던 것이다.

(328) 갈매기 도당

김질金銍이 관직이 깎여 제주 판관이 되어 추자도에 정박하게 되었다. 물과 하늘이 서로 맞닿아 있고 동서남북 사방이 1천여 리까지 바라다보였으며 하얀 갈매기가 끊임없이 바다에 떠 있으니 실로 장관이었다. 김질이 묻자 사공이 말하였다.

"갈매기가 이처럼 많은 것은 몇 년 만에야 드물게 볼 수 있는 현상입니다. 갈매기가 이처럼 많으면 반드시 큰 바람이 일지요."

갈매기는 강과 바다의 짝이다. 이백의 시에,

백구가 날아오니
길이 그대와 더불어 서로 친하리라.

라 했으며, 황산곡[435]의 시에,

강남의 들 물이 하늘보다 푸르고
그 가운데 있는 갈매기는 나처럼 한가하네.

---

435 황산곡(黃山谷): 황정견(黃庭堅)의 호. 송(宋)나라 후기의 시인·서가(書家). 소식(蘇軾) 문하생 가운데 일인자임. 자재농염(自在濃艶)한 시풍으로 기이하고 파격적인 용법을 써서 구양수(歐陽修) 이래 송시를 일변하여 새로운 것을 수립하였음. 강서파(江西派)의 원조임. 서가로도 송대 사대가(宋代四大家)의 한 사람임.

라고 했으며, 우리나라 사람의 시에,

> 명사십리에 해당화 붉고
> 갈매기는 쌍쌍이 성근 빗속을 나네.

라고 했다.

나는 갈매기를 사랑하여 여생을 갈매기를 따라 놀고 싶었다. 집 안에는 어린 첩이 있는데 갈매기 울음소리를 썩 잘 내었다. 나는 때때로 강과 바다가 그리워지는데 갈 수 없으므로 그 첩에게 갈매기 소리를 내도록 하여 입을 벌리고 껄껄 웃곤 했다. 이제 김공의 말을 들으니, 갈매기는 어찌 그리도 많은 도당徒黨을 이루는가. 목현木玄의 「허해부虛海賦」에 이르기를, "나부껴 움직이면 우레를 이루네."라고 했는데, 이 시 또한 그 무리의 많음에 염증을 냈던 것인가.

(329) 독수리 잡는 법

내가 어사御史가 되어 강계江界에서 압록강鴨綠江에 배를 띄웠는데 강변에 나무의 두 가지가 맞대고 서 있고 또 다른 가지 두 가닥이 그 사이에 가로 놓여 있는 것을 보고 사공에게 물었더니 대답하였다.

"오랑캐는 독수리 깃털을 취하여 화살을 만듭니다. 독수리 날개는 가을에 굳세지지요. 그래서 여름 달부터 두 가닥 나뭇가지를 세로로 세워져 있는 나뭇가지 위에 가로로 놓아 둡니다. 그러면 나무 사이를 날아다니던 독수리들은 반드시 가로 놓인 가지 위에 앉게 되고, 앉는 것이 이미 습관이 되면 의심하는 마음을 두지 않게 됩니다. 그러면 가을에 가로 놓인 가지 위에 올가미를 드리워서 독수리를 잡는 것입니다."

(330) 오랑캐들의 금수 사냥법

중국 북방 오랑캐들은 담비와 족제비를 잡음에 모두 함정을 장치하여 두루 비어 있는 땅이 없었는지라, 그것을 이름하여 '식산䭒山'이라고 한다.

그들이 담비를 잡는 방법은 이렇다. 매년 겨울 얼음이 어는 시기에 나무다리 하나를 시내 위에 가로질러 놓고 그 다리에 올가미를 매달아 놓는다. 그러면 담비가 나무다리를 따라 물을 건너다 올가미에 걸려 물에 매달려 얼어 죽게 되고 오랑캐들은 그때 그것을 취한다.

사슴을 잡는 방법은 이렇다. 사슴이 왕래하는 지름길을 찾아

함정을 설치한다. 사슴의 다리 하나가 올가미에 걸리면 올가미 끝에 한 길쯤 되는 긴 장대를 묶어 두었기 때문에 몸을 솟구쳐 뛰더라도 숲의 나무에 장대가 걸리어 궁지를 벗어나지 못하므로 호인들은 사슴을 취한다. 또 키 큰 나무의 가지 끝을 땅에까지 구부려서 함정 속으로 넣어 기아機牙[436]를 받치고 거기에 올가미를 묶어 놓는다. 사슴이 지나가다 일단 나무를 밟으면 기아가 작동하여 나무가 튀어 일어나게 되고 사슴의 한쪽 다리가 나무 끝에 매달리게 되므로, 호인은 사슴을 취한다.

여우를 잡는 방법은 이렇다. 밥찌꺼기를 많이 모아 요로에 펴 놓고 향기 나는 미끼를 그 위에 살포해 놓는다. 여우는 의심이 많아서 먹이에 구미가 당기면서도 덫이나 함정이 있을까 두려워하며 발로 먹이를 뒤적이면서 점점 깊이 들어가 다 지나도록 함정과 덫이 없는 후에야 비로소 먹기 시작한다. 그다음 날에도 그처럼 해 놓고 또 그다음 날에도 그처럼 해 놓아 열흘쯤 지나면 여우는 아무것도 없으리라는 것을 믿게 되어 마음 놓고 의심하지 않게 된다. 그런 후에야 오랑캐들은 밥찌꺼기 속에 덫을 감추어 놓고 덫의 관건에 여우의 먹이를 매달아 반드시 여우를 잡고 만다.

---

436 기아(機牙): 기계를 작동시키는 관건(關鍵).

(331) 박엽의 속임수

박엽이 함경남도 병마절도사가 되었을 때 이경운李卿雲이 시관試官으로 함경남도에 가자 박엽이 성대한 모임을 베풀고 그를 대접하며 말하였다.

"내일 북산北山에서 큰 사냥 대회를 열고자 하니 사또께서도 참석하시어 관람하지 않으시겠습니까?"

이경운이 크게 기뻐하며 말하였다.

"공께서는 저에게 관광을 허락해 주십시오."

박엽은 몰래 도훈도都訓導에게 시켜서 호랑이 가죽을 두 살 난 어린 망아지에게 씌워 호랑이 모양을 만들고 수풀 속에 숨겨 두도록 하였다. 이경운을 배행하는 아전에게는 어미 말을 타고 그를 뒤따르게 하였다.

행차가 사면四面을 에워싸고 달리며 사냥할 즈음 어느덧 날 또한 저물자 호랑이 가죽을 씌운 망아지를 숲속에 내놓으니 망아지는 어미 말을 멀리서 보고 곧장 이경운의 뒤를 향해 달려왔다. 그러자 줄지어 섰던 병졸들의 부르짖는 소리가 산골짜기를 진동시켰다. 그 소리에 이경운이 돌아보니 호랑이가 뒤를 쫓아오고 있으므로 말을 달려 급히 달아났다. 이경운을 배행한 아전도 말을 달려 뒤쫓으니 어미 말이 가는 곳에 망아지 또한 바람처럼 달려왔다.

이경운이 험지嶮地임에도 불구하고 말을 채찍질하여 달리다가 말에서 떨어져 부상을 당했다. 박엽은, "말에서 떨어진 사람을 치료하는 데는 개똥이 최고인데 산야는 인가에서 멀리 떨어져 있으므로 쉽게 빨리 구해 올 수 없으니 사냥개를 죽여 창자를 열고 똥을 그 안에서 끄집어내어 물에 타 드리라."고 하였다. 이경운이 눈을 감고 한 그릇을 다 비웠다.

박엽이 이경운을 속인 것은 진실로 '기묘한 방법으로 속인 것'이라고 이를 만하다. 다만 불결한 것으로 욕을 보인 것은 너무 심하지 않은가? 시관 또한 칙명을 받든 사신인데 말이다.

(332) 효성으로 호랑이를 잡은 옥야 현감

옥야현[437]의 현감인 자는 종실이다. 옥계[438]의 태수 운천령雲川令과 함께 나라의 동성東城 홍인문 밖에 거처하면서 사냥을 일삼았다.

하루는 옥야 현감이 여러 종실들과 더불어 누런 벽창우를 이끌고 그물을 싣고서 먼 산으로 사냥 나갔는데 그의 부친도 따라갔다.

---

437 옥야현(玉野縣): 전라북도 전주(全州) 서북 70리에 있으니 본래 백제 소력지현(所力支縣)인데 신라(新羅) 경덕왕(景德王)이 옥야(玉野)로 고쳐서 금마군[金馬(益山)郡] 영현(領縣)이 되었더니, 고려 초에 전주로 속하고 명종(明宗) 병신(丙申)에 감무(監務)를 두었다가 내속(來屬)하였다. 지금은 금마군에 속해 있다.

438 옥계(玉溪): 전라북도 진산(珍山, 지금은 錦山)의 옛 이름.

그물을 산길에 설치해 놓고 개를 숲속에 풀어놓은 뒤 옥야 현감은 봉우리 위에 있고 부친은 구렁 밑에 있었다. 그런데 큰 호랑이가 갑자기 골짜기 안에서 크게 포효하며 뛰쳐나오더니 곧바로 부친 앞으로 달려들어 물려고 하였다. 부친은 정신을 잃고 땅에 쓰러지고 말았는데 그때 마침 호랑이의 뒷다리가 그물에 걸렸다. 호랑이는 뛰어오르며 부친을 후려치려 하였으나 발톱과 이빨이 겨우 몇 자 미치지 못하는지라 두세 번 뒤로 물러섰다 전진하였다.

옥야 현감은 봉우리 위에서 그 급한 상황을 내려다보고 손에 활과 화살을 들고서 크게 소리치며 내려가 곧바로 호랑이 앞으로 달려갔다. 급한 가운데 화살통을 더듬어 화살을 꺼냈는데 그만 잘못하여 활촉이 없는 큰 쇠를 쏘았다. 그것이 호랑이 머리를 적중시켜 '탁' 하는 소리가 나더니 화살이 땅에 떨어지고 호랑이 또한 산골 물 바닥에 굴러 떨어졌다. 옥야 현감은 드디어 창황히 부친을 업고서 그 자리를 피하였다.

같이 사냥하던 사람들이 죽은 호랑이를 수습해 보니 이마에 화살촉이 한 자나 깊게 들어가 함몰되어 있었다. 이는 활은 굳세고 화살은 빨랐던데다 호랑이 이마는 무척 단단했던지라 화살이 들어가면서 살대가 저절로 끊어진 때문이었다. 그 사건이 조정에 알려지자 조정에서는 옥야 현감에게 도정都正[439] 벼슬을 상으로

---

439 도정(都正): 돈령부 훈련원의 정3품 벼슬.

내렸으니 그의 효성을 가상히 여긴 것이었다.

(333) 굶주림으로 인한 죽음

만력 47년 기미년(1619)은 우리나라의 8도에 그해 곡식이 크게 흉년 들어 굶어죽은 시체들이 서로 줄을 이을 정도였다. 중 다섯 사람이 물품을 팔기 위해 시장에 가는 길에 마을에 들어가 아침밥을 지으려고 하였는데, 큰 저택에 딸린 집들이 모두 비어 있었고 바깥 행랑채에도 사람이 없는 것을 보고 중들은 그 집 문을 두드려 보았다. 한참이 지나서야 안에서 응답하는 소리가 있었다. 중이 다섯 사람의 양식을 내주자 문안에서 그것을 받으면서도 얼굴은 내보이지 않았다. 날도 기울고 저자도 장차 파하려 하자 중은 밥 줄 것을 재촉하였다. 잠시 후 문안에서 녹색 비단에 꽃무늬가 그려진 옷을 문밖으로 내던지며 말하였다.

"우리는 사대부 집안이오. 이웃에 기거하던 종들은 굶어죽거나 흩어져 도망갔으므로 부인네와 아녀자 일곱 사람만 남았는데 입에 낟알을 넣어 보지 못한 지가 5, 6일 되었습니다. 그래서 밥을 보자 스스로 참을 수 없어 남김없이 다 먹고 말았습니다. 청하옵건대 이 옷으로 대신 배상할 수 있도록 해 주십시오."

중들은 서로 돌아다보고 측은하게 여겨 옷으로 배상받는 것을 굳이 사양하였으나 그들도 받아 달라고 굳이 고집하였으므로 마침내 옷을 가지고 저자에 내다 팔았는데 시중의 쌀값이 뛰어올라 쌀 다섯 말을 얻었을 뿐이다. 두 말로 술과 음식을 사서 다섯 사람이 함께 먹었다.

한 중이 말하였다.

"다섯 사람의 밥값이 비단옷보다 못하고 저 선비 집 여자들은 굶주려도 알릴 데가 없으니 어찌 나머지 세 말을 돌려주지 않을 수 있겠소."

모두 그에 응하여 말했다.

"좋다."

다시 그 집을 찾아가 문을 두드리니 응대하는 자가 없었으므로 들어가 살펴보니 늙은 사람, 어린 사람 일곱이 머리를 나란히 하고 죽어 있었다.

오랫동안 굶주렸으므로 먼저 죽으로 장을 적셔 주어야 죽지 않았을 것인데 5, 6일 동안 굶주린데다 갑자기 밥을 먹었으므로 기氣가 막혀 죽은 것이 분명하였다. 슬프도다!

(334) 굶주린 도적

금년에 서울의 어떤 선비가 서울 저자의 쌀값이 올랐기 때문에 수백 리 밖에 나가 쌀을 한 짐 사서 싣고 왔다. 산길에 이르렀을 때 어떤 사람이 장검을 들고 말 앞에 나와 절을 올렸다. 선비가 말했다.

"너는 누구냐?"

"길 가는 사람입니다."

"길 가는 사람이 무엇 때문에 절을 하는 것인고?"

"저희들은 굶주렸으며 먹을 것이 없으므로 쌀을 얻어 가기 원하옵니다."

선비가 미처 응대하지 못하자 하인이 말했다.

"반 짐만 나누어 주겠소."

"식구가 많아 반 짐으로는 두루 먹일 수 없습니다. 한 짐 다 주십시오."

선비는 머리를 끄덕인 뒤 다 주었는데 그 사람이 또 말했다.

"쌀이 무거워 지고 갈 수 없으니 말도 함께 빌려 주신다면 쓰고서 다시 돌려드리겠습니다."

산 하나를 지나자 말을 되돌려 주면서 말했다.

"쌀을 베풀어 주신 것 진실로 고맙습니다. 청하옵건대 제가 호송하도록 해 주십시오."

몇 리를 가서 골짜기 밑에 이르자 그곳에 또 몽둥이와 병기를 든 사람들이 있다가 길을 가로막으니 선비를 호송하던 사람이 말했다.

"선비 나으리께서 우리에게 쌀 한 짐을 베푸셨으므로 장군께서 나더러 이분의 행차를 호송하라 하셨소."

결국 선비는 아무런 탈 없이 돌아올 수 있었다.

대개 흉년이 들어 백성들이 빈곤하자 양민들이 서로 모여 도적이 되었던 까닭에 사람은 해치지 않고 재물만 취했던 것이다. 그 후에 어떤 행상行商이 길에서 도적을 만났는데 도적이 행상에게 도리어 쫓김을 당했으니, 행상은 배불리 먹을 수 있었지만 도적은 굶주려 있었으므로 배고파 길에 고꾸라지자 행상이 승세를 타 도적을 몰았기 때문이었다.

이후로 도적의 무리들이 점점 흩어지게 되었으니 이 또한 가엾도다.

(335) 관인의 모양 갖춤

우리나라가 비록 가난하나 평상시 관인官人들에게는 각자 기마騎馬와 시종이 있었는데 난리를 겪은 뒤부터 공사 간에 제대로 모양을 갖추지 못하였다. 근자에 이조의 제관祭官에 임명된 자들 가운데 많은 수가 병을 핑계대고 임명된 곳에 가지 않았으므로 항상 결원될까 걱정하여 으레 그 날짜에 임박해서 임명첩을 반포하게 되었다.

어떤 사람이 습독[440]으로 제관이 되었는데 능제집사陵祭執事로 임명되었다. 날이 이미 저물었는데도 능제집사는 오지 않고 마침 하늘에서 큰 비마저 내리니 재랑[441]이 능을 지키는 종으로 하여금 산길을 살피게 하였다. 종일 살폈어도 관인이 오는 것을 보지 못했는데 땅거미가 질 무렵 어떤 사람이 도롱이와 삿갓을 쓰고 등에는 자루 하나를 짊어지고 왔다.

종이 그 사람에게 물었다.

"제관이 어두워져도 오시지 않았습니다. 혹 길가에 관인이 오고 있지 않습디까?"

"지금 왔으니 더 살필 것 없다."

홍살문 앞에 이르자 그 사람이 도롱이를 벗고 짐을 풀더니 보자기를 헤쳐 단령團領과 사모紗帽 그리고 신발과 의대를 꺼내 용모를 바꾸고 들어갔는데, 그가 곧 기다리던 관인이었다. 그가 스스로 말하였다.

"이조에서 전달한 공문이 오늘 아침에야 이르렀는데 나는 본래 먼 시골의 무관이어서 서울에서 나그네로 벼슬살이를 하고 있었소. 나에게는 단지 말 한 필과 종 한 사람만이 있었는데 어제 꼴 베러 나갔다가 모두 돌아오지 않았소. 제사에 참석지 않아서 죄를 받느니 차라리 내가 짐을 짊어지고 걸어오는 것이 낫겠습디다."

---

440 습독(習讀): 훈련원의 종9품 무관직.

441 재랑(齋郞): 묘(廟)·사(社)·전(殿)·궁(宮)·능(陵)의 참봉을 통칭하는 말.

그의 말을 들은 사람들이 모두 그를 측은하게 여기지 않음이 없었다.

내가 중국에 가서 보니 낮은 벼슬아치들 중 대다수가 조관朝冠에 조의朝衣를 입고 길을 걸어 다니고 있었다. 두보杜甫도 말을 빌려 천자 뵙는 것을 또한 사치스럽게 여겼으니 우리나라 습독習讀이야 더 말할 것 있겠는가! 한미한 사람이 나그네 신세로 벼슬살이하는 괴로움은 진실로 가련하다.

(336) 매 새끼 잡는 법

독수리와 매는 다 사나운 조류이다. 매는 심산의 절벽, 사람들의 자취가 이르지 않는 곳에 둥지를 짓고 살면서, 꿩과 토끼를 잡아 털과 깃을 제거하고 골짜기를 흐르는 차가운 시냇물에 담가 두어 비록 한여름을 당하여도 상하지 않게 하였다가 새끼들을 먹인다. 새끼들의 발톱과 부리가 제대로 형성되면 어미 새는 그 고기를 새끼들에게 먹이다가 도리어 새끼들에게 후려채이므로 반드시 둥지의 위아래를 맴돌아 날아다니며 고기를 던져 주니, 새끼 가운데 용기 있고 힘센 놈만이 고기를 많이 얻어먹게 되어 먼저 날 수 있다. 그러므로 새끼 중 힘센 놈이 먼저 우수해지게 되는 것이다.

나무꾼이 산골 물에 가서 매가 멀리 날아가 미처 돌아오지 않았을 때 그 고기를 훔치곤 하는데 매가 간혹 그런 사실을 알고 후려치는 바람에 면목을 상하기도 한다. 새끼 매를 훔치려는 사람들도 어미 새가 나간 틈을 타 절벽에 사다리를 대고 올라가 둥지에서 새끼를 취한 후 행전을 사용해 묶어 가지고 돌아온다. 어미 매가 돌아와 둥지에 새끼가 없는 것을 보면 뱀이나 너구리 혹은 여우가 해를 입힌 것이라고 여기고 이듬해에는 둥지를 옮겨 다시는 그곳에 오지 않는다. 그러나 만약 사람이 나뭇가지에 신발을 걸어 놓으면 매는 사람들이 새끼를 가져가 기른다는 사실을 알고 이듬해에 다시 그곳에 와서 보금자리를 만들기 때문에 사람들은 해마다 새끼를 취할 수 있다.

(337) 호살과 호생

영광靈光에 큰 못이 있는데 큰 벌판까지 뻗쳐 있어 둘레가 몇 리나 되는지 깊이가 몇 길이나 되는지 알 수 없었다. 해마다 여름과 가을이 교차할 때면 큰 비가 내려 바다와 통했으므로 바다 물고기들이 못에서 헤엄치고 다녔다. 물이 빠지게 되면 그로 인해 못 안에서 기르는 물고기가 되어 버리므로 영광군 사람들이 배를 타고 나가 그물을 던져 바닷고기들을 많이 잡아 올 수 있었다.

태수 김외천金畏天은 무인이다. 그 못에서 물고기를 대대적으로 잡아 기이한 장관을 연출하겠다는 생각을 하였다. 그래서 고기를 잡는데, 쓴맛 나는 나무 열매를 상류에서 부수어 뿌리면 물고기들이 모두 물에 떠 죽어 그물로 다 건어 낼 수 없을 정도로 많았다. 태수는 영광군 안에 명령을 내려 백성들 중 관아에 송사하러 온 사람들은 모두 그 열매를 따 바치게끔 하였으니, 여러 달이 지나자 열매가 많아져서 1백여 가마니나 되었다.

이에 꽃피는 좋은 계절이 되자 못가에 장막을 치고 춤추고 노래하는 사람을 불러 큰 잔치를 베풀었다. 고기 잡는 사람을 모아 놓고 물놀이를 펼쳤고 쌓아 놓은 쓴 열매를 상류에서 부수어 뿌리게 하니 식자들이 모두 말하였다.

"하늘이 주신 생물을 함부로 살상하는 것은 상서롭지 못합니다. 원하옵건대 태수께서는 그물을 사용하여 잡아먹는 것에 만족하십시오. 물고기를 사그리 잡아들이는 것은 옳지 않으십니다."

태수는 그들의 말을 듣지 않았다. 쓴 열매의 즙을 대대적으로 퍼뜨리니 물을 따라 흘러내려 못 물의 색이 변했다. 잠시 후 어린 물고기들이 맨 처음 뜨더니 알도 떠올랐는데 작은 것은 손가락만 했고 큰 것은 손바닥만 하였다. 한 자 만한 크기, 한 길 크기, 수레만 한 크기의 물고기들이 서로 뒤를 이어 물 위에 떠올랐다. 그 광경을 보고 있던 사람들이 서로 돌아보고 눈들이 휘둥그레졌다. 최후로 물고기 한 마리가 떠올랐는데 크기는 사람만 하며 마치 벌거벗은 여자 같았다. 피부는 눈처럼 희었고 머리털은 풀어 헤쳐진 채

물 위에 떠올라 그 큰 연못이 완전히 씨가 마르게 되었다. 이로부터 바람과 구름이 일고 번개가 치며 비가 내려 온 연못이 깜깜해지더니 수십일 동안 계속 개이지 않았다. 태수는 그해에 죽었다.

근세에 유조인柳祖訒이라는 자는 살생을 하지 않았다. 상국 노수신을 따라 한강을 유람하며 물고기를 구경했는데 살아 있는 물고기를 잡아 한 동이를 가득 채우자 유조인이 그 동이를 들어 강에 부어 버리니 자리를 가득 채우고 있던 사람들은 모두 얼굴빛이 변하였다.

일찍이 말을 타고 가는데 말이 살아 있는 곤충을 밟았다. 유조인은 말에서 내려 말을 끌던 종에게 한 그릇의 물을 벌로 마시게 하였다.

그가 순천 군수가 되었을 때 어떤 사람이 살아 있는 대합조개를 바치니 조인은 그것을 차마 먹지 못하고 강물에 방생하였는데, 대합조개는 바다에서 나는 생물이고 강에서 바다까지의 거리가 수백 리였으므로 순천군 사람들이 크게 웃었다.

후에 조인은 익위사翊衛司[442] 사어司禦로서 세자의 행차를 배행하였다. 대천大川을 지날 때 문학文學 남이공南以恭이 뛰어노는 물고기를 가리키며 말하였다.

"노는 물고기 즐길 만하니 그물 던지기 진실로 좋네."

---

442 익위사(翊衛司): 왕세자의 시위(侍衛)를 맡은 관아.

조인이 말하였다.

"'노는 물고기 즐길 만하다'는 것은 그 뜻이 좋으나, '그물 던지기 진실로 좋네'는 그 말이 어찌 그리도 인자하지 못하오? 노는 물고기를 그물을 던져 잡으면 물가에서 그 광경을 보는 자들이야 손가락질하며 기뻐 날뛰겠지만, 물속에서는 삼족이 죽는 슬픔이 있을지도 모르지 않소?"

그의 말은 불교적 선禪에 가까우나 그의 마음은 군자답다. 산곡 황정견의 시에서는,

> 갖옷이 비록 따뜻하나 여우와 오소리는 진실로 서로 슬퍼하네.

라고 했고, 소동파의 시에서는,

> 소 잡고 양 잡으며
> 물고기와 자라 살 바르고 저미니
> 먹는 자들이야 매우 좋겠지만
> 죽은 자들은 몹시 괴롭도다.

라고 하였다.

영광 태수와 같은 자는 실로 유조인에게는 죄인이다. 그러나 조인의 호생好生함이 이와 같은데도 그의 아들은 비명에 갑자기

죽었으니 하늘의 도는 헤아릴 수가 없다. (김외천이 영광군에서 죽으니 운구를 영남嶺南 고향으로 모시고 돌아가는데 중도에서 비바람을 만나 깜깜해지는 바람에 행로를 분변할 수 없었다. 집에 돌아와 보니 운구가 가벼웠으므로 그의 아버지가 의아해하며 운구를 열어 보니 시체가 없었다.)

(338) 흥양읍의 아기장수

흥양읍興陽邑[443]은 바다 가운데 있어 마치 도서島嶼와 같다. 그곳에는 기이한 일들이 많았으니 어떤 사람은 "용이 그렇게 한다."고 말하기도 하였다. 그 읍에 유충서柳忠恕라는 자가 있었는데 나와 일가 되는 사람이다. 집에 있던 한 계집이 낮에 행랑 모퉁이에서 낮잠을 자고 있는데 비바람이 불며 천둥 치는 소리가 산악과 집채를 뒤흔들었다. 한참 동안 어두워져 분간할 수 없었는데 문득 계집종이 오간 데 없었다.

계집종도 어떤 물체가 자신을 끼고 가는지 알지 못하였는데 다만 큰 불이 앞을 가로질러 가고 검은색이 바다를 절단했으며 지

443 흥양(興陽): 전라남도에 있는 지명. 본래는 장흥부(長興府) 고리부곡(高伊部曲)인데, 대한 고종 32년에 예승(例陞)하여 군(郡)이 되었다. 융희(隆熙) 기원후(紀元後) 계축(癸丑)에 완도군(莞島郡) 득량면(得良面)과 돌산군(突山郡)의 금산면(錦山面)·봉래면(蓬萊面)·옥정면(玉井面), 장도(樟島)의 내백일리(內白日里)·외백일리(外白日里)를 합하여 고흥군(高興郡)이 됨.

나쳐 가는 곳의 집 지붕들이 별안간 끊어진 것을 볼 수 있을 뿐이었다. 굽어보니 푸른 파도가 아래에 있었는데 몸이 이미 섬 가운데 떨어져 있어 마치 잠자다 깨어난 것 같았다고 하였다.

그 후로 태기가 있어 아들을 낳았는데, 용모가 빼어나게 아름다웠고 머리에는 두 개의 살 뿔이 있었으며 만 1개월이 되자 걸을 수 있었고 수개월이 지나자 양쪽에 구레나룻이 자랐다. 그 아기의 빼어남이 범상치 아니함에 온 집안 사람들이 두려워하고 의아해하면서 혹 두려운 재앙이 가장에게 미칠까 두려웠으므로 가까운 친척들이 모여 키우지 않기로 의논하였다. 애석하도다! 그해에 두 마리의 용이 싸워 한 마리의 용이 죽어 바다 섬에 떠올랐다. 유충례柳忠禮가 그 용의 뿔을 얻었는데 옥처럼 희었다. 대사헌 윤인서尹仁恕가 그곳에 귀양 갔다가 그것을 탈취하여 왔다.

(339) 곤경에서 절의를 보인 정협과 이수준

대사헌 정협鄭協이 어린 신혼 시절에 새 옷을 입고 벗과 더불어 영곡서원靈谷書院에 갔다. 누원樓院에 이르니 나이 어린 걸인이 파리한 몸으로 추위에 떨며 거의 죽어 가고 있는 것을 보고, 정협은 마침내 비단 명주로 만든 새 웃옷을 벗어 입혀 주고 가동家童으로 하여금 그를 기르게 하였다. 집안 사람들은 혹 비웃기도 하고 혹 기이하게 여기기도 하였는데, 그 후 그 아이는 그 집에 온 지 8년 만에 죽었다.

임진년 난리에 정협은 왜적을 피해 서산西山으로 가서 장차 강화江華로 건너가려고 하였는데 왜적이 그날로 당장 쳐들어와 날마다 서산을 침범하므로 해도海島로 들어가 난리를 피하고자 하였다. 나루 머리에 이르자 배는 작고 배를 타려고 다투는 사람들은 많았다. 신흠申欽 · 이수준李壽俊 등과 다른 사족士族 1백여 명은 모두 건넜으나 정협만은 온 가족이 모두 건널 수는 없을 것이라고 스스로 헤아리고 죽은 동생의 처자는 강화로 건너가게 하고 그와 그의 처자만 나룻가에 머물렀다. 그곳은 적진과의 거리가 몹시 가까웠으나 다행히 죽음을 면했으므로 사람들이 그를 등백도鄧伯道[444]에 비유하였다.

갑오년에 온 나라 사람이 굶어 죽어 가고 있을 때, 이수준은 백미 50여 가마니를 모아 죽은 형의 처자와 동생집 식구들에게 주었다. 1백여 명이 함께 밥을 해 먹으며 모두 이수준이 입에 풀칠

444 등백도(鄧伯道): 등유(鄧攸)를 가리킴. 백도는 그의 자(字). 등유는 진(晋) 양릉인(襄陵人)으로 하동 태수(河東太守)가 되었을 때 오랑캐에게 그 지방이 무너지자 집안 식구를 거느리고 도주하였다. 사수(泗水)를 건너다 도중에 적을 만나게 되었는데, 모두 온전히 건너지 못할 것으로 생각하고 일찍 죽은 동생의 아이인 조카를 데리고 가고 자기 아이는 버려 두었다. 후에 후사가 없었으므로 그 당시 사람들이 하늘이 무지하여 등백도로 하여금 아이가 없게 하였다고 애석해 하였음.

이라도 해 주기만을 바랐다. 그가 죽자 외아들은 병들어 굶주리다 죽었다.

아! 선비가 궁색하면서도 절의를 보였으니 정협과 이수준이 어찌 심상한 사람이겠는가? 이들은 모두 내 어릴 적 친구이다. 이수준은 관품이 통정대부에 이르렀고 지범志范이라고 자호自號하였는데 범중엄范仲淹의 의롭고 장렬한 일을 사모했기 때문이다. 이수준이 아들을 낳았는데 그의 이름은 석기碩基이다.

(340) 문장가의 죽음과 일식

만력 43년 3월 초하루에 일식이 있었다. 개성 유수 조진趙振이 점을 쳐 말하였다.

"오늘 일식은 규성[445]의 분야[446]에서 있었다. 옛날에 규성 분야에서 일식이 있으면 문장을 잘하는 선비가 반드시 죽었다. 사령운謝靈運과 범엽范曄이 죽을 때에도 이러한 변고가 있었다. 요즈음 첨정僉正 차천로의 병이 위독하니 이 재앙에 나타나는 조짐이

445 규성(奎星): 28수(宿)의 15번째 별. 초여름에 보이는 중성(中星)으로 문운(文運)을 맡아 봄.

446 분야(分野): 중국 전국시대(戰國時代) 천문가(天文家)가 중국 전토(全土)를 28수(宿)로 나누어 구별한 이름.

아니겠는가?"

차천로가 얼마 안 있어 죽었다.

아아! 차천로는 뛰어난 문장가로 수백 년 동안 존재한 적 없는 기재奇才이다. 그런데도 일생 동안 때를 만나지 못하여 움직일 때마다 책망을 만나 마침내 가난과 굶주림 속에서 죽었다. 그러나 그의 죽음에는 일식이라는 재앙의 징험이 있었던 것이다. 장자莊子가 말하였다.

"하늘의 소인은 사람의 군자요, 사람의 소인은 하늘의 군자이다."

한퇴지韓退之가 말하였다.

"하늘에 득의했으니 사람에게 실의한들 무슨 해가 있겠는가?"

작품 해설

1. 저자 유몽인의 약력과 위인

『어우야담』의 작가는 조선 중기의 문인 어우於于 유몽인柳夢寅(1559, 명종 14 - 1623, 인조 1)이다. 조선조는 과거시험을 통과한 선비가 정치 하던 사류정치士流政治 사회였던 만큼, 국정에 들어가 정치를 하려면 정도 차이는 있지만 기본적으로 성리학자이거나 문인이어야 했다. 유몽인은 단연 문인 쪽으로 기울어 있는 인물이며, 그러기에 문인으로서의 이력은 관력官歷과도 불가분의 관계에 있다.

그는 젊어서 성혼成渾에게 성리학을, 신호申濩에게 고문을 수학하였는데, 성혼에게는 경박하다는 책망을 받고 배척당하였다고 한다. 『어우야담』의 집필 태도에서 보이는 유몽인의 탈성리학적 성향을 참작한다면, 엄격하고 보수적인 성리학자인 성혼과 좋은 관계를 유지하기는 어려웠을 것으로 추측된다.

1582(선조 15)년 23세에 진사가 되었고, 1589(선조 22)년 30세에

증광문과에서 장원으로 급제하여, 그의 출중한 문학적 능력을 드러냈다. 1591(선조 24)년 홍문관 수찬이 되었는데, 그해에 질정관質正官으로 명나라에 사신으로 갔다가 해를 넘겨 귀국할 무렵 임진왜란이 발발하여 선조를 평양까지 호종하였다.

왜란 중에는 문안사問安使로 임명되어 대명외교를 맡았으며 그때 명나라 제독提督 이여송李如松과 경략經略 송응창宋應昌을 이정구李廷龜, 황신黃愼과 함께 응접하였다. 그 뒤 삼도 순안어사(35세), 홍문관 교리(36세)를 지내다가 진위사進慰使 서장관(37세)으로 중국 사행을 다녀왔다. 이어 함경도 순무어사(38세), 홍문관 응교(39세), 평안도 순변어사(39세) 등을 역임하였다.

전란이 끝났을 무렵 유몽인은 40세에 접어들었고 선조가 승하할 때까지 10여 년 동안 많은 요직을 지냈다. 내직으로는 사헌부 집의(1599), 홍문관 교리, 전한典翰(1602), 동부승지(1603), 우승지(1604), 대사성, 예조참의(1605), 대사간(1607), 도승지(1608)를 역임했으며, 외직으로는 경기도 암행어사(1603), 황해도 관찰사(1606)를 지냈다.

광해군의 치세가 시작된 후에도 그의 벼슬은 순조로웠다. 광해군이 즉위한 뒤 명나라 만력제의 생일을 축하는 성절사聖節使 겸 사은사謝恩使에 임명되어(1609, 광해군 1, 50세) 중국에 다녀왔다. 52세(1611) 때는 남원 부사를 지냈으며, 54세(1613) 때는 임진왜란 때 호종한 공으로 영양군瀛陽君에 책봉되고, 광해군 6년 55세 때 한

성좌윤이 되었다가 광해 7년에 이조참판 겸 홍문관, 예문관 제학提學이 되어 3년을 재직하였다.

이상 유몽인 환로宦路에서 볼 수 있는 가장 두드러진 특징은 그의 글재주가 큰 역할을 했다는 사실이다. 세 차례에 걸친 중국 사신으로서의 행로와 중국 사신을 접대하여 대응하는 원접사로서의 이력이 그것을 입증한다. 사신으로서의 행로, 사신 접대의 대처 능력 및 외교문서 작성 등은 바로 문재文才와 직접적으로 관련되기 때문이다.

유몽인은 대북파가 중심이 된 인목대비 폐모론에 반대하여 59세의 나이로 사직한 뒤 서강西江 와우산臥牛山과 도봉산 북편 폭포동에 초가집을 짓고 은거하였다. 이듬해에는 서호西湖에서 거처하며 두문독서하기 시작했는데, 62세 되던 해인 1621년에 문집 18권과 야담 10여 권을 모아 정리하였다.

서호 은거 당시 유몽인의 위인을 단적으로 보여 주는 특기할 만한 사실이 있다. 유몽인의 지인인 월사 이정구가 한림원 대제학 자리가 비게 되자 유몽인을 천거하였는데, 유몽인은 남아 있는 생애를 독서하면서 마치는 것에 만족하며, "흉년에 굶주린 아이들이 서로 먹으려 다투는 '코 묻은 풀떡(鼻液糊)' 같은 자리를 나는 원하지 않는다."[1]며 거절하였다. 많은 사대부들이 놓고 사투

1 「봉월사서(奉月沙書)」, 『어우집』 권5.

를 벌이는 벼슬자리의 본질을 유몽인은 코 묻은 풀떡 정도로 여긴다는 것을 조롱하듯 피력한 것이다. 그러다가 63세의 나이로 금강산에 들어가 유점사, 표훈사 등에 머물렀다.

유몽인은 표훈사에서 인조반정(1623년 3월)의 소식을 들었으니, 64세의 나이였다. 그리고 인조반정이 일어난 지 넉 달 만에 광해군을 복위시키려는 모의에 가담했다는 죄목으로 아들 유약柳瀹과 함께 모반죄로 처형당했다. 그가 모반죄에 엮인 원인은 아들 유약이 모반거사에 참여했기 때문이었는데, 인조반정의 주역인 김류와 김자점이 반정을 모의하면서 유몽인에게 동참할 것을 권유하자 유몽인이 거절하는 대답으로 지었던 「상부사孀婦詞」가 발단이었다는 것이 후대의 평가이다. 그 시를 소개하면 다음과 같다.

칠십 세의 늙은 과부 七十老孀婦
빈 방 지키며 단정히 지내네 端居守空壺
여사시[2]를 익숙하게 외우고 慣誦女史詩
임사[3]의 가르침도 제법 안다네 頗知任姒訓
옆 사람들 시집가라 권하며 傍人勸之嫁

2 여사시(女史詩): 진(晋)의 장화(張華)가 왕후(王后) 가씨(賈氏) 일족을 경계하여 지은 「여사잠(女史箴)」.

3 임사(任姒): 주 문왕(周文王)의 모친인 태임(太任)과 비인 태사(太姒). 고대에서는 여성의 모범으로 인지됨.

잘생긴 신랑감 얼굴이 무궁화 같다 하지만 善郎顏如槿
흰머리로 젊은 모습을 꾸미자면 白首作春容
연지 곤지 단장 어찌 부끄럽지 않으리 寧不愧脂粉

얼굴이 무궁화같이 잘생긴 신랑감은 인조를 비유하며, 그 잘생긴 신랑감에게 재가하라는 권유를 거부하는 늙은 과부는 유몽인 자신을 비유한다. 이정구의 대제학 추천을 거부하던 그 태도와 유사한 면모를 보여 주는 시이다. 유몽인은 극단적인 이념이나 명분주의를 기본적으로 싫어한 인물이었다. 선조조와 광해조에서 문인으로, 정치가로 활발하게 활동하면서 기록해 두었을, 『어우야담』에 실려 있는 당대 수많은 유명인들의 인물담을 보면 한 인물의 특성을 단적으로 규정하는 것을 무척 삼갔던 사실을 확인할 수 있다. 역사에서 사화士禍의 가해자들은 늘 악의 화신처럼 평가되지만 유몽인은 곳곳에서 사화의 피해자들이 저질렀던 경솔함과 자만심, 독단이 불러일으킨 재앙적 위해에 대해서도 이야기한다. 이와 함께 극단적인 편가름 속에서 진행되었던 당쟁에 대해서도 유몽인은 심한 염증의 감정을 드러낸다. 절대 선과 절대 악을 분별하지 않았으며 자당 중심적 명분을 내세우며 상대를 증오하고 악으로 몰아세우는 어떤 쪽에도 동의하지 않았다.

유몽인이 사직하고 은거한 직접적인 원인은 광해군 집권 당시에 대북파가 주도한 인목대비 폐모론에 반대한 것이었지만 이미 선조와 광해를 섬기며 일하다 늙은 자신에게 인조반정에 가담하라는 권유도 그의 세계관으로서는 받아들일 수 없었을 것이다. 그러기에 자조적이면서도 풍자적인 어조로 그 권유를 거절한 것이며, 이는 결국 유몽인을 반역자로 몰아 처형하는 근거로 작용한 것이다. 그래서 유몽인은 폐모론을 이끈 광해군 당시 집권세력인 대북파에게도 대역죄인 취급을 받았지만 인조반정을 이끈 또 다른 집권세력 서인에게도 역모죄로 몰려 결국 사형당하는 모순된 최후를 맞이하고 말았다. 유몽인이 『어우야담』에서 번번이 화제로 삼았던 이도 저도 아닌, 규정 불가능한 '존재 모순'의 덫에 갇혀 자신의 삶도 그렇게 마감했으니, 스스로의 종말을 『어우야담』 이야기들이 예언한 것으로도 읽힌다.

문인 유몽인은 실로 독보적인 존재이며 작가로서의 특성은 『어우야담』이 대변한다. 김부식이 『삼국사기』에서 빠트린 고대 및 삼국시대의 문화적·문학적·역사적인 문제들을 일연이 일사인 『삼국유사』에서 더 절실하게 전하고 있는 것처럼, 조선 전기·중기의 인물, 사건에 대한 다채롭고 다면적인 정황들을 유몽인은 야사인 『어우야담』을 통해 생생하고도 만화경적으로 전하고 있다. 이처럼 역사적으로도 문학적으로도 『어우야담』은 아주 중요한 조선조 보고라 할 수 있다.

성여학이 서문에서 말했던 것처럼, 『어우야담』은 정통 문에 편입하지 못하는 일종의 '기사문'이지만 "기이하고 세교와 무관하지 않고 휘두른 필단은 장자의 신선적 행각과 비견할 만큼 비범하고 위대하다." 그러나 "평범하게 재미 삼아 쓴 글이어서 유몽인을 대변할 수는 없는" 것이 아니라 역설을 통해 진상에 접근하는 것을 즐겼던 유몽인은 오히려 재미 삼아 쓴 하찮은 기사문에 더 정성을 쏟아 자신의 명성이 영원히 불후不朽하게 될 것을 기대했을 것이다.

2. 『어우야담』의 문학사적 의미와 특성

『어우야담』은 앞서 그의 약력에서도 살폈듯이 벼슬자리에서 물러난 이후(1621, 63세) 서호에 은거하면서 그간에 써 두었던 원고들을 정리하여 완성한 것이다. 그가 벼슬하면서 대면하고 들었던 수많은 인물과 사건, 중국 사신으로 오가며 접했던 이국적이고 기이한 정보들, 지방 장관을 역임하면서 보고 들었던 가지가지의 사건들이 모두 다 수용되어 있다. 인생 말년에 정리한 것이어서 더욱 다채롭고 풍부한 자료들을 수습할 수 있었다.

『어우야담』은 일차적으로 최초의 야담집이라는 중요한 문학사적 의미를 지닌다. 야담집 이전에도 항간에 떠돌아다니는 도청도설道聽塗說적 이야기들을 수집하여 채록한 문헌설화집은 존재했다. 그 대표적인 것이 서거정의 『태평한화골계전』으로부터 시작된 소화집(1959년에 『고금소총』으로 집대성됨)들이다. 이들 소화집들이 골계에 집중하고 있으며 또 성 관련 담론, 즉 성소화담이 그 주를 이룬다면, 유몽인의 『어우야담』으로부터 시작되는 조선 후기의 야담집들은 당시 세간에서 벌어진 사실적인 사건들을 화제로 삼은 특성을 지닌다. 웃음을 유발시키는 골계 차원의 이야기를 떠나 실제했던 다양한 사건과 실존했던 다양한 인물들의 삶을 이야기하고 있어 당시 사회를 생생하게 조명해 주는 리얼리티가 그 강점이다. 유몽인의 『어우야담』을 시작으로 하여 수많은 야담집들이 출현하였으며 조선조 후기에는 급기야 『계서야담』, 『청구야담』, 『동야휘집』이라는 3대 야담집이 출현한다. 그리고 이들 야담집들에 실린 일부 이야기들은 구상과 주제의식 면에서 소설적이라는 평가를 받으며, '한문 단편'이라는 문학 장르로 규정되고 그 문학적 혹은 소설적 가치를 인정받은 것이 사실이다.

그런데 유몽인의 『어우야담』은 후대 야담집들에 의해 계승되어 위와 같은 문학적 성과를 거두게 하는 계기를 마련해 주었지만, 이들 야담집들과 분명하게 다른 점이 있다. 그것은 여타의 야담집들과는 달리 유몽인은 이야기마다에 자신 특유의 사유를 반영하여 자신의 창의적인 이야기로 발전시킨 점이다. 일반 야담집들은 이야기의 주체가 민중이고 이를 기록한 '채록자'가 존재한다면 『어우야담』에는 '작가' 유몽인이 존재한다.

『어우야담』에서 다룬 이야기의 범주는 무척 넓고 다양하다. 『어우야담』에서 인물담이 차지하는 비중이 적잖은데, 당대 다양한 인물 군상들을 광범위하게 섭렵하였다. 왕, 왕가의 다양한 인물들, 당대의 수많은 사대부와 선비, 도선적 이인, 서얼 출신 인물들, 불승, 무당, 점술가, 기녀, 노비, 산적, 광대, 악공, 장인, 노름꾼, 이야기꾼, 열녀, 음탕녀 등등 실존했던 숱한 인물 군상들이 그의 관심의 대상이었다. 황진이에 대해 가장 구체적인 이야기를 전하는 것도 바로 『어우야담』이며, 임진왜란과 관련되어 승전하거나 피난하거나 희생되었던 인물들, 헤어진 가족을 찾아 중국으로 월남으로 장유壯遊를 감행했던 인물들에 대한 흥미진진한 이야기들도 숱하게 실려 있다. 이를 통해 인간 존재에 대한 다양한 관심을 드러내는 동시에 이들 인물 군상들의 다채롭고 생생한 삶의 모습, 다양한 얽힘과 모순과 운명과 이면들을 다양한 각도로 이야기하고 있다.

『어우야담』에서 다룬 사상과 세계의 범주 또한 넓다. 그가 접한 사상은 유불도 및 무교의 범주를 뛰어넘는다. 도선가에 대한 호의와 관심은 물론이고 기독교에 대한 지식을 이미 습득하고 있었다. 마테오리치의 『천주실의』를 소개하면서 기독교의 교리와 천당·지옥설 등을 불교 교리와 견주어 분석하고 있다. 더 나아가 일반인은 소문으로도 접할 수 없었던 먼 이역에 존재하는, 성리학적 가치관으로는 재단조차 불가능한 기이한 풍속·습속 등을 이야기함으로써 문화의 상대성과 불일치성을 화제로 삼고 있다. 우리 사회를 기준으로 한 가치관으로는 그들 문화를 절대 재단할 수 없다는 생각이 그 이야기들 안에 들어 있다.

『어우야담』의 주를 이루는 것은 서사이지만, 시에 대한 관심을 보인 시화詩話도 곳곳에 실려 있다. 조선조 시인들에 대한 그의 평가는 기존의 관점을 배반하기 일쑤이니, 시인으로서의 명성과 그 실상의 어그러짐을 명명의 배반성(예컨대 「조롱대」)을 통해 풍자하고 비웃는 것이 그 일례이다. 천재적 시인 김시습과 장인형匠人型 시인 정사룡을 각각 여러 차례 언급하는데 그 각각의 이야기들이 결국 하나의 유기적인 해석으로 귀결되어, 우리가 일반적으로 지닌 그 시인들에 대한 관점이 부정되는 것도 예상을 뛰어넘는다. 결국 시인에 대한 일반적 규정 자체가 부정되는 것이다. 시인의 타고난 천성과 운명을 연관시켜 해석하는 시참詩讖론은 유몽인이 시화에서 자주 거론하는 또 하나의 관점이다. 시인의 불행은 시인의 천성에서 말미암고 이는 곧 시에 그대로 반영된다는 관점을 여러 시인의 시와 삶을 결부시켜 빈번하게 이야기한다.

동물 관련 이야기도 상당히 많은데, 이 이야기들은 결국 인간의 문제와 연관된다. 인제 백성과 살림 차렸던 곰 이야기는, 인간이 곰의 힘에 갇히고 곰이 인간을 먹여 살리는 인간과 짐승의 전복성을 보여 주는 동시에 인간 존재의 비열함과 욕심의 질주가 자초한 재앙을 함께 보여 준다. 「중과부적」은 고양이와 쥐 사이에 존재할 수 있는 세의 역전을 이야기하는데 이는 인간세계 세력의 속성을 반영하고 있다. 「기러기도당」은 인간이 결집하면 드러내는 '도당의 폐해성'을 독하게 풍자한다. 거의 모든 이야기들이 단지 소문이나 견문이어서, 재미있어서 기록된 것만은 아니다. 유몽인은 그 이야기들에 자신의 사유를 투영해서 남다른 해석과 세계관을 담아 내고 있다.

그렇다면 이야기를 조직해 가는 유몽인 사유 방식의 기본 틀은 무엇일까? 감히 말하자면 장자적인 상대주의적 관점이다.[4] 기록에 의거해도 그는 장자에 경도되었던 것으로 전한다. 『어우야담』의 서문을 쓴 성여학은 그를 장자와 수레를 나란히 할 만한 문장가로 평하였으며, 김득신은 『종남총지終南叢誌』에서 "유몽인은 장자의 문장을 천 번 읽었다."라고 기록한 점으로 보아 유몽인이 장자에 대해 경도되었던 관심의 정도와 장자서를 관통하는 상대주의적 관점에 공감했으리라는 것을 짐작할 수 있다.

조선조를 살았던, 특히 그 시대의 주역이었던 지식인들은 정도

4 학술대회 발표장에서 필자가 실제로 겪었던 경험이다. 필자는 『어우야담』 소재 이야기의 다각적 분석을 통해 유몽인은 탈성리학적인 상대주의적 사고를 한 문인이었다는 것을 요지로 발표했는데, 그때 좌장을 맡았던 사회자는 단도직입적으로 "조선에서 사대부였던 문인이 어찌 탈성리학적일 수 있냐."고 반박하는 것이었다. 발표자는 자료를 가지고 그것을 분석하고 종합해서 낸 결론인데 사회자는 조선조의 학자는 탈주자적일 수 없다는 절대적인 신념으로 공격한 것이었다. 유몽인이 늘 경계하고 풍자의 대상으로 삼았던 성리학적 절대주의로 유몽인을 가두었다고 할까. 모순되게도 유몽인을 기념하기 위해 연 학술대회가 유몽인의 근본 정신을 부정하는 현장이 되고 만 것을 대면한 무척 황당한 경험이었는데, 여전히 성리학적인 성향의 명분과 이념이 학계를 지배하려 한다는 일면의 현실을 분명하게 깨닫는 계기이기도 했다.

차이는 있을지언정, 유가사상의 자장에서 결코 자유로울 수 없었다. 조선 5백 년 동안 정치적이고 사회적인 규범은 물론이고 문화적이고 정신적인 세부까지도 성리학적인 유가사상이 완전하게 지배했기 때문이다. 유가의 삼강오륜이 모든 인간관계의 규범이었고, 과거 성인의 말씀은 곧 진리였다. 예컨대 삼강오륜이 명命하는 이치 안에서 남녀 관계는 주종 관계이며, 여성은 독자적이고 주체적인 존재가 될 수 없었다. 이러한 남녀 이데올로기에 입각한 극단의 사회적 결과물이 정조론을 신앙처럼 여겼던 여성의 수절·순절 풍조이다. 유몽인도 이러한 여성관에서는 조금도 벗어날 수 없었다. 일부종사를 위배하거나 일탈한 여성에 대해서는 그 사정의 여하를 막론하고 여성을 엄하게 매도하는 태도를 취하기 때문이다. 상대주의적이고 개방적이고, 그래서 상대적으로는 인간의 평등함을 인지했던 사유의 소유자가 어떻게 여성 존재에 대해서는 여타의 사대부들과 똑같이 무지하고 잔혹했는지 개인적으로 의아한 점이기도 하다.

그럼에도 불구하고 유몽인은, 그가 살았던 시대를 완전하게 지배하여 군림했던 성리학적 이념에서는 분명하게 일탈해 있었다. 성리학은 선악, 시비, 미추에 대해 이원론적인 절대주의적 가치판단을 강하게 종용한다. 그런 시대적 조류 속에서 사대부인 유몽인이 정통성을 벗어나는 야담문학에 자신의 작가주의적 개성을 강하게 담아 내어 그 시대성에 반反하는 가치관을 유포한 것으로 판단된다. 유몽인의 탈성리학적인 상대주의적 세계관은 명실관계名實關係를 다룬 이야기 속에서 가장 분명하게 간파된다. 유몽인은 명과 실의 관계를 절대적인 것이 아니라 자의적인 것으로 인식했다. 유가사상이 명분을 신앙처럼 중시했던, 조선시대 일반 사대부들의 인식과는 기본적으로 배치된다.

예컨대 북도北道의 중들이 희고 작은 물고기를 초식草食이라고 명명하고 마음대로 먹어 댔다던 「초식」 이야기는, 절대적인 것처럼 여겨지는 명名과 실實의 관계가 얼마든지 자의적으로 악용될 수 있다는 것을 보여 주는 단적인 예이다. 초식 이야기는 명명 뒤에 숨어 행해지는 북도 절의 한 풍습을 재미있게 접근한 것이지만, 세력을 장악한 자가 명실 관계 설정을 악용한다면 천인공노할 악행이 저질러질 수도 있다는 것을 암시한다. 중국 역사에서 자주 회자되는 지록위마指鹿爲馬를 떠올릴 수도 있으며, 인간 역사에서 명분과 이데올로기를 앞세워 수많은 인명을 살상한 잔혹한 흑역사들도 이 범주를 벗어나지 않는다. 유몽인은 「초식」을 이야기하면서 명분 뒤에 감춰진 표리부동한 해악의 가능성들을 염두에 두고 있었을 것이다.

유몽인은 명실 관계의 의도적 악용 가능성, 명분의 잔인성과 어리석음과 추악성을 보여 주는 표리부동한 사건과 현상들을 다양하게 이야기한다. 장안의 모든 기녀들이 모두 정인으로 여기는 김칭의 실상은 '노비처럼 처신한' 데 있었다는 고백, 산 같은 명성을 지닌 시인 백광훈의 실체는 명성만 거창하고 실체는 보잘것없는 '조롱대'라는 조롱, 중국 조사와 조선 백성이 동일한 부호에 대해서 각기 자신의 처지에서 전혀 달리 해석한 사건, 삼년상을 치르느라 수많은 사람들이 숱한 예행연습을 치르면서 준비했지만 죽거나 죽음 가까이 갔다가 살아나기도 했다는 실소를 금할 수 없는 사례들, 사류士類들의 선악 이원론적 신념이 오히려 방자한 만행으로 작용하여 부작용을 초래한 역사적 사건들, 강한 신념을 소유한 자의 이면적인 우매함, 그런 선악 이원론적 신념들이 명분으로 작용하여 대량 살상을 일으킨 당쟁 사건 등등에 관한 이야기들은 모두 '규정 불가능한' 인간세계에 대한 유몽인의 상대주의적 관점을 다각도로 보여 준다.

유몽인은 「증이성징정구영공부경서贈李聖徵廷龜令公赴京序」(『어우집』 권3)에서도, "황색은 절로 황색이고 청색은 절로 청색이니 그 청색 황색은 과연 타고난 본성일 것이다. 갑甲에게 물으면 갑이 옳고 을이 그르다 하며, 을乙에게 물으면 을이 옳고 갑이 그르다 하니, 모두 옳은 것인가, 아니면 모두 그른 것인가. 갑과 을은 서로 옳다 할 수 없다. …… 오직 나의 마음을 따르겠다."라고 말하였다. 사분오열되어 각기 자신들의 명분을 앞세워 시시비비를 따지느라 사투를 벌이는 당쟁의 소용돌이 속에서 나는 내 마음을 따르겠노라고 독자성을 선언한 것으로 볼 수 있다. 명실 관계의 자의성, 표리부동한 명분주의의 위선성에 대한 그의 비판의식은 실로 이처럼 절실했다. 그러기에 역사(혹은 책)를 그대로 믿을 수 없다고 부정하면서(『어우야담』 곳곳에서 이런 표현들이 나옴) 자기 해석적인 야담을 기술하였고, 민중적인 전문傳聞 속에 지극히 개인적인 사견을 전략적으로 깊숙이 숨겨 전파하였다.

모순된 세계의 모습을 '재미 삼아 쓴' 경박한 문학 양식인 야담 속에 담아 낸 것이 유몽인이 『어우야담』을 저술한 문학적 전략으로 여겨진다. 성리학적인 가치관이 전적으로 지배하던 시대에, 그 체제 안에 속해 있던 사대부였음에도 불구하고 그는 역사歷史도 아니고 정통 문文도 아닌 비루한 도청도설道聽塗說을 가지고 그 시대 이념에 반하는 사유 방식으로 당시 문제들을 거침없이 다루었다. 그는 다양성의 숨통을 누르는 성리학적 명분주의를 다각도로 자유롭게 비판하는 불손한 생각들을 담기에는 하찮은 야담들이 오히려 적합하다는 역설을 고려했을 것이다.

『어우야담』은 소재 이야기들 자체로도 충분히 재미있고 기발하다. 그러나 수많은 이야기들을 읽어 가면서 곰곰이 되새기면 되새길수록 평범한 전문傳聞이 아님을 깨닫게 된다. 고지식하고 고집스럽고 맹목적으로 특정 이념이나 명분을 신앙하는 인물과 현상들의 해악을 참으로 신랄하게 풍자하고 있어, 그것을 인지하는 순간 독자로 하여금 쾌감을 느끼게 한다. 『어우야담』을 읽는 재미는 바로 이러한 양면성에 있다. 이야기로서의 재미와 그 이야기 안에 켜켜이 숨겨져 있는 풍자를 읽어 내는 재미가 함께 존재하는 것이다.

3. 『어우야담』 이본의 실상과 번역의 대본

『어우야담』은 한글 번역본까지 포함해 20여 종의 이본들이 전하고 있다. 유몽인 자신의 말에 따르면 『어우야담』은 원래 10권으로 편찬되었다고 한다. 그러나 인조반정 후 그가 모반 혐의를 받고 형사刑死되는 바람에 바로 출간되지 못하였고, 전사轉寫되는 과정에서 이같이 많은 이본들이 나온 것으로 여겨진다. 이 20여 종의 『어우야담』 가운데 원본으로 여겨지는 책은 발견되지 않았다. 그래서 유몽인의 12대 종손인 유제한柳濟漢은 가전의 잔존본에 여러 이본을 수집 보충하고 이야기를 유형 분류하여 1953년에 5권 1책으로 된 만종재본萬宗齋本 『어우야담』을 간행하였다. 여기에 수록된 이야기는 총 544화로 『어우야담』 이본 중에서 가장 많은 이야기가 실려 있는 것은 물론이다. 그러나 1953년도에 이르러 편찬자가 자의적으로 유형 분류하여 출판한 것을 이본으로 간주하기에는 무리가 있다.

필사본으로 전하는 이본들 중 선본으로 간주되는 것은 장서각본藏書閣本 『어우야담』이다. 장서각본에는 총 340화가 실려 있어 1953년에 후손이 편찬하여 인쇄본으로 출간한 만종재본 다음으로 많은 화수를 가지고 있으며, 소재 이야기들도 나름대로 유기적인 편제 질서가 있어 원 필사자의 구성 체제가 남아 있는 것으로 보인다. 또 만종재본 소재 이야기들과 장서각본 소재 이야기들 중 겹치는 이야기들 간에는 이야기의 차이를 찾기 어렵다. 더욱이 이 본은 동국대학교 부설 한국문학연구소에서 편찬해 낸 『한국문헌설화전집韓國文獻說話全集』 속에 들어 있어 일반인들 사이에 가장 많이 유포되어 있기도 하다.

그러므로 본 번역에서는 2권으로 된 장서각본 『어우야담』을 일차적으로 번역하고, 장서각본에는 실려 있지 않은 만종재본 소재 이야기들을 추려서 3권에 번역하였다.

유몽인

조선 중기의 문신이며 문장가이다. 문장가로서의 재능이 워낙 출중하여 선조조와 광해조에 세 차례에 걸쳐 중국 사신으로 다녀왔으며 중국 사신을 접대하여 대응하는 원접사로 활동하였다. 아울러 주요 내직과 외직을 두루 지내며 그의 관력은 화려했지만, 광해군 말기에 인목대비 폐모론이 일어나자 59세의 나이로 사직하고 은거생활에 들어갔다. 그런데 인조반정 후 광해군을 복위시키려는 모의에 가담했다는 죄목으로, 64세에 아들 유약(柳瀹)과 함께 처형당했다. 문집 『어우집』과 『어우야담』을 남기고 있는데, 특히 『어우야담』은 한국 문학사에 출현한 최초의 야담집이면서 동시에 유몽인의 문학적인 역량과 개성 그리고 그의 세계관을 잘 보여 주는 역작이다.

옮긴이 이월영

전북대학교 국어국문학과를 졸업했고 같은 대학교 대학원에서 문학박사 학위를 받았다. 현재 전북대학교 국어국문학과 교수로 재직하고 있으며, 전기(傳奇)와 야담, 여성문학에 관련된 논문을 주로 썼다. 저서로는 『고소설론』, 『여성문학의 어제와 오늘』, 『꿈과 고전문학』이 있으며, 역서로는 『페미니즘 이론』, 『청구야담』, 『고금소총』, 『제호시화』, 『동인시화』, 『삼의당 김부인유고』, 『명청시대 성애풍조』, 『죽유집』 등이 있다.

달섬 세계고전 11

어우야담 2

지은이 유몽인
옮긴이 이월영
펴낸이 김동원
펴낸곳 달섬

초판 1쇄 인쇄 2019. 10. 25
초판 1쇄 발행 2019. 10. 31

달섬 전라북도 전주시 완산구 어진길 32 (풍남동2가)
전화 (063) 219-5322
FAX (063) 219-5323
출판등록 2012년 8월 20일 제465-2012-000021호

값 10,000원

ISBN 979-11-6372-052-2 04810
ISBN 979-11-6372-001-0(세트) 04080

이 도서의 국립중앙도서관 출판예정도서목록(CIP)은 서지정보유통지원시스템 홈페이지(http://seoji.nl.go.kr)와 국가자료종합목록시스템(http://www.nl.go.kr/kolisnet)에서 이용하실 수 있습니다. (CIP제어번호 : CIP2019039188)

'달섬'은 전북대학교출판문화원의 임프린트입니다.